『源氏物語』と日本文学史

成蹊大学人文叢書18

成蹊大学文学部学会編

責任編集　木谷眞理子・吉田幹生

風間書房

はしがき

名前は知っているけれど読んだことはない、——それが古典というものだとすれば、『源氏物語』はまさに古典中の古典と言うべきかもしれない。同じ平安時代の作品でも、『竹取物語』や『枕草子』が中学国語の定番教材であり、義務教育のうちに一度は目にする作品であるのに対して、『源氏物語』が中学国語の教科書に登場することはない。中学生にとっては、「いづれの御時にか」で始まるその冒頭部分が暗記・暗唱用として紹介される程度で、内容について学習することはまずないと言ってよい。その知名度とは裏腹に、誰もが教室で教わる作品ではないのである。こうして、内容に触れる機会がほとんどないまま、名前だけがいつの間にか知識として定着していくことになる。

この作品が国語の教科書に登場するのは高校二年、その全体像を学習するのはおそらく高校三年生になってからである。たしかに、高校に入ってからであっても、作品に触れる機会が設けられているのは、幸運と言うべきかもしれない。読書離れが指摘されて久しい今日、ほとんど読まれることなく、その存在さえ忘れられかけている作品も少なくない。そういう作品に比べれば、たとえすべての高校生ではないにせよ、『源氏物語』が教室で読まれ続けているということは、恵まれていることなのではあろう。

しかしながら、そのような幸運に恵まれているにもかかわらず、あるいはそれゆえと言うべきかもしれないが、そこから『源氏物語』そのものへと手を伸ばす読者がどれだけいるのかは、はなはだ心もとない。それには、この作品が自力で読み通すにはあまりに長大であるということもかかわっていよう。前記した『竹取物語』『枕草子』に『平家物語』『徒然草』『奥の細道』といった定番教材をすべて足し合わせた分量よりも、『源氏物語』はなお長い。たとえ興味を持った読者がいたとしても、最後まで読み通すには、少々骨の折れる作品なのである。また、分量のみならず、引用や典拠に富んだその文章表現もまた、高級料亭よろしく、初心者にとっては敷居の高いものとなっている。「長恨歌」を踏まえた桐壺巻の構想や、『伊勢物語』と重なる若紫巻の垣間見場面などを知ると、古文が苦手な自分にはとても理解できまいと多くの読者が尻込みしてしまうのも、うなづけなくはない。そのうえ、和歌が頻繁に出てきたり、敬語で主語を判定するなどと言われては、読み出す前から気が萎えてしまう。

こうして、光源氏の誕生や紫の上垣間見の場面など、教科書で学んだ内容を中心に『源氏物語』像や『源氏物語』観が構築されてしまい、煌びやかな平安宮廷社会の雅な生活を描いた「世界最古の長編小説」、あるいは稀代のプレイボーイ光源氏が后妃や人妻、はては少女や醜女にまで手を出す恋愛小説というイメージだけが、独り歩きしていくことになる。そして、現代の我々とは無関係な遠い昔のお話として、あるいは題名と簡単なあらすじを理解しておけば事足りる社会人の教養の一つとして、「古典」という名の指定席に落ち着いていくのである。

しかし、それではあまりにもったいない。『源氏物語』は単に文化遺産としてのみ価値があるのではない。それは今読んでも抜群に面白い。実用性を失った博物館の展示品とは異なり、『源氏物語』はいまだ現役の文学作品なのである。

たしかに、『源氏物語』を読み通すことには困難が伴う。前述した文章表現のみならず、社会制度や生活習慣もまた、現代のそれとは大きく異なっているからである。しかし、それらの壁さえ乗り越えられれば、至福の時間が待っている。ひとたびその魅力にとりつかれてしまうと、作品の長さも気にならない。七十年あまりに及ぶ時間の流れに身を委ねながら登場人物とともに作中世界を生きる喜びは、長編物語ならではの醍醐味であろう。実際、『源氏物語』は誕生から一〇〇〇年以上もの長きにわたって、多くの読者を魅了し続けてきた。そして、各種の翻訳を通して、その魅力は今や世界へと発信されている。

本書は、このような『源氏物語』の魅力を一般の読者に伝えるべく編纂された。しかし、あらすじや梗概を記した解説本とはしなかった。『源氏物語』を味わうには物語本文そのものと向き合うのが最善であり、その内容を勝手に要約したり講評したりするのは余計なお世話と考えたからである。それゆえ、本書では、それぞれの章ごとにテーマを設けて、その視点から『源氏物語』の世界をのぞき見るという方法を採用した。

第一章から第六章では、『源氏物語』を味わうための基礎知識や視点を設定して、『源氏物語』そのものを説明分析することにした。現代とは異なる平安時代の制度や習慣あるいは日本語表現について知るとともに、現代にも通じる文学の普遍的な方法がそこに見られることに気づいてもらえれば幸いである。

また、第七章から第十章では、後代の人々が『源氏物語』にどのように取り組んだのかを説明紹介した。『源氏物語』に接したすべての人が、いつも真面目な読者だったわけではない。時には大胆かつ乱暴に『源氏物語』と向き合うことで、新たな作品が生み出されることもあった。『源氏物語』は読者を深い感動に誘うのみならず、アイデアの供給源としても作用し続けてきたのである。「正解」に縛られることなく、自由に想像の翼を羽ばたかせることで、人々はそれぞれの時代で『源氏物語』を楽しんできたのである。我々もまたその末端に位置していることを忘れないでいたいと思う。

これら各章を通して『源氏物語』への興味が高まり、一人でも多くの読者が『源氏物語』の世界に魅了されるようになれば、それにまさる喜びはない。

二〇二一年二月

木谷眞理子
吉田　幹生

『源氏物語』と日本文学史　目次

第一章　『源氏物語』と身分社会

――名称・呼称をてがかりに――

土居奈生子

一　はじめに

『源氏物語』の主人公は「光源氏（ひかるげんじ）」、作者は「紫式部（むらさきしきぶ）」。日本で生まれ育った人であれば、中学生になるころには身につけている知識であろう。だが、この「光源氏」は、この主人公の本名ではなく、物語世界の中で、世間の人々や語り手が用いる呼称の一種（あだ名のようなもの）でしかない。名前（ファーストネーム）が「光（ひかる）」というわけではない。「紫式部」は、いわゆる女房名でしかない。[1]このようなことについては、（1）物語の実際の本文に触れ、文脈ごとに呼称が選び取られるルールや条件、意味を考える、（2）物語が成立した当時の人々の思考、社会常識、慣習といったものへ視野を広げる、など一歩も、二歩も踏み込むことが肝要となる。

そこで本稿では、右の「光源氏」が物語の中で、実際にどのように語られ、位置づけられているのか、を呼称へ目配りしつつ考察してゆく。『源氏物語』の物語世界は、その成立より少し前の平安時代中頃の身分社会を、ほぼそのまま持ち込んでいる。平安時代の社会は、現代とは大きく異なる。その社会的な位置づけである身分というものが、物語内での呼ばれ方にも反映している。そのため本文とともに、当時の身分についても考察してゆくことになる。光源氏については「プレイボーイの貴公子」というイメージをよく耳にするが、右の作業を繰り返すことで、最終的に、それとは異なる光源氏像を提示することをもくろんでいる。

二　主人公「光源氏」は、「光る」＋「源氏」―「光る」―

長編の作り物語である『源氏物語』は現在、五十四帖、それぞれの巻（帖）には「巻名」と呼ばれる名前がついている。また全体を三つにわけ、三部構成として理解、把握することが行われている。

第一部　桐壺〜藤裏葉
第二部　若菜・上〜幻（雲隠）
第三部　匂兵部卿〜夢浮橋

右の第一部から第二部を貫く男主人公が「光源氏」である。これから実際に本文も引用しつつ見てゆく。くりかえしになるが、物語の中で、彼は終始、「光源氏」と呼ばれているわけではない。様々に呼ばれ、語られている。そのひとつひとつで〈読者〉が彼を把握するのは困難なため、「光源氏」あるいは「源氏」という通称が用いられている。これは他の登場人物にも共通であり、例えば第三部の男主人公二人、そのうち光源氏の孫にあたる兵部卿宮は、「匂宮（にほふみや）」[2]、もう一人、世間には光源氏の息子とされるも、実は血のつながらない不義の子は「薫（かをる）」[3]と通称される。なお、物語の中で実名が用いられる人物は、身分が低い者に限られている。

この「光源氏」は、語構成において、「光る」と「源氏」に分けることができる。本稿では、特に「源氏」の部分に注目してゆくが、それだけでは主人公を理解する上で十分でない。光源氏の「光る」の部分、つまり彼の生来の特徴といえる面をまず押さえる必要がある。

> 前の世にも御契りや深かりけん、世になくきよらなる玉の男御子さへ生まれたまひぬ。いつしかと心もとながらせたまひて、急ぎ参らせて御覧ずるに、めづらかなる児の御容貌なり。一の皇子は、右大臣の女御の御腹にて、寄せ重く、疑ひなきまうけの君と、世にもてかしづききこゆれど、この御にほひには並びたまふべくもあらざりければ、おほかたのやむごとなき御思ひにて、この君をば、私物に思ほしかしづきたまふこと限りなし。
>
> （桐壺、一八～一九頁）[4]

右は、光源氏の誕生の様子である。物語内の人物として登場したばかりであるため、あだ名などはもちろんなく、その存在そのものが語り手（草子地）や、父である帝の目を通じ、捉えられ、語られている。「世になくきよらなる玉の」までが、生まれたばかりの光源氏を示す「男御子」への形容としてかかる。「この世を探しても見つからないであろう美しい玉のような」と、語り手により美しさが強調されている。母親の里（実家）で生まれた彼を宮中へ参上させ、実際に、その目で見た父帝により「めづらかなるちごの御容貌なり」、つまり「めったにいない幼子としてのご器量である」と断定されている。その後の文にある「御にほひ」の「にほひ」は、動詞「にほふ」の連用形が名詞化したもので、古語では、色づきあざやかで美しい、といった視覚的な美しさを表す。「この」と「御」がつくことから、光源氏の「にほひ」であることが了解され、それが兄である「一の皇子」と比較され圧倒的な美として、父帝の心をとらえて離さない、といった状況なのである。

右の引用にある「きよら」の語は、三歳で母更衣を亡くし、その喪明けに光源氏が宮中へ再び参上した様子を語る条でも見られる。長じても美しい、否、長じてますます美しくなってゆくのである。七歳で「読書始（ふみはじめ）」という、学問を正式に開始する儀式が行われた後には、学問はもちろんのこと、琴や笛など音楽の才にも恵まれている様子が語られる。外見の美しさがますます磨かれるのに加え、中身も賢く、諸芸に秀でる、といった成長ぶりに「世の人光る君と聞こゆ」（桐壺、四四頁）と、「（物語の中の）世間の人々は（彼のことを）光りはなつ君とお呼びする」ようになった、のであった。

「光る」は、ラ行四段動詞であり、下に「源氏」と名詞である体言が続けば、活用は連体形である。終止形も同じ「光る」で、光を放つ、照る、輝く、などの意味の他、容姿・才能などがすぐれて見えることを表す。つまり、「容貌（外見）がすぐれているだけでなく、才能も一緒に身体から光としてこぼれでて、存在を輝かすような」という状態が「光る」であり、彼の様子を世間の人々が一語で表そうとし選ばれた語なのである。

> 光る源氏、名のみことごとしう、言ひ消たれたまふ咎多かなるに、いとど、かかるすき事どもを末の世にも聞きつたへて、軽びたる名をや流さむと、忍びたまひける隠ろへごとをさへ語りつたへけん人のもの言ひさがなさよ。（帚木、五三頁）

右は、桐壺巻につづく帚木巻の冒頭である。物語本文の中で、「光る源氏」という表現が初めて見られる箇所（初例）である。桐壺巻では、光源氏が誕生し、元服（成人式）をし、左大臣の娘と結婚する。主人公として登場、確立する巻といえる。つづく帚木巻以降、一人前の男となった光源氏がいよいよ、物語の主人公として語られてゆく。そのはじめのところで、すでに世間の人々が彼のことを「光る源氏」とあだ名し、呼んでおり、その一挙手一投足に注目している、という前提が、語り手により作られていることに注意したい。「光る源氏」という呼称だが、五十四帖もある物語本文の中で用いられる回数（用例数）は、実はそう多くない(5)。ところが、この帚木巻冒頭の語り手に導かれ、我々〈読者〉も、物語内の世間の人々と同化し、男主人公を「光源氏」と呼び、その挙動を見つめてゆくのである。

三　主人公「光源氏」は、「光る」＋「源氏」―「源氏」―

前節のように、生来の特徴として見目麗しく、才能豊かな人物と光源氏は語られていた。桐壺巻では、同時に、彼の社会的な位置づけも行われてゆく。光源氏の「源氏」の部分である。まず彼の両親だが、父親は時の天皇（通称「桐壺帝」、以下、この通称を用いる）、母親は、そのキサキ[6]で更衣（通称「桐壺更衣」、以下、この通称を用いる）であった。

平安時代、天皇を頂点とした身分社会であったことはもちろん、一人前の成人男性は複数の妻を娶ることが行われていた。いわゆる一夫多妻制（研究者によっては、「一夫一妻多妾制」とも）である。天皇は後宮を中心に、①令制に定められたキサキ（皇后、妃、夫人、嬪）、②令外の制のキサキ（女御、更衣）、③事実上のキサキ（女官、女房など）と関係を築き、子どもをもうけ、自らの皇統を維持することを目指した。①のキサキは、平安時代の中頃には②に代わられ、②の女御から天皇の嫡后である皇后が立てられるようになる。

またこの頃、天皇とキサキとの間に生まれた皇子女は、それまで親王（女子の場合は、「内」をつけ「内親王」）とされたものが、天皇からの宣下を賜ることで親王（内親王）となれることになった。親王（内親王）には、一品から四品という品階があり、数が少ないほど高位で、それぞれに処遇が定められている。品階にあずからない無品（むほん）もあったが、無品、有品とわず、親王は皇位継承対象者である。親王にあって、式部省の長官である式部卿など官職につく場合もあった。

宣下をうけられない皇子女は、氏姓（「うじ・かばね」。現在の苗字に近いもの）を賜り、人臣（天皇の臣下）として世の中を生きることになった。いわゆる臣籍降下である。天皇を祖とする氏姓には、「源（みなもと）」のほか、「平（たいら）」「清原（きよはら）」「在原（ありはら）」などがある。氏姓を持ち、官位を得て、外側から天皇をはじめとした皇統を支え、生きることを求められるようになったのである。

氏姓は、そもそも天皇から臣下へ与えられるもので、臣下としての証である。例えば、藤原道長の「藤原」は、大化の改新の折の功をたたえ、天智天皇が中臣鎌足へ与えた。後に道長を輩出する藤原氏の始祖は、鎌足なのである。逆にいえば、天皇や親王（内親王）は、氏姓を持たず、あるのは名前、現在でいうファーストネームのみで、臣下扱いされない貴い人々なのであった。

臣籍降下が行われるようになった理由は、皇子女の数が多くなり、皇室経済を逼迫させたことにあるとされる。天皇の子どもとして生まれれば、一見、一律に身分高い人々と考えられがちだが、以上のように、その中にあって細かな序列にさらされていたのである。自分がどこに位置づけられるかは、母親の地位とその後見によっていた。同じ母親から生まれても、何番目か、男女の別などでも左右され、(7)自身の希望や、努力などでどうにかなるものではなかった。

　帝、かしこき御心に、倭相を仰せて思しよりにける筋なれば、今までこの君を親王にもなさせたまはざりけるを、（高麗ノ）相人はまことにかしこかりけりと思して、無品親王の外戚の寄せなきにては漂はさじ、わが御世もいと定めなきを、ただ人にて朝廷の御後見をするなむ行く先も頼もしげなめることと思し定めて、いよいよ道々の才を習はさせたまふ。際ことにかしこくて、ただ人にはいとあたらしけれど、親王となりたまひなば世の疑ひ負ひたまひぬべくものしたまへば、宿曜のかしこき道の人に勘へさせたまふにも同じさまに申せば、源氏になしたてまつるべく思しおきてたり。

（桐壺、四〇～四一頁）

右の引用のように、第二皇子として誕生した光源氏を、「親王」とするか、人臣である「ただ人」にするか、決断したのは父である桐壺帝であった。桐壺帝は、高麗（「こま」。朝鮮半島）と倭、双方の相人に、光源氏のいわゆる相診断をさせた。現在も「手相占い」は行われるが、手の相（状態）を見ることで、その人の性格や将来の運命をはかる。この場合、特定の身体部位が示されないので、おそらく顔（相）を中心に診断したと考えられる。それだけでなく、「宿曜（すくよう）」といわれる現在の星占いも行わせていた。

また光源氏の母は、後宮で更衣という地位にあった。女御より下位であり、かつ光源氏が三歳の時に亡くなってしまっている。加えて後見（うしろみ）と呼ばれる外戚勢力の筆頭となるべき母更衣の父親は、大納言であったが更衣が入内するより前に亡くなっていた。このまま親王にしても、無品親王でしかなく、外戚もない皇子は、政争の具になる懸念があった。このように様々な要素を踏まえ、桐壺帝は「源」の氏姓を与え、人臣として生かす決断をしたのである。

桐壺帝は、桐壺更衣以外のキサキ達との間にも、皇子女をもうけている。その中で、氏姓を与

え、臣籍降下をさせたと明らかになっているのは、光源氏ただ一人であった。(8)

四　主人公が成人し「光源氏」となってから　―官位―

物語の登場人物に対する呼称は一定でないことは最初に述べた。成人している男性の登場人物の場合、官位の「官」の方、官職を用いることがよく行われる。これは男性貴族の手になる漢文日記の記述などで見られ、当時の習慣が自然なものとして物語をはじめ仮名散文作品の中にも取り込まれたと考えられる。漢文日記の記述は、年月日をともなうため、その時の官職を記せば、その任にあった者に特定され、その人物を示すことになるわけである。物語の男性登場人物の場合、その人物が出世していくのか、降格（あるいは失職）したのか、物語の朝廷を中心とした社会での浮沈を示すことになる。

平安時代、その前後の時代も含め、天皇の臣下には、朝廷での役職である官（職）、ランクである位（階）が授けられた。位階は、一位から八位と、その下の初位の九つ、各位を正従（初位は大・少）に分け、正四位以下はさらに上下に分けるため、三十段階ほどになる。先述の親王に対する無品と同様、無位もある。宮中での着座の順番であり、天皇に近い席から正一位となる。官職は、太政官の筆頭である太政大臣をはじめとした、国家を支える機関・役所へ配備された役職である。各組織内に序列（例、かみ、すけ、じゃう、さかん）があり、組織間の役割や権限にかなり違いがあったため、これらの役職が国家全体でどのあたりに位置づけられるか、を位階で示すことが行われた。

内裏内に、天皇が日常生活をおくる清涼殿という建物があり、その南端に「殿上の間」と呼ばれる場所がある。ここに昇殿（出入り）を許された者を「殿上人」というが、この殿上人に皇族を加えた人々が、いわゆる貴族といえる。殿上人とは三位以上の者に、四位の参議を加えた公卿（くぎゃう。「上達部（かんだちめ）」とも）、四～六位の蔵人（天皇の護衛）ほか、天皇の勅許（許可）を得た者であり、殿上の間には、その氏名を記した「日給の簡」があった。逆に、四位でも昇殿を許されない者は貴族とはいえず、五位にあり地方長官である国司を歴任し、経済的に羽振りが良くとも同様で、この階層は「受領（ずりゃう）」と呼ばれた。

光源氏は、父帝からまず「源」の姓を与えられ、皇子女間での位置づけがなされた。次は元服を境に、このように細かな序列、競争のある人臣たちの社会、つまり政界へほうり込まれた、といえる。十二歳で元服の儀を迎える様子が桐壺巻に語られるが、位階に関しては何も語られないので無位スタートと考えられる。元服の儀式の際には無位であったとしても、奈良時代からの蔭位（おんゐ。「おんい」「いんい」とも）の制により、帝の愛子である光源氏がほどなく高位高官を得られるだろうことは、当時の〈読者〉の想像するところであった。蔭位とは、親王、王、公卿などの子や孫に授けられた特典的な位階のことである。唐制をモデルに創設されたが、日本のそれは唐の適用範囲より狭く、授けられる位階が高いことに特徴があった。

元服につづいて左大臣の姫君（通称「葵の上」、以下、この通称を用いる）と結婚するので、後見に舅・左大臣を得た。当時は通い婚であり、左大臣家内に彼用の部屋が設けられ、夕方くらいに同屋敷に赴き、一晩を姫君とともに過ごす、という生活をはじめたことになる。他にも彼が日常生活をおくる場所として、内裏では母更衣が使用していた桐壺（淑景舎）をそのまま利用することが許され、母の実家の建物を光源氏の里第（後に「二条院」と呼ばれる）として利用するべく修繕が行われた、と同巻末にある。

次の帚木巻の冒頭は先に引用したが、その後を見てゆこう。同巻は、通説では桐壺巻から四年ほどの空白をおき、光源氏が十七歳の夏を語っているとされる。

まだ中将などにものしたまひし時は、内裏にのみさぶらひようしたまひて、大殿（左大臣家）には絶え絶えまかでたまふ。（帚木、五三頁）

「中将」とは近衛府という役所の次官であり、従四位下相当。長官は「大将」で従三位相当とされる。これらは他府にくらべ極めて高い。近衛府の主な職務は内裏の宿衛、京中の巡検、行幸時の警固などで、天皇周辺と京を守る武官集団、というところだ。つまり十七歳の若さで、父帝の警護を主な仕事とし、その重責と父帝との近さに見合う地位にいたのである。

この帚木巻で有名な「雨夜の品定め」は、宮中の光源氏の宿直所である桐壺で、その主・光源氏を脇に展開された。この夜の女性談義をきっかけに、その後の光源氏の女性遍歴がはじまる。だがそれまでの彼は、引用にあるよう父帝の側に仕えることをもっぱらとし、妻・葵の上のもとへ通うことも途絶えがちであった。そのような彼が、雨夜の品定めが行われた後、女性に開眼し恋人を多く作り、社会的には高位高官を極めるのであろうか。否、そう単純ではなく、そう甘くもないのが『源氏物語』なのである。

五　『源氏物語』中の御代替わりと光源氏の浮沈

先に、光源氏の社会的位置づけを確認する際、平安時代の人々の社会的位置づけを差配するのが、時の天皇であることも確認してきた。『源氏物語』は、四代にわたる天皇の時代のこととして語られている。

（一）　桐壺帝（光源氏の父）

（二）　朱雀帝（桐壺帝の第一皇子で、光源氏の異母兄。母は弘徽殿女御）

（三）　冷泉帝（桐壺帝の第十皇子で、光源氏の異母弟。母は藤壺だが、実は光源氏の子）

（四）　今上帝（朱雀帝の第一皇子で、母は承香殿女御。光源氏の甥にあたり、光源氏は娘（のちの明石中宮）を入内させるので舅にもなった）

このうち、（一）から（三）の時期での光源氏の官位にかんする動きと、呼称を確認してゆこう。

桐壺帝の御代での光源氏の官位のはじめは、先に見た中将（従四位相当）である。そのため呼称は「光る源氏」「源氏の君」ほか「源氏の中将」「中将（の君）」といった具合である。それに変化が生じるのが紅葉賀巻である。桐壺帝の朱雀院行幸において、青海波を見事に舞ったことへ

の褒美として

その夜、源氏の中将正三位したまふ。（紅葉賀巻、三一五頁）

と、叙位があった。これも先述したが上司にあたる大将が従三位相当なので、上司の位を上回っただけでなく、これまでの自身の位より、正四位、従三位の二段階をとばしての昇進であった。さらに同巻末には、

七月にぞ后ゐたまふめりし。源氏の君、宰相になりたまひぬ。帝おりゐさせたまはむの御心づかひ近うなりて、この若宮を坊にと思ひきこえさせたまふに、御後見したまふべき人おはせず、御母方、みな親王たちにて源氏の公事知りたまふ筋ならねば、母宮をだに動きなきさまにしおきたてまつりて、強りにと思すになむありける。弘徽殿、いとど御心動きたまふ、ことわりなり。（紅葉賀、三四七頁）

と、光源氏は宰相、つまり参議に着任する。参議の唐名が宰相で、次巻の花宴では、「宰相中将」（花宴、三五三頁）という呼称が見られるため、中将はそのままの兼官である。参議は太政官の議政に参与する官職。太政官の筆頭は太政大臣で、以下、左・右大臣、大納言（二名）、中納言（三名）、参議（八名）という構成で公卿として太政官会議（公卿会議）に参加する資格を有した。国政の中枢へ参画するにいたったのである。これほどの昇進がつづいたのは、引用の波線部にもあるように父である桐壺帝が譲位を考えたからであった。そうなれば、桐壺帝の第一皇子で、光源氏の異母兄にあたる現東宮が天皇即位するのはもちろんなのだが、桐壺帝は新東宮に藤壺腹の第

十皇子を立てようと考えていた。そのため第十皇子の母の藤壺を皇后（中宮）に冊立することをまず行い、光源氏を同時に宰相へと昇進させた。理由も引用部にあるように、新東宮の後見が皇族であるため、母宮を確固たる地位におき、少しでも力添えとなるようにという配慮からのものである。光源氏の昇進も、新東宮を守るように、との父帝からのメッセージであり、命令であった。なお引用部分の後半にある「源氏」は、「皇族」くらいの広い意味で用いられており、光源氏個人を指してはいない。

すでに物語の〈読者〉は承知していることだが、この第十皇子、引用部分では「この若宮」は、光源氏が父帝のキサキである藤壺に密通してもうけた子であった。光源氏自身、はからずも自分の子と、愛する女性を守るよう、父帝から命じられたのであった。

葵巻の冒頭において、「世の中変りて後」（葵、一七頁）と、すでに桐壺帝は譲位し、（二）の朱雀帝の御代へと移っている。譲位後の天皇は、太上天皇（略して上皇）となり、内裏をでて後院と呼ばれる御所へ移る。後宮は新天皇のキサキたちが暮らす空間となるため、桐壺帝のキサキたちも、皆、退下する。藤壺中宮は、桐壺院とともに後院へ移り、仲睦まじく暮らす。新帝の母となった弘徽殿女御は、「今后」（同前）つまり皇太后となり、一人内裏にとどまった。物語には直接語られないが、光源氏が宿直所として桐壺帝時代に使用を許され、多くの時を過ごした桐壺も彼が立ち入れる場所ではなくなった。父・桐壺院の心配は、幼い「春宮」（同前）と語られ、新帝即位にともない、藤壺中宮腹の第十皇子が東宮へ冊立されたことも明かされる。父院から、東宮のことを依頼される光源氏は「大将の君」（同前）と、こちらもすでに参議兼大将の任にあることが明かされる。大将への昇進、先の正三位への叙位も、すべて東宮のための昇進である。逆にいえば、若い光源氏を頼みとしなくてはならないほど、新東宮の後見が脆弱だったのである。

『源氏物語』では、右のような政治的な動きは端々に語られ、中心は光源氏と女性達の恋模様を語ることにある。物語は女性本位のものであり、語り手も女房が想定され、当時、女性は政治について語らないという意識が強いためとされる。この巻までに、すでに多くの女性達と関係を持っていた光源氏だが、その中には兄である新帝の后候補であった女性がいた。右大臣家の六の君（六番目の姫君。通称、朧月夜）で、弘徽殿女御の妹である。弘徽殿女御と父である右大臣は、朱雀帝が東宮のころから女御（②の制度上のキサキ）に、と彼女を考えていた。

その準備中ともいえる、入内前に光源氏は朧月夜と出逢い、男女の仲となる。花宴巻でのことである。その最初の、互いに相手が何者か確証を持てない偶発的な出逢いで終わらず、朧月夜と光源氏の関係は深まり、父大臣、姉の皇太后の知るところとなった。そのせいであろう、葵巻で朧月夜は、「御匣殿」（葵、七五頁）と宮中へ女官として出仕していることが明らかとなる。御匣殿（みくしげどの）とは、貞観殿（じょうがんでん）にあり、内蔵寮（くらづかさ）とともに天皇の御装束を調進する役所の称であるが、人に対して用いられれば、そこに務める別当（長官）を指す。上臈女房が、その任にあたり、そこから女御になる者もあった。実際に、この官についた朧月夜を、姉の皇太后は「参らせたてまつらむことを思しはげむ」（葵、七五〜七六頁）と入内させることに固執していた。

桐壺院の崩御後、年が変わった二月、朧月夜は御匣殿から「尚侍（ないしのかみ）」（賢木、一〇一頁）となる。内侍司（ないしつかさ）の長官であり、前任者が桐壺院崩御をうけ、辞任し、出家を志したためであった。内侍司は、天皇に常侍して奏請や伝宣などをつかさどる役所のため、女性秘書官集団といったところだ。だが、平安時代の中頃、尚侍は、先の御匣殿と同様、帝寵をうけ、女御・更衣に準じるような、③事実上のキサキが出現するポストとなっていた。朧月夜も「あまた参り集まりたまふ中にもすぐれて時めきたまふ」（同前）と、朱雀帝の寵愛を受ける身となる。

このようになっても、二人は密会を重ねた。結果、光源氏は朧月夜の暮らす宮中、弘徽殿を忍び出る姿を右大臣方の藤少将に見られ、あるいは里下がりをする右大臣家の彼女の部屋で右大臣に見とがめられた。とうとう現場を押さえられたのである。右大臣はこれを皇太后へ報告するが、それを後悔するほど皇太后の怒りはすさまじく、これを機に光源氏と、彼が後見する東宮を陥れようと画策する。

ここに光源氏は、政界を生きるにあたり最大のピンチを迎えることになる。だが一方で、朧月夜が天皇の②制度上のキサキでなく、③事実上のキサキでしかなく、女官である、という社会的な位置づけにより、絶妙な状況が生じている。天皇の制度上のキサキと通じて、それが発覚すれば、光源氏のみならず、朧月夜もともに謀叛の罪で身の破滅となる。だが、もともと光源氏との関係があったため、周囲が、女御といった制度上のキサキとしてではなく、女官として朱雀帝のそばへ出仕させたのが、朧月夜である。その彼女を、朱雀帝が寵愛した。そして朧月夜の方は、寵愛を光栄に思いつつも光源氏が忘れられず、関係を続けていた、ということなのである。二人ともに即罪人、とはならないのだ。そうであるからこそ、皇太后は光源氏を陥れるべく、あれこれ画策、つまりは何らかの重い罪を捏造しようと思いをめぐらすのである。

何もせずにいると、ありもしない罪でとがめられ、自身の一生どころか、東宮までその座を追われ、一掃される。迫り来る危機に、光源氏は都を自主退去する決意を固める。身の潔白を主張し、兄帝への忠誠を示そうとした。

> 帥宮、三位中将などおはしたり。対面したまはむとて、御直衣など奉る。「位なき人は」とて、無紋の直衣、なかなかいとなつかしきを着たまひてうちやつれたまへる、いとめでたし。
> （須磨、一七二〜一七三頁）

須磨へ発つ前に、異母弟の帥宮（通称、蛍兵部卿宮）や葵の上の同母兄弟である三位中将（通称、頭中将）が別れを惜しみ訪ねてくる。そこで応対する光源氏が無位無官であることが明らかになるのが、右の場面である。都の外へ退去する前から謹慎として、出仕そのものを控えたのであろう。そうこうする間に、殿上の間の日給の簡が除かれたとおぼしい。彼を示す呼称も、須磨へ出発する同巻の後半から、明石の巻にかけて官位（例「大将」）は用いられていない。

「なほこの源氏の君、まことに犯しなきにてかく沈むならば、かならずこの報いありなんとなむおぼえはべる。いまはなほもとの位をも賜ひてむ」とたびたび思しのたまふを、
（明石、二五二頁）

光源氏が退去後の都では、天変地異をはじめとした「物のさとし」（明石、二五一頁）がしきりにあり、太政大臣になって新帝を支える祖父、もとの右大臣も死去した。自らも眼病をわずらうようになった朱雀帝は、右のように光源氏を都へ召還し、元の参議兼大将へなすべきと考えはじめる。母・皇太后に反対され、一時は見合わせるものの、光源氏をとうとう赦免し、都へ帰るべく宣旨を下した（明石、二六二頁）。平安時代、流罪あるいはそれに準ずる処罰を受けながら赦免され都へ帰ることができただけでなく、本官へ復した例は皆無といわれる。物語が現実を超えた瞬間といえるが、それが朱雀帝の口から発せられ、行動から実現する。こうしたところから、当時の〈読者〉には、いわゆる夢物語の展開ではなく、リアリティあるものとして受け止められたであろう。

都へ呼びもどし、復位させた光源氏を、兄・朱雀帝は頻繁にそばへ呼び、政を相談するようになる。後の引用にあるように、参議から大納言へ昇進させてもいる。太政官の参議と大納言の間には中納言職があるため、そこを引き越しての昇進となる。父院の遺言に沿い、気持ちが楽になると同時に、眼病も回復してゆくが、一方で譲位の意思をかためてゆく。

あくる年の二月に、春宮の御元服のことあり。十一になりたまへど、ほどより大きにおと

なしうきようにて、ただ源氏の大納言の御顔を二つにうつしたらむやうに見えたまふ。いとまばゆきまで光りあひたまへるを、世人めでたきものに聞こゆれど、母宮は、いみじうかたはらいたきことに、あいなく御心を尽くしたまふ。…中略…。

同じ月の二十余日、御国譲りのことにはかなれば、大后思しあわてたり。…中略…。坊には承香殿の皇子ゐたまひぬ。世の中改まりて、ひきかへいまめかしきことども多かり。源氏の大納言、内大臣になりたまひぬ。数定まりてくつろぐ所もなかりければ、加はりたまふなりけり。

（澪標、二八一～二八二頁）

東宮が元服を迎えた同じ月のうちに、突然の譲位。母后にも知らせずに行った。新東宮に自身の皇子をつけ、光源氏を内大臣にする。左・右大臣、定員一名ずつに空きがなかったため、内大臣ということでわざわざ大臣職へとつけている。祖父大臣、母后により朱雀帝が、自らの意思を政へ反映させることが出来なかった時期、光源氏はその官位を失うことになった。しかし、その意思を発動させるにいたり、元に戻れ、さらに昇進できたのだ。

とうとう自分の息子が天皇即位した。（三）の冷泉帝である。光源氏の子どもであることは、光源氏、藤壺中宮、その周囲の数名、物語の語り手、そして〈読者〉が知るのみである。成長するにおよび、世間的に兄弟とはいえ、右の引用のように容貌の類似が語り手の目により確認される。光源氏の形容として用いられる「きよら」も共通しており、さらには二人でまぶしいくらい光り合う様子を世間の人々はほめそやす。親子であれば当然のことであるが、親子と名乗れぬ、否、名乗ることなどあってはならない関係だけに、二人が一緒に注目を集めることに、新帝の母・藤壺中宮の緊張は頂点に達する。

父である桐壺帝の御代に、②制度上のキサキである藤壺と密通し、男子をもうけ、その男子が東宮となり、天皇として即位する、それこそが光源氏の一番の大罪であり、世間に決して知られてはならない秘密であった。幸いにして、物語の最後まで、この秘密が世間へ漏れることはない。だが、即位後、冷泉帝は光源氏こそが自分の父であるという真実を知る。すでに母は崩御し、直接、光源氏に確かめるわけにもゆかない冷泉帝は、一人で悩み、いにしえの中国や日本の似たような事例を調査した。そして自らは譲位し、光源氏を親王に復し、天皇へ即位してもらう、という考えにいたる。

秋の司召に太政大臣になりたまふべきこと、うちうちに定め申したまふついでになむ、帝、思し寄する筋のこと漏らしきこえたまひけるを、大臣（おとど）、いとまばゆく恐ろしう思して、さらにあるまじきよしを申し返したまふ。…中略…。太政大臣になりたまふべき定めあれど、しばしと思すところありて、ただ御位添ひて、牛車聴されて参りまかでしたまふを、帝、飽かずかたじけなきものに思ひきこえたまひて、なほ親王（みこ）になりたまふべきよしを思しのたまはすれど、

（薄雲、四五六〜四五七頁）

前坊、「前」は、具体的には桐壺帝の御代のはじめ、あるいはそれ以前、「坊」は、東宮（であ

ったが、何らかの事情で天皇に即位出来なかった人物）と六条御息所との遺児である前斎宮を自らの養女として、冷泉帝へ女御入内させていた光源氏は、帝の舅ともなっていた。右の引用は、その光源氏を内大臣から太政大臣へ昇進させることを、内々に帝が打診し、その後、公卿詮議で正式決定がなされる、という箇所である。冷泉帝の即位まもなく太政大臣についた、葵の上の父で、もとの左大臣の薨去を受けた人事である。太政大臣になることは、人臣としての位を極めるという大変名誉なものである。かつて父帝から政界へ放り出され苦労するも、ここにいたり、その頂点に立つことになる。

それにとどまらず冷泉帝は光源氏へ「思し寄する筋」を伝えた。自らは譲位し、その後に、光源氏が天皇として即位する、というものである。光源氏はこれを固辞する。右では太政大臣への就任も固辞しており、実際に着任するのは、少女巻でのことであった。太政大臣は適任者がいなければ欠くことの出来る則闕官（そくけつのかん）で、職掌、実権のない名誉職であった。つまり公卿会議への参列のため内裏を出入りすることがなくなる。またこの定めがあっても数度断る、というのが慣例であった。そのため右では光源氏がゆくゆく太政大臣になることを前提に、それに相当する位と待遇が先行して与えられる。内大臣として変わらず公卿会議へ参列するが、その際、正または従一位の地位にあるものとして内裏を牛車で出入りするのである。帝としては、まだ不十分で、親王へと打診するが、光源氏は固辞した。

内大臣から太政大臣へ。その数年の間で、居所を二条院から六条院という広大な屋敷へ移す、

明石の君との娘、明石の姫君を東宮へ入内させる、など暮らしや一門といった面でも繁栄を極めてゆく。光源氏三十九歳の年、

その秋、太上天皇になずらふ御位得たまうて、御封加わり、年官、年爵などみな添ひたまふ。かからでも、世の御心にかなはぬことなけれど、なほめづらしかりける昔の例を改めで、院司どもなどなり、さまことにいつくしうなり添ひたまへば、内裏に参りたまふべきこと難かるべきをぞ、かつは思しける。かくても、なほ飽かず帝は思しめして、世の中を憚りて位をえ譲りきこえぬことをなむ、朝夕の御嘆きぐさなりける。（藤裏葉、四五四頁）

先述したが、太上天皇とは天皇を退位した人物を指し、略して「上皇」。内裏を出て後院と呼ばれる屋敷へ居を移す。その後院の名称が「朱雀院」であれば、上皇を「朱雀院」と呼ぶ。光源氏の兄帝が「朱雀帝」と通称されるのは、この退位後の後院が「朱雀院」ゆえであり、光源氏の息子である帝が「冷泉帝」と通称されるのは、後院が「冷泉院」ゆえである。(9) こうした「太上天皇」になずらう位が、冷泉帝から光源氏へ与えられた、という。「なずらふ」は、准ずる、といった意味で、退位した天皇ではないが、それと同じく扱う、という措置である。権利や待遇も上皇と同じになる。三位の公卿以上は、その家内に家務をとりしきる機関「家司（いへつかさ。「けいし」とも）」をおけるが、上皇にあわせ、それが「院司（ゐんのつかさ。「ゐんし」「ゐんじ」とも）」へ変更されている。

歴史的には、一条天皇の母后（円融天皇の女御で、自身所生の皇子が即位するにいたり、皇太后）で

皇太后の地位にあった藤原詮子（藤原兼家の息女・道長の姉）が出家した際、一条天皇から「東三条院」の号を宣下され、太上天皇に准ずる待遇を与えられたのがはじまりである。詮子が女性であるため、「女院」の初例ともされる。承暦二年（九九一）のことで、光源氏の場合、男性であるため、歴史上に無かったことが作り物語の中で行われた瞬間となった。光源氏は人臣よりも上の高貴な人々の中に、親王へ復することなく、それどころか親王より上位に位置づけられたのである。以降、第二部の最終巻である幻巻まで、つまり光源氏が在世中、彼の呼称には「六条院」「院」といったものが加わるようになる。一方で、「源氏の大臣」といった、「源氏」や「大臣」を用いた呼称は見られなくなる。

藤裏葉の巻末では、冷泉帝が六条院へ行幸する。帝は朱雀院へも声をかけ、朱雀院も同座する盛事となった。そこでは、

御座二つよそひて、主の御座は下れるを、宣旨ありて直させたまふほど、めでたく見えたれど、帝はなほ限りあるゐやゐやしさを尽くして見せたてまつりたまはぬことをなん思しける。（藤裏葉、四五九〜四六〇頁）

と、冷泉帝と朱雀院、二人の席と同列の高さに六条院となった光源氏の席が改められる。天皇による、光源氏の人生における様々な浮沈、その「浮」、栄耀栄華の極みであった。

六　おわりに

以上のように、『源氏物語』は主人公であっても、当時の身分社会に厳しく縛られていた。それが物語のリアリティを生み、当時の〈読者〉の共感をさそい、驚きをもたらし、人気を博した一因であろう。身分を考察する過程で、官職についても確認したので、光源氏のみならず、平安時代の男性貴族が女性達と恋愛に興じてばかり、というイメージも少しは払拭できたのではないかと思う。

だが『源氏物語』は、前節までに見てきた〝めでたしめでたし〟で終わらない。四十歳、老いを迎えた光源氏の後半生を語る第二部。死後の第三部と物語はつづく。特に第二部で、光源氏は年若い女三の宮（朱雀院の皇女）を妻に迎えるが、このことをきっかけに後半生は実に暗澹たるものになる。

女三の宮は、六条院内で柏木（頭中将の嫡男）と密通し、懐妊する。光源氏は自らその証拠となる文を彼女の居所で見つけ、すべてを知る。知った上で、生まれた不義の子を我が子として抱く羽目になるのであった。自分が若い頃、犯したことが自分に返ってきたわけで、まさに因果応報である。女三の宮は出産後、体調が戻らないことを理由に出家する。当時、女性が出家する意味合いからすれば、事実上の離婚であった。密通相手の柏木は、罪の意識から病づき、柏木巻で死んでいった。

最愛の紫の上の愛も失った。のみならず、彼女自身、病を得て、御法巻に二条院にてはかなく世を去る。光源氏が五十一歳の八月十四日のことである。葬送は翌日、八月十五日。かぐや姫の昇天のごとく、彼女は煙となってゆくが、光源氏はその空に満月があるかさえも確認できなかった。『竹取物語』で嫗とともに嘆く翁と異なり、喪失感に一人悲しむ翁となったのだった。

注

（1）紫式部は、物語の作者であり、実在した人物である。藤原氏の女性であることはわかっているが、名前は明らかでない。女性の名前が明らかにならないことは、平安時代の慣習のひとつといえる。『枕草子』の作者「清少納言」も女房名であり、清原氏の女性であることはわかっているが、名前は不明である。『蜻蛉日記』の作者「藤原道綱母」が息子の名によって表されているのも同様の事情からである。公の地位にあり、記録や文書に名前が記されている女性の場合でも、読みは不明であり、音読みするのが一般的である。

加えて、『源氏物語』のような、いわゆる作り物語の作者は匿名を原則としており、作者未詳である。『源氏物語』において、作者が特定できるのは、彼女自身による『紫式部日記』の中の記述による。レアケースといえる。

（2）「匂宮」については「にほふのみや」と呼ばれることも多いが、本文、語構成の双方から「の」を入れる必要はないと考える。また本稿では、読み仮名に歴史的仮名遣いを用いる。

（3）「薫」については、兵部卿宮である「匂宮」と、語構成上、対となる通称としては「薫中将（かをるちうじゃう）」がある。また本稿では、読み仮名に歴史的仮名遣いを用いる。

（4）以下、『源氏物語』の本文は、阿部秋生、秋山虔、今井源衛、鈴木日出男校注・訳『源氏物語①～⑥』（新編日本古典文学全集20～25、小学館、一九九四年三月～一九九八年四月）により、引用後に巻名、頁数を示す。読みやすくするため、論者がカッコで補いを入れる場合がある。

（5）「光（る）源氏」（「る」を送り仮名として表記するか否かは、各注釈書、校注者により異なる）、五例。桐壺巻の引用部分に出てきた「光る君」、四例。「源氏の光る君」、一例。なお、本稿では「光る」をはじめとした語に辞書的な意味からアプローチしているが、「光源氏」には「色好み」のイメージがあるとの指摘があるように、人物に用いられる形容については、様々な側面から研究が行われている。

（6）片仮名表記の「キサキ」は、制度上の天皇のキサキである、皇后（中宮とも）、女御、更衣などのほか、事実上のキサキである存在（女官や女房）をも含んだ総称として用いている。参考、瀧浪貞子「女御・中宮・女院―後宮の再編成」（後藤祥子ほか編『平安文学の視覚―女性―』勉誠社、一九九五年）。次段落の①～③のキサキの分類も、この論考による。

（7）浅尾広良「女御・更衣と賜姓源氏」（『源氏物語の皇統と論理』翰林書房、二〇一六年）

（8）吉海直人「『源氏物語』「親王達」考　もう一つの光源氏物語」（高橋亨編『源氏物語と帝』森話社、二〇〇四年）

（9）建物（この場合、後院）の名称が、そこに住まう人物を指す、というのは物語の世界のみならず、当時の通称、呼称化のひとつの方法である。『源氏物語』に登場する上皇がそれぞれ「朱雀院」「冷泉院」と呼称されるには、単純な呼称化の方法に従いつつ、物語の中での意味がある。この点については、辻和良「冷泉帝の呼称をめぐって―その主題論的解釈」（『源氏物語の王権―光源氏と〈源氏幻想〉―』新典社、二〇一一年）が参考になる。

第二章　『源氏物語』と中流貴族男性の恋愛

吉野瑞恵

一　はじめに

『源氏物語』に描かれた恋愛というと、大多数の読者が思い浮かべるのは、多彩な女性関係を繰り広げた光源氏の恋愛であろう。光源氏の恋愛のありようは、『伊勢物語』の在原業平の系譜を引く「色好み」の理想の実現という観点から論じられてきた[1]。とりわけ、色好みをめぐる折口信夫の論の影響は強く、光源氏の色好みは、国々の神に仕える巫女の心をとらえて、国々の力を結集していく古代的な英雄像を継承するものとされ、潜在王権の実現に不可欠な要素とされてきたのである。しかし、実際には『源氏物語』において、光源氏自身は「色好み」と言われることもなく、また「色好み」に類する「すき」「すき者」という言葉も、その使用が避けられていることは、すでに指摘されている通りである[2]。

その生き方が、「色好み」や「すき者」という語を体現しているようでありながら、これらの語の使用が避けられている光源氏の場合とは対照的に、『源氏物語』の中で語り手が「すき者」と認定しているのは、実は中流貴族の男性たちだった。(3) 上流貴族社会を舞台とするこの物語の中では、彼らは周縁化された人々であり、光源氏に奉仕する存在でしかない。中流貴族女性が、上流貴族女性にない魅力を持つ「中の品」の女として、光源氏の恋愛対象に浮上してくる場面があるのに対して、中流貴族男性が恋愛の主体もしくは対象として語られることはほとんどない。それにもかかわらず彼らが「すき者」とされるのはなぜなのか。彼らの恋愛の特徴は、『源氏物語』においてどのように描き出されているのだろうか。本稿では、これまで考察の対象になってこなかった『源氏物語』に登場する中流貴族男性の恋愛に焦点を当てて、考察してみたい。

二 「二心なき」中流貴族男性

これまでの議論をたどってみると、「色好み」は上流貴族特有の理念であり、彼らの文化資本を背景にしているからこそ実現可能な「美徳」と位置付けることができよう。折口信夫が問題にしたような「色好み」を想定するなら、(4) 「色好み」を実現できる身分は、時代を遡ると、天皇や王氏に限定されることになる。

光源氏のような上流貴族の女性関係と比べると、『源氏物語』の中流貴族の男性たちは、恋に身をやつすことなく、身分的にも釣り合いのとれた相手を選んで、堅実な結婚生活を送っているように思える。宮仕え先で多くの男性と出会い、恋を重ねていく中流貴族女性とは対照的である。そして、惟光の娘の藤典侍が夕霧と結ばれたように、中流貴族の女性は上流貴族の男性と恋をすることは可能であるが、中流貴族の男性が上流貴族の女性と恋をする機会はまずないと言ってよい。

例えば、宇治十帖に登場する常陸介の例などは、堅実な中流貴族男性像を裏付けることになるだろう。宇治の八の宮の女房であった中将の君は、北の方の死後に八の宮のお手付きとなり、女児（浮舟）を産んだ。しかし、出産後に冷淡になった八の宮のもとに居づらくなった中将の君は、中流貴族の陸奥守（のちに常陸介）と結婚して正妻となる。高貴な男性との関係で苦悩した中将の君は、無骨ながら「二心なき」中流貴族との生活を選んだのである。陸奥守の先妻は亡くなっているため、中将の君は唯一の妻である。そして、中将の君は、浮舟の異母姉である中の君が、匂宮の妻となったものの、匂宮が夕霧の娘の六の君を正妻に迎えたために苦悩する様子を見て、浮舟の乳母相手に次のようなことを述べる。

宮の上（＝匂宮の妻、中の君）の、かく幸ひ人と申すなれど、もの思はしげに思したるを見れば、いかにもいかにも、二心なからん人のみこそ、えやすく頼もしきことにはあらめ。わが身にても知りにき。故宮の御ありさまは、いと情々しくめでたくをかしくおはせしかど、人数にも思さざりしかば、いかばかりかは心憂くつらかりし。この、いと言ふかひなく、情なく、さまあしき人なれど、ひたおもむきに二心なきを見れば、心やすくて年ごろをも過ぐしつるなり（東屋・六・36）(5)

中将の君は、中の君の結婚生活の苦悩を目の当たりにし、皇族男性と中流貴族男性の違いについて思いを巡らせる。そして、「情々しく」はあるものの、自分を人数にも入れてくれなかった八の宮と、「情なく」はあるものの、「ひたおもむきに二心なき」常陸介を比較して、後者をよしとするのである。この中将の君の例では、中流貴族の常陸介は一夫一妻を貫いており、それこそが八の宮との関係に傷ついた中将の君が常陸介と結婚を決意した理由であった。この場面にさかのぼる別の箇所では、中の君の女房が、「二心おはしますはつらけれど、それもことわりなれば、なほわが御前をば幸ひ人とこそ申さめ」と言っている。匂宮のような身分であれば、妻を複数設けるのは当然だというのである。「二心ある」のが当然とされる皇族や上流貴族と、「二心なき」ことが最大の美点とされる中流貴族が、対比的に語られている場面である。

しかし、このように「二心なき」ことこそよいとしていた中将の君も、高貴な匂宮の姿を目の当たりにすると、その優美さに魅了され、七夕のように年に一度でもよいから通ってきてくれれば素晴らしいだろうと夢想することになる。中将の君にとっての、中流貴族男性の唯一の美点も、匂宮の姿を見るなり、一瞬にして消えてしまったのである。

また、空蝉を後妻に迎えた伊予介も、亡くなった妻との間に子どもがいるものの、空蝉を唯一の妻として大切にしている。この伊予介については、後にあらためて論じたい。このように『源氏物語』において、結婚後の中流貴族男性は、唯一の妻を守る実直さに焦点があてられることになる。現実には、『更級日記』の作者の父、菅原孝標も複数の妻を設けているように、中流貴族だからといって、一夫一妻が守られていたわけではない。しかし、『源氏物語』においては、「二心」ある上流貴族男性と対比するために、中流貴族男性は意図的に実直なイメージを与えられているのである。

三　「すき者」と評される中流貴族男性

前節で述べた中流貴族男性は、唯一の妻を守る実直な男性たちであるが、『源氏物語』には、恋の遍歴をする中流貴族男性も登場する。ふだん物語の表面に現れない中流貴族男性の恋愛に焦点があてられるのは、光源氏が「中の品」の女性の魅力に開眼する帚木巻である。雨夜の品定めで、恋愛談義と女性談議をリードしていくのは、「すき者」とされる中流貴族の左馬頭と藤式部丞であった。また、須磨流離の際にも光源氏に同行するなどし、光源氏の最側近ともいえる従者の惟光と良清も、「すき者」「すきたる者」と評されている。

まず彼らが「すき者」「すきたる者」と評される場面を確認しておこう。（　）内は、そのように評されている人物である。

①（左馬頭・藤式部丞）　世のすき者にて、ものよく言ひとほれるを、中将待ちとりて、この品々をわきまへ定めあらそふ。いと聞きにくきこと多かり。（帚木・一・58）

②（惟光）　誰ばかりにかはあらむ、なほこのすき者のしいでつるわざなめりと大夫を疑ひながら、せめてつれなく知らず顔にて、かけて思ひよらぬさまにたゆまずあざれ歩けば

③（良清）「いとすきたる者なれば、かの入道の遺言破りつべき心はあらんかし」（夕顔・一・153）

①は、語り手が彼らを「すき者」「すきたる者」とみなしている例、②は、夕顔が惟光を「すき者」とみなしている例、③は、光源氏の供人が良清を「すきたる者」と評している例である。（若紫・一・204）

惟光は、夕顔巻で光源氏を夕顔のもとに導く役割を果たし、良清は明石の君の噂話を光源氏の耳に入れて、明石の君と光源氏を結びつけるきっかけを作る。惟光は光源氏の「分身」とも評されるように(6)、惟光と良清は光源氏の「色好み」を矮小化した形で演じているように見える。

そして、惟光が「わがいとよく思ひよりぬべかりしことを譲りきこえて、心広さよ」（夕顔・一・162）と考えているように、夕顔は惟光の恋愛対象にもなりうる女性だった。また、明石の君についても、良清が光源氏以前に求婚しており、光源氏が「良清が領じて言ひし気色もめざましう、年ごろ心つけてあらむを、目の前に思ひ違へんもいとほしう」（明石・二・250）と思っているように、光源氏と良清は競合関係にある。「中の品」の女性との恋には、主従が対立する可能性も常に潜在しているのである。

左馬頭と藤式部丞は、雨夜の品定めの場面で、頭中将が光源氏に「中の品」の女性の魅力を語り始めたところに登場し、それ以降の女性談議を牽引する役割を果たす。左馬頭と藤式部丞は併称されているものの、式部丞は六位相当であるため、中流貴族よりもさらに下の階級に属する。

「すき者」と評される彼らの恋愛を男女の階級差という観点から検討してみたい。

頭中将は、もともと高貴な家柄ではないのに成り上がった場合と、もともとは高貴な家柄でありながら、没落してしまった場合とを挙げ、どちらも中の品に分類されるとする。中の品の女性の中には、経済的にも恵まれた家庭で大切に育てられて、宮仕えに出て「思ひがけぬ幸ひ」を得る者もいるという。「思ひがけぬ幸ひ」とは、宮仕え先で出会った上流貴族との結婚を指すと思われる。中の品の女性でも、経済的に恵まれていれば、上昇婚が可能だというのである。しかし頭中将は、上の品に生まれながら没落して中の品になった女性については、具体的に言及していない。

次に話を引き継いでいくのが左馬頭である。彼の女性論は、次のような展開になっている。

a　「葎の門」に住む女の魅力
b　「狭き家の内のあるじとすべき人」に必要な条件
c　夫に対する妻のあるべき身の処し方
d　見せかけはあてにできないことを芸能の例を使って語る
e　左馬頭の恋愛体験談①―性格はよいが、やきもち焼きの女（指喰いの女）
f　左馬頭の恋愛体験談②―たしなみはあるが、浮気な女

このあと、頭中将がみずからの体験談を披露し、続いて式部丞が博士の娘との交際の話を披露する。式部丞も左馬頭と併称される「すき者」であるが、実際には、笑いを誘うこの体験談を語る

のみで終わっている。そして最後に、女性にとっての、漢詩文や和歌の意味を説いて、話題は別の方向に流れ、この議論は終わる。

こうして振り返ると、左馬頭の女性論は、もっぱら釣り合いの取れた身分の女性の中で、いかに理想的な妻を探すかという観点でなされていることがわかる。左馬頭自身が次のように、自分の恋の遍歴は「すきずきしき心のすさび」によるものではなく、あくまで「思ひ定むべきよるべ」となる理想の女性を探すための手段なのだと主張している。

すきずきしき心のすさびにて人のありさまをあまた見合はせむの好みならねど、ひとへに思ひ定むべきよるべとすばかりに、同じくは、わが力入りをし直しひきつくろふべきところなく、心にかなふやうにもやと選りそめつる人の定まりがたきなるべし。（帚木・一・62）

この「よるべ」という語は、左馬頭の他の発言の中にも次のように用いられている。

①いと口惜しくねぢけがましきおぼえだになくは、ただひとへにものまめやかに静かなる心のおもむきならむよるべをぞ、つひの頼みどころには思ひおくべかりける。（帚木・一・65）

②若きほどのすき心地には、この人をとまりにとも思ひとどめはべらず、よるべとは思ひながら、さうざうしくて、とかく紛れはべりしを（帚木・一・71）

①の用例では、「よるべ」と「つひの頼みどころ」が区別されており、②の用例では、「よるべ」と「とまり」が区別されている。②は、「指喰いの女」について語っている箇所で、左馬頭はまだ若く浮気心もあったので、他の女性にも目移りして、彼女を通い所と位置づけていたものの、

終生の妻とするまでは至っていなかったとしている。いずれの場合も、信頼に足る通い所（よるべ）の中から「つひの頼みどころ」や「とまり」を選ぶというプロセスが見て取れる。したがって、「つひの頼みどころ」や「とまり」が決まるまでは、「すきずきし」と受け取られてしまうような恋の遍歴もせざるをえないというのである。

『源氏物語』の中で、「よるべ」が、妻や夫を指す例としては、他には次のようなものがある。

①かの御息所はいといとほしけれど、まことのよるべと頼みきこえむには必ず心おかれぬべし（葵・二・76）

②姉妹たちも、年ごろ経ぬるよるべを棄てて、この（＝玉鬘の）御供に出で立つ。（玉鬘・三・99）

③おきつ舟よるべなみ路にただよはば棹さしよらむとまり教へよ（真木柱・三・399）

④そのほかの女は、すべていと疎く、つつましく恐ろしくおぼえて、心からよるべなく心細きなり。（総角・五・231）

①は、光源氏が六条御息所を妻として扱う気になれないことを述べた部分で、②は、玉鬘の乳母の娘たちが長年連れ添った夫を捨てて、玉鬘の上京に同行するという場面である。③は、夕霧に定まった妻がいないならば、自分が夕霧のもとに行こうという近江の君の歌、④は、薫が弁の尼に、自分には妻としたい人もなく心細いと訴え、大君への取り持ちを頼む場面である。いずれも、妻もしくは夫として頼りにできる存在を指している。

一方、『源氏物語』の中で、「とまり」を妻の意味で使っている用例は、先に引用した帚木巻の用例のみである。『角川古語大辞典』では、「とまり」を「(1)船の泊る所。港。船着き場。(2)宿泊すること。また、その場所。旅宿。(3)最後の落ち着き場所。(4)物が脱落せぬように止める仕掛け。(5)終生連れ添う相手。本妻。(以下略)」としている。「よるべ」は、単なる恋人ではなく、「妻」あるいは「本妻」を意味しているが、「とまり」となると、「生涯連れ添う妻」という意味がより強調されることになるだろう。

左馬頭が探しているのは、あくまで「とまり」や「つひの頼みどころ」になりうる「よるべ」であり、恋の冒険を楽しむための相手ではない。そのような意味では、光源氏や頭中将とは事情が異なっている。中流貴族の男性にとって、恋の遍歴は生涯の伴侶となる唯一の女性を探すためのプロセスの中に位置づけられているのである。雨夜の品定めの女性論において、同じように「中の品」の女性に焦点を当てていながらも、「忍び所」と考える光源氏・頭中将と、「家の内のあるじ」と考える左馬頭の関心の方向はずれていると平野美樹が指摘していること[7]も、首肯される。

四　葎の門の女

そこで、あらためて左馬頭の女性論の展開に目を向けると、彼の論の中で、aの「葎の門の女」の話は、他の話題とは異質であることがわかる。前節で示した女性論の展開のbからfまでは、身分的にも釣り合いのとれた現実的な理想の妻を探す話であるが、aだけは、現実離れしたロマンティックな恋の幻想を思い描いているように見えるからである。

この「葎の門の女」の話は、中流貴族男性の恋の話題の中で、どのように位置づけたらよいのだろうか。先述した通り、頭中将は、中の品の女性の定義をして、「やむごとなき筋」から没落した女性と、受領のようにもとから中の品だった女性の両方を「中の品」に分類している。しかし頭中将は、裕福で何不自由なく育った中の品の女性の魅力を語っているものの、没落して中流貴族になった女性については、具体的に述べていない。頭中将のこの発言に引き続いて、左馬頭が発言するが、上の品の女性については、「なにがしが及ぶほどならねば」として、論評の対象から外している。そして、次に持ち出すのが、荒れ果てた屋敷に住む美しい女＝「葎の門の女」である。この「葎の門の女」は、どのような階級の女性なのだろうか。まず本文を確認しておきたい。

さて、世にありと人に知られず、さびしくあばれたらむ葎の門に、思ひの外にらうたげならむ人の閉ぢられたらむこそ限りなくめづらしくはおぼえめ。いかで、はたかかりけむと、思ふより違へることなむあやしく心とまるわざなる。父の年老いものむつかしげにふとりすぎ、兄弟の顔にくげに、思ひやりことなることなき閨の内に、いといたく思ひあがり、はかなくし出でたることわざもゆゑなからず見えたらむ、片かどにても、いかが思ひの外にをかしからざらむ。

（帚木・一・60〜61）

左馬頭は、荒れ果てた寂しい屋敷に、年老いて醜く太った父親や、憎らし気な顔をした兄弟からは想像できないような、誇り高く可憐な女性を見出す意外性の魅力を語る。この話を聴いた式部丞は、「わが姉妹どものよろしき聞こえあるを思ひてのたまふにや」と、自分の姉妹を念頭において左馬頭は発言しているのではないか、と考えているので、この話は、左馬頭の出身階級よりも下の女性にも、意外に魅力的な女性がいる可能性を示唆しているように見える。

しかし、「葎の門」という表現から連想されるのは、通常は没落して荒れ果てた屋敷に住む姫君であろう。ここには、『うつほ物語』の俊蔭女や『大和物語』一七三段と共通する要素があることが指摘されている。(8) ただし、左馬頭が挙げた例の場合、親兄弟が健在という点は、先行する物語の没落した姫君のイメージと異なる部分がある。

そこで、『大和物語』一七三段の内容を階級という点から確認しておきたい。『大和物語』一七三段では、「葎の門」に類似した「荒れたる門」の屋敷に住む女と良岑の宗貞の少将（のちの遍昭）との出会いが語られている。女の住む屋敷は、「五間ばかりなる檜皮屋のしもに、土屋蔵などあれど」とされているが、屋根が檜皮葺で五間四面の屋敷は上流貴族の邸宅を連想させる。『栄花物語』「たまのうてな」でも、法成寺の西北院の東にある道長の居所は、「五間ばかりの檜皮葺の寝殿」とされていた。さらに、部屋のしつらいについても、「むかしおぼえて畳などよかりけれど、口惜しくなりにけり」とあるので、かつては立派な邸宅であったことが示唆されている。

宗貞は女と一夜を過ごし、翌朝に女の親は男をもてなそうとするものの、窮迫した暮らしであるために、庭に生えている菜を摘んで調理するしかない。蒸した菜を盛った器に添えられた箸は、梅の枝を折ったもので、花びらには「君がため衣のすそをぬらしつつ春の野にいでてつめる若菜ぞ」という歌が書かれていた。女の当意即妙な歌も、彼女の教養の高さを証している。女には親がいるとされているが、ここまでの困窮ぶりを考えるなら、父親が死去し、経済的な支柱を失って没落したと解釈するのが自然である。

この屋敷を訪れた良岑宗貞は桓武天皇の孫であり、父親は大納言にまでなっているので、上流貴族に属する。上流貴族の男が、かつては上流貴族であったものの、食べるものさえままならない状況にまで落ちぶれてしまった女と偶然に出会い、女の和歌に心動かされて、彼女を経済的に援助してやることになるというのが、この段の概要である。歌物語である『大和物語』にふさわしく、女の歌の力が、彼女に現実的な幸福をもたらすという流れになっている。庭に生えていた菜の蒸し物を供された時にも、男は女の詠んだ歌に感動し、出されたものを引き寄せて食べることになった。男は、女がどんなに困窮していても、昔の優雅さを忘れていないことに感動するものの、帚木巻のように、この女がこれまで探し続けていた理想の相手として描かれているわけではない。男にとっては意外な場所に優雅で魅力的な女を発見したことのみが意味を持っている。

『うつほ物語』の俊蔭女もまた、葎の生い茂る家に住む女性であった。たまたま通りかかった太政大臣の息子・若小君の目に、その屋敷は次のように映る。

若小君、家の秋の空静かなるに、見めぐりて見たまへば、野やぶのごとおそろしげなるものから、心ありし人の急ぐことなくて、心に入れて造りしところなれば、木立よりはじめて水の流れたるさま、草木の姿など、をかしく見どころあり。蓬、葎の中より、秋の花はつかに咲き出でて、池広きに月おもしろく映れり。おそろしきこと覚えず、おもしろきところを分け入りて見たまふ。（俊蔭・51〜52）(9)

荒れ果てた屋敷に住む女は、清原俊蔭の娘であった。俊蔭は、皇族の父と皇女の母の間に生まれ、俊蔭自身もまた皇女と結婚している。俊蔭の父の位は高くはなかったが、俊蔭はその学才によって中納言になることを約束される。俊蔭女も、父母に相次いで先立たれなければ、上流貴族の姫君として大事にされていただろう。兼雅は、俊蔭女の弾く琴の音に誘われ、和歌を詠み交わし、二人は結ばれる。

『大和物語』でも、『うつほ物語』でも、男性は上流貴族であり、女性はかつて上流貴族であったと思われるものの、現在は没落している。荒れ果てた家は、かつての名残を残してはいるが、食べるものに事欠くような暮らしぶりで、女はどん底まで落ちぶれた生活を送っている。そのような中でも、女はすぐれた歌を詠んで男の心を魅了する。『大和物語』の場合とは異なり、『うつほ物語』の兼雅は、俊蔭女を探し出して妻として迎え、俊蔭女は兼雅の正妻をも圧倒する寵愛を受けるようになり、「北の方」と呼ばれるようになる。しかし現実には、没落した女性が上流貴族の正妻となることはありえない。

左馬頭のように中流貴族に属する男性の場合、「葎の門の女」との出会いは、上流貴族男性とは別の意味を帯びてくる。没落した女がかつて上流貴族だったのであれば、普段なら手の届かない階級の女性と出会う稀有な機会となる。さらにそこに荒れ果てた家の美女という意外性が加わり、相手の女性は恋の相手としてより輝きを増すことになる。中流貴族男性にとって、「葎の門」に住む没落した上流貴族の女性と出会い、さらにその女性と結婚すれば、階級的には上昇婚をするチャンスとなりうる。もちろん、「葎の門の女」と結ばれたからといって、実際に上流貴族の仲間入りができるわけではないし、経済的な利益を享受できるわけでもない。彼らにとっては、かつての上流貴族の姫君を妻にすることは、中流貴族と上流貴族の間に厳然とたちはだかる身分の壁を越えることであった。だからこそ、「葎の門の女」との恋は、同じような身分で魅力ある女性との恋よりも、高揚感をもたらすものであったと考えられるのである。

左馬頭が語った話の中で、光源氏に深い影響を及ぼしたのが、冒頭で語られた「葎の門の女」の話であり、これはのちの夕顔や末摘花の物語に展開していくことになる。夕顔は三位中将の娘であり、上流貴族の姫君であったものの、両親の死によって没落した女性であった。親王である父を喪い、母にも先立たれた末摘花の場合もしかりである。

光源氏は末摘花との出会いに先立って、亡くなった夕顔のことを思い出しつつ、「いかで、ことごとしきおぼえはなく、いとらうたげならむ人のつつましきことなからむ、見つけてしがな」（末摘花・一・265）と考える。また、末摘花の琴の音を聞いた光源氏は、次のように夢想する。

いといたう荒れわたりてさびしき所に、さばかりの人の、古めかしうところせくかしづきすゑたりけむなごりなく、いかに思ほし残すことなからむ、かやうの所にこそは、昔物語にもあはれなることどももありけれ

（末摘花・一・269）

左馬頭の話は、「葎の門の女」が登場する物語の数々まで連想させながら、上流貴族の男たちの「葎の門の女」への幻想を掻き立てることになった。光源氏と同様、「葎の門の女」への関心を強める頭中将は、「いとをかしうらうたき人の、さて年月を重ねゐたらむ時、見そめていみじう心苦しくは、人にももて騒がるばかりやわが心もさまあしからむ」（末摘花・一・274）とまで、幻想を膨らませていく。

光源氏と頭中将にとっては、「葎の門の女」は、たとえかつての上流貴族の娘であっても、気が張らない相手として、さまざまな利害関係がともなう結婚とは異なる関係を結ぶことができる対象であり、社会的な関係の網目に絡めとられることなく、自分の好みだけを貫くことのできる相手である。「葎の門の女」は、光源氏や頭中将にとっては社会的な責任が伴わず、恋の冒険をするのにふさわしい相手と言えよう。

このように、「葎の門の女」をめぐって、上流貴族男性の求めるものと中流貴族男性が求めるものは異なるものの、男性たちの幻想は肥大していく。上流貴族にとっては、「葎の門」に住む美しい女との出会いは、思いもしない所に美女を発見するという意外性が重要になるが、中流貴族の場合には、それにさらに手に入りそうもない零落した上流貴族の姫君と出会うという、階級

を超えた出会いの物語がともなってくるのである。

上流貴族の男性と「葎の門の女」との恋は、思いがけない出会いという意外性で男性の心をとらえるとともに、自分より階級が下の女性との気の置けない恋を意味するのに対して、中流貴族の男性と「葎の門の女」との恋は、普段であれば手の届かない上流貴族の女性との出会いという、階級の分断を超えるスリルを味わう場ともなり、また彼らが普段は参入を拒まれている上流貴族の文化資本を手に入れる可能性を開くことになる。したがって、中流貴族男性にとって「葎の門」の女性との出会いは、上流貴族男性の場合と比較すると、恋の幻想をより強く掻き立てるものとなると同時に、それと矛盾するようであるが、その女性を妻として迎える可能性という現実的な着地点も持つことになる。ただし、実利を無視した結婚を選んだ中流貴族の男性は、「すき者」と非難される可能性もあることには、注意する必要があるだろう。

五　「すきずきしき」伊予介

空蝉は「葎の門の女」ではないものの、上流貴族に生まれながら、没落したという点では、「葎の門の女」と境遇が共通している。彼女は、衛門督兼中納言の娘であり、桐壺帝のもとに入内する可能性までもがあった、本来であれば上流貴族に分類される女性である。父を喪った空蝉は、中流貴族の伊予介と結婚する前は、「葎の門の女」となっていたのかもしれない。ただし空蝉は、光源氏の目には「言ひ立つればわろきによれる容貌」と映っており、その点は、「思ひの外にらうたげならむ人」を見出すという、左馬頭の「葎の門の女」の定義には外れている。

空蝉と伊予介の結婚の経緯については語られていないが、父親を亡くした空蝉が、経済的に困窮し、年の離れた中流貴族との不釣り合いな結婚を選ぶところまで追いつめられていたであろうことは、容易に想像できる。この結婚については、「長年仕えた主家の姫君を妻に申し受けたものらしい」という指摘もある。(10) この論に従うならば、父親に先立たれて経済的に追い詰められていた空蝉を、これまで主君の姫君として崇めてきた伊予介が、みずからの妻に望んだということになるだろう。また、空蝉のことを話題にしている場面で、息子の紀伊守が光源氏に、「不意に、かくてものしはべるなり、世の中といふもの、さのみこそ、今も昔も定まりたることはべらね。中についても、女の宿世はいと浮かびたるなむあはれにはべる」(帚木・一・96)と語っている。空蝉と伊予介の結婚は、周囲の人々が予想もしなかった展開で、特に空蝉にとっては受け入れがたいものであったことがわかる。

このような伊予介の結婚のあり方は、次のように「すきずきし」と非難されている。

「伊予守はかしづくや。君と思ふらむな」、「いかがは。私の主とこそ思ひてはべるめるを、すきずきしきことと、なにがしよりはじめてうけひきはべらずなむ」(帚木・一・96~97)

「伊予介は空蝉を主君のように大事にしているだろうね」と光源氏に尋ねられて、紀伊守は、父親の結婚を非難するような答えをする。彼が、父親の結婚について「すきずきしきこと」と非難するのは、父親が親子ほど年の離れた若い妻を迎えたことが一番の原因であろうが、中流貴族にふさわしい、現実的で釣り合いの取れた結婚を選ばなかったことに対する非難も含まれているだろう。空蟬との再婚は、伊予介に経済的な利益をもたらすものでなく、新たな人脈を獲得する手段にもならないからである。「私の主とこそ」にも、上流貴族出身の空蟬に頭が上がらない父親に対する非難の響きがある。

このように実の息子からも「すきずきし」と評される伊予介であるが、空蟬の認識では、中流貴族にありがちな生真面目で面白みのない男である。空蟬は光源氏と結ばれたあとに、「常はいとすくすくしく心づきなしと思ひあなづる」（帚木・一・103）伊予介のことを思い出す。「すくすくし」には、風流さや優美さに欠けるという意味があり、「すきずきし」の対極に位置する。浮舟の義理の父の常陸介と同様に、伊予介は上流貴族の優美さに欠ける実直な人物ということになる。しかし、光源氏は紀伊守を相手に、伊予介を「かの介は、いとよしありて気色ばめるや」（帚木・一・97）と評してもいる。これは、空蟬のような若い後妻を迎えたことについての光源氏の皮肉な伊予介評ともとれるが、夕顔巻では、任地から上京してきた伊予介が光源氏の視点から、次のように描写されている。

舟路のしわざとて、すこし黒みやつれたる旅姿、いとふつつかに心づきなし。されど、人もいやしからぬ筋に、容貌などねびたれどきよげにて、ただならず気色よしづきてなどぞありける。（夕顔・一・145）

「人もいやしからぬ筋に」とあるので、伊予介のもとの家柄は上流貴族で、彼の代に至るまでに中流貴族に落ちぶれてしまったのかもしれない。そうであるならば、伊予介にとって空蝉との結婚は、なおさら願ってもない上昇婚ということになるだろう。空蝉は美女ではないものの、零落した上流貴族の女性を正妻として迎えた伊予介は、中流貴族の恋の幻想を実行に移した人物ということになる。だからこそ彼の結婚は「すきずきし」と評されることになるのだ。

六　『狭衣物語』に描かれた中流貴族男性の恋

「葎の門の女」をめぐる物語は、中流貴族男性と上流貴族男性の、性格を異にする恋愛幻想がせめぎ合う場ともなる。それがはっきりとした対立の形をとるのが、『源氏物語』の影響を強く受けた『狭衣物語』である。『狭衣物語』は、『源氏物語』の「葎の門の女」をめぐる物語に潜在していた可能性を可視化して読者に示してくれるのである。

大臣の子息である主人公の狭衣は、父母に先立たれて乳母だけを頼りに生きている飛鳥井女君と偶然に知り合って、関係を持つことになる。この時点での狭衣は知らないものの、飛鳥井女君は帥中納言の娘で、もとは上流貴族の姫君である。彼女は荒廃したもとの邸宅に住んでいるわけではないが、没落した上流貴族の姫君で、「思わぬ所に住む美女」という点では、「葎の門の女」とみなすことができるだろう。

そして、「やんごとなき辺りどもよりは、慣らはぬ草の枕もめづらしくて、その後は、宵々暁の露けさも知らず顔に、紛れたまふ夜な夜な積りけり」（巻一・85）とあるように、狭衣はしだいにこれまでに体験したことのない恋の魅力に囚われていく。しかし、飛鳥井女君に恋する男性は他にもいた。狭衣の乳母子で従者の式部大夫・道成である。大宰大弐の息子である道成は、狭衣という後ろ盾もあって、将来有望な中流貴族であった。彼は、飛鳥井女君が太秦の広隆寺に参籠している時に彼女を見初める。その経緯は、次のように語られていた。

自らの心にも、また思ふことなく、いみじきすき者の色好みて、いかで、心、容貌よき、すぐれたらん人を見んと思ひて、婿にほしうする人々の辺りにも寄らず、君の御真似をのみして、夜中の御供にも後れず、私の里わたりをのみ尋ぬるわざのみして、この女君、太秦に籠りたまへりけるを、ほのかにのぞきて見けるより、異心なくなりて、消息などしけるを

（巻一・117）(11)

従者の道成が、「君の御真似をのみして」とあるように、狭衣の真似をして忍び歩きをしているとする点は、『源氏物語』の惟光と重なってくる。狭衣の乳母子である点も、惟光と共通する。そして、彼は「すき者の色好みて」と評され、同じような身分の女性の婿にと望まれていながら、自分の理想とする女性と結婚したいと思っているというのである。「すき者の色好みて」とあるのも、多情であるという意味ではなく、経済的な利益を求めての現実的な結婚を避け、あくまで自分の理想の女性との出会いを求めて、女性を選り好みしている意と考えられる。これは、「雨夜の品定め」の中流貴族の「すき」と性格が共通する。

道成が飛鳥井女君を見初めたのは、広隆寺参籠の折なので、彼女が「葎の門の女」であること

を知ってのことではない。しかし、道成はすぐに女君の乳母に結婚を申し入れており、乳母もこの結婚に乗り気になっているので、飛鳥井女君の置かれた状況は理解しているはずである。美しく、しかももとは上流貴族であった飛鳥井女君は、道成の願望に叶う相手であっただろう。しかし彼は一番大事なこと、飛鳥井女君が主君である狭衣の恋人であることは知らない。乳母も、飛鳥井女君のもとに上流貴族とおぼしき男が通って来ていることは知っているが、狭衣の正体は知らない。そして、上流貴族との関係に未来はないとみなしている。道成も飛鳥井女君に上流貴族の恋人がいることは知っており、「さやうの細君達の蔭妻にておはすらん、口惜しきことなり」(巻一・118)と言って、上流貴族の隠れた恋人でいるよりは、中流貴族である自分の正式の妻になった方が幸せであると乳母に訴える。飛鳥井女君は、「葎の門の女」をめぐって生まれる上流貴族の恋の幻想と、中流貴族の恋の幻想との板挟みになって翻弄されることになるのである。

一方の狭衣は、「我が宿世にや、さる心のつきけん」(巻一・85)とまで飛鳥井女君に熱中しているにもかかわらず、女君との今後を考える際には、「殿にさぶらふ人々のつらにて、局などしてやあらせまし」(巻一・114)と、女君に父親のもとで女房仕えをさせて、関係を続けようと考えている。飛鳥井女君との恋に耽溺している狭衣も、女君との身分差という現実を忘れているわけではない。「葎の門の女」との非日常的な恋愛も、現実の社会に位置づけようとすれば、惨めな結末を迎えかねないのである。

結局、道成は乳母と共謀して、飛鳥井女君を父親の赴任先である筑紫行きの船に乗せることになる。船上で飛鳥井女君に言い寄る道成は、次のようなことばで飛鳥井女君の心をつかもうとする。

なにがしの少将の蔭妻にて、道行き人ごとに心を尽し、胸をつぶしたまふ心もやは。あやしうせん、またなく思ひかしづききこえんを、取り所に思せかし。なま君達は、いとなづまじう、ここだしきものぞよ。我が殿のおはしまさん世には、なにがしらにその君達まさらじ。

（巻一・１３５～１３６）

「なま君達」と侮蔑されるような上流貴族の子弟を恋人にしても、妻として扱われることはなく、待つ苦しみだけを味わうことになるのに対して、道成は彼女を正式の妻として、この上なく大事にしようというのである。

飛鳥井女君が最後まで道成を拒み、瀬戸内海の虫明の瀬戸で入水しようとするところで、飛鳥井女君の物語はいったん幕を閉じる。このように、「葎の門の女」をめぐって、それぞれ自己の願望を投影させた上流貴族と中流貴族の利害が対立し、その対立の渦の中に巻き込まれた飛鳥井女君は悲劇の人生を歩むことになったのである。

七　おわりに

以上、見てきたように、『源氏物語』の中流貴族男性の「すき」と称されるような恋愛は、終生連れ添う妻を見つけるための過渡的な彷徨と位置づけられており、光源氏のようにそれが生き方の本質となっている「色好み」的なあり方とは性格を異にしている。

しかし、そのように堅実で現実的な中流貴族男性にとっても、恋の高揚感をもたらす特別な出会いがあった。それが「葎の門の女」との出会いである。没落した上流貴族の女性との出会いは、中流貴族と上流貴族の間に立ちはだかる高い障壁を越え、ふだんは手の届かない上流貴族女性を妻として迎えることにつながる稀有な機会でもあった。しかし、「葎の門の女」は、上流貴族男性にとっても魅力的な相手である。背後にひかえている親の意向や、世間の反応をつねに気にしなくてはならない上流貴族の姫君たちとの窮屈な関係と比較すると、「葎の門の女」との関係は、社会的な束縛のない気楽さがありながら、非日常的な高揚感を呼び起こすという、相反するような魅力を持っていた。

上流貴族と中流貴族が、それぞれ自分たちの領域から一歩踏み出した時には、彼らの願望が絡み合って、鋭く対立する危険性もあった。『源氏物語』でもすでに匂わせられていた対立の可能性は、『狭衣物語』において、具体的な形を取ったのである。

注

（1）高橋亨『色好みの文学と王権—源氏物語の世界へ—』（新典社、一九九〇年）、鈴木日出男「〈貴種流離〉と〈色好み〉」『源氏物語虚構論』（東京大学出版会、二〇〇三年）など。

（2）はやくに徳光澄雄が指摘している（「源氏物語における『色好み』について—いろごのみ、すきの再検討」『語文研究』一七号、一九六四年三月)。また、高橋亨の前掲書にも同様の指摘がある。

(3)本稿では公卿に該当する「上流貴族」に対して、四位・五位を最高位とし、主に受領となった者を「中流貴族」と呼ぶことにする。

(4)折口信夫は、『源氏物語』を論じる中で、「色好み」について次のように述べている。
さう言ふ神々、或は英雄の生活を学ぶ者が、古代の宮廷或は貴族の家の主であった。だから此等の人々に、たゞ許されてゐる道が色好みの道であり、此等の人々が必ず実践しなくてはならぬ道だと考へてゐたのである。(中略)源氏はあれだけの大貴族であるから、この古代以来、大貴族の間に崇められて来た色好みの道を完成しようと、一生かけて勤めたのも、当然だと言ふ気がする(『折口信夫全集』第一四巻(国文学篇8)、中央公論社、一九六六年、221~222ページ)。

(5)『源氏物語』の本文は、新編日本古典文学全集(小学館)に拠った。漢数字は巻数、アラビア数字はページ数を表す。

(6)助川幸逸郎「中の品の男の物語―〈惟光物語〉としての夕顔巻―」(『源氏物語の鑑賞と基礎知識8　夕顔』至文堂、二〇〇〇年)
安藤徹「光源氏の〈かたみ〉―惟光と良清の立身/分身―」(久保朝孝・外山敦子編『端役で光る源氏物語』世界思想社、二〇〇九年)

(7)平野美樹「『雨夜の品定め』考―女を語る男の事情―」(『日本文学』五二巻六号、二〇〇三年六月)

(8)新編日本古典文学全集頭注。

(9)『うつほ物語』の本文は、新編日本古典文学全集(小学館)に拠った。

(10)柳井滋「源氏の供人―主従関係の一面―」(『柳井滋の源氏学』武蔵野書院、二〇一九年)初出一九八九年。

(11)『狭衣物語』の本文は、新編日本古典文学全集（小学館　底本・深川本）に拠った。アラビア数字はページ数を表す。

第三章　『源氏物語』と手紙

木谷眞理子

一　使者

『源氏物語』は約千年前に書かれた物語であるが、驚くほど多彩な技法を駆使している。その技法の一端を、手紙に注目しつつ明らかにしていこう。(1)

ただ、ひとくちに手紙と言っても、平安時代の手紙は現代のそれと異なる点もある。そこで、まずは葵巻の一節を読んでみたい。光源氏は正妻葵の上を亡くし、彼女の実家（左大臣邸）に籠って喪に服している。そこに、六条御息所からの手紙が届く場面である。六条御息所は大臣の娘で、かつて皇太子妃だった人物。娘を授かったものの皇太子は早逝、その後、若い源氏の愛人になっている。

葵の上が亡くなる前、源氏が病床の彼女と話している最中、取り憑いているもののけが前面に出てきたことがあった。それはまぎれもなく六条御息所で、御息所しか知らないことなどを口にする。その体験から源氏は、六条御息所の生霊が葵の上を死に追いやったと考えている。一方、六条御息所は、自分が葵の上を打擲している夢を見たり、もののけ調伏の祈祷で焚く芥子の香りがいつのまにか身体に染みついていたり、といったことから、ひょっとしてとは思っているものの、自分が生霊になって葵の上を取り殺したという確信はない。

　深き秋のあはれまさりゆく風の音身にしみけるかな、と（源氏ガ）ならはぬ御独り寝に、明かしかねたまへる朝ぼらけの霧《き》りわたれるに、菊のけしきばめる枝に、濃き青鈍《あをにび》の紙なる文《ふみ》つけて、さし置きて往《い》にけり。いまめかしうも、とて（源氏ガ）見たまへば、御息所の御手なり。（御息所）「聞こえぬほどは思し知るらむや。

　人の世をあはれと聞くも露けきにおくるる袖を思ひこそやれ

ただ今の空に思ひたまへあまりてなむ」とあり。常よりも優《いう》にも書いたまへるかな、と（源氏ハ）さすがに置きがたう見たまふものから、つれなの御とぶらひやと心憂し。さりとて、かき絶え音なうきこえざらむもいとほしく、人の御名の朽ちぬべきことを思し乱る。過ぎにし人（＝葵ノ上）は、とてもかくても、さるべきにこそはものしたまひけめ、何にさることをさださだとけざやかに見聞きけむと悔しきは、わが御心ながらなほえ思しなほすまじきなめりかし。斎宮の御浄《きよ》まはりもわづらはしくやなど、久しう思ひわづらひたまへど、わざとある御返りなくは情《なさけ》なくやとて、紫の鈍《にば》める紙に、（源氏）「こよなうほど経《へ》はべりにけるを、思ひたまへ怠らずながら、つつましきほどは、さらば思し知るらむとてなむ。

とまる身も消えしも同じ露の世に心おくらむほどぞはかなき
かつは思し消《け》ちてよかし。御覧ぜずもやとて、これにも」と聞こえたまへり。
（御息所ハ）里におはするほどなりければ、忍びて見たまひて、ほのめかしたまへる気色《けしき》を心の鬼にしるく見たまひて、さればよと思すもいといみじ。　（②五一〜五二頁）

当時、男と女の手紙のやりとりは、まず男から送り、女が返事をするのが一般的であった。葵の上の喪に籠る源氏は、愛人たちに「御文ばかりぞ奉りたまふ」（②五〇頁）が、六条御息所に対してだけは、その娘が斎宮となって潔斎中であるのにかこつけて手紙を送らない。御息所は、手紙も寄越さない源氏の異例な振る舞いにいたたまれなくなったのだろう、自分から源氏に手紙を送ってみる。

そのタイミングがなんとも心にくい。源氏は、秋の深まりを感じさせる心細い風の音を聞きながら、独り寂しく眠れない夜を過ごした。葵の上の不在がいっそうせつなく感じられる夜であったろう。ようやくほのぼのと白んできたものの、霧が立ちこめて、真っ白の世界。そのなかに、花が開きそうな菊の枝に付けられた、濃い青鈍色の手紙が置かれているのだ。葵の上不在の空虚さを紛らわしたいであろうタイミングを見計らい、絵のように美しい情景をつくるべく手紙が置かれている。それを見た源氏は「いまめかしうも」（しゃれたことをする）と心を動かされている。

ところで、「さし置きて往にけり」（そっと置いて立ち去った）は誰の行為だろうか。答えは、六条御息所が遣わした使者である。当時は、現代のような郵便制度はないので、差出人自身が手紙を届ける使者を用意しなくてはならない。しかし平安時代の貴族の屋敷は、現代のように郵便受けがあるわけでもなく、また、そこには主人とその家族から使用人まで多くの人が暮らしている。さらに、貴族女性は基本的に家族以外の男性とは会わないとか、同性でも身分差が大きいと直接会わないといった慣習が、手紙の配達を阻む。手紙を宛先の人のもとへ間違いなく届けるのは、じつはけっこう難しいのである。いまの場合、源氏は葵の上の実家である左大臣邸にいる。使者は、さりげなく左大臣邸に入り込み、源氏の部屋を間違いなく特定し、その縁側に手紙をそっと置いてさっと立ち去らなくてはならない。心利いた者でなくては務まらないだろう。さすがは六条御息所の使者である。その、手紙を置いて立ち去るという振る舞いは、いささか異例である。(2) 手紙を届けた使者は、返事を受け取ってから帰ることが多い。手紙の差出人から使者に対し、返事は受け取らなくて良いという指示が出ることはままあるが、手紙をそっと置いて立ち去れという指示はかなり珍しい。源氏の無音《ぶいん》の理由を気にしている御息所が、返事を無理に求めるようなまねは慎み、押しつけがましくならないようにしようと気を遣った結果の指示であろう。左大臣家の人々の気持を逆撫でしないようにという配慮もあったかもしれない。そしてまた、源氏ならばこの朝ぼらけの景趣をながめていて、他人の目に触れる前に手紙に気づくだろう、と御息所が考えていればこその指示でもある。

ここで唐突だが、『和泉式部日記』の一挿話を見ておこう。『和泉式部日記』は、『源氏物語』と同時代の成立。和泉式部と敦道《あつみち》親王との恋を物語風に記した作品で、式部は「女」と呼称されている。敦道親王は、「九月二十日あまりばかりの有明の月に御目さまして、「いみじう久しうもなりにけるかな。あはれ、この月は見るらむかし。人やあるらむ」」（九月二十日過ぎの有明の月の頃、敦道親王はお目覚めになって、「ずいぶん長く経ってしまったな。ああ、この月は見ているだろうよ。でも、他の男が来ているだろうか」）（四七頁）などと思い、女を訪ねて門をたたく。女も目を覚まして物思いにふけっていたのだが、応対するべき侍女や下男がなかなか起きず、そのうち訪問者は去ってしまう。夜が明けると、敦道親王から、訪ねたものの虚しく帰ったことを詠む和歌が届き、女は「なほ折ふしは過ぐしたまはずかし。げにあはれなりつる空のけしきを見たまひける」（やはり折々の情趣はお見のがしにならないのね。ほんとうにあの身にしみた空の風情をご覧になっていたんだ）（四八頁）と思うのである。

この二人と同じように、光源氏と六条御息所も「明かしかねたまへる朝ぼらけの霧りわたれる」（明かしかねていらっしゃった夜がほのぼの明ける頃の霧が一面に立ちこめている様子）を共有しているし、共有していることを信じられる相手なのである。だが、共有を可能にしているのは、二人の感性だけではない。御息所と源氏はともに京の内にいるからこそ「朝ぼらけの霧りわたれる」を共有できるのだし、使者が直ちに手紙を届けてくれるからこそ共有を確かめることができるのである。六条の御息所邸と三条の左大臣邸は歩いて三十分ほど、馬で行けば十分ほどの距離であろう。

だが共有していても、そっと置かれた手紙が他人の手に渡る可能性はもちろんある。だから、手紙の文面は一般的な弔問の手紙と解釈できるものである。差出人の名前も、もちろん無い。が、源氏には筆跡で御息所の手紙と分かる。「常よりも優にも書いたまへるかな」（常にもまして見事にお書きになったものよ）とつい見入ってしまうほど、行き届いた優雅な筆跡である。「常よりも」とあるように、御息所は特別に気を配って書いている。源氏の無沙汰は何故なのか、この手紙を出して探ろうとしている御息所の緊張感がうかがえる。

手紙を送るタイミング、便箋や手紙を付ける枝の選択、筆跡、使者への指示、すべてが素晴らしく、気が利いている。しかし、手紙の内容は葵の上への哀悼と源氏への見舞いなのだ。葵の上を取り殺したのは御息所自身の生霊なのに。源氏は、「つれなの御とぶらひやと心憂」く（しらじらしいお悔みよ、と厭わしく）思う。その後、物語の文脈は二転三転する。「さりとて」、「さるべきにこそはものしたまひけめ、」、「思ひわづらひたまへど」と、逆接表現が三回も出てくるのだ。「さりとて」に続く部分で、光源氏は、御息所に返事すべきだと考える。このまま返事をしないと御息所の評判を傷つけるだろう、亡くなった人はもう仕方ない、などと考えてみる。しかし、「さるべきにこそはものしたまひけめ、」という逆接表現の後は、生霊と会ってしまった時の記憶のせいで、やはりどうしても返事を書く気になれず、返事を書けない言い訳（喪中の穢れた身ゆえ斎宮の御潔斎が憚られる）を考える。そこで三回目の逆接表現「思ひわづらひたまへど」が入り、わざわざ送ってくれた手紙に返事をしないのは情けを知らぬことだ、と思いなおして返事を書くのである。

源氏がこれほどに迷うのは、六条御息所というかつて皇太子妃だった貴婦人をきちんと扱うべきだという気持と、生霊になって妻を殺した女に手紙は書けないという気持とに、引き裂かれるからである。手紙の送り方にうかがわれる御息所の趣味の良さは、彼女の世評の高さを支えており、源氏も彼女を蔑ろにできない。また、「明かしかねたまへる朝ぼらけの霧りわたれる」の共有にうかがえるように、源氏は彼女の趣味の良さを深いレベルで理解できる人間であり、心惹かれないわけではない。しかし、生霊になって殺した相手を趣味良く悼む御息所に、嫌悪感を抱かずにいられないのである。

源氏は、御息所が生霊になって葵の上を取り殺したことを知っているとほのめかす返事を送る。使者は源氏が用意し、御息所の自邸へ届けさせる。左衛門府で潔斎中の娘に付き添っていることも多い御息所だが、この時は自邸にいた。源氏の返事を待っていたのであろう。その返事を見た御息所は、ひょっとしてという懸念が当たっていたことを悟るのである。

以上のような場面であるが、キモとなっているのは、御息所の洗練された趣味である。御息所は、源氏の異例の無音から、自分が生霊になり葵の上を殺したのではと疑念を膨らませている。が、まさかという気持もある。その気持に賭けて、弔問の手紙を送る。洗練の極みともいえる手紙である。洗練された趣味、これが自分と源氏を繋ぐものであるなら、それを極限まで磨きあげようという、彼女のすがるような切ない気持がうかがえる。しかし、生霊になった御息所と会ってしまった源氏にとって、その洗練はかえって嫌悪感を招くのだ。

そのキモとなっている洗練された趣味は、「朝ぼらけの霧りわたれる」という時と気象の移ろわぬうちに手紙を届けてくれる使者に支えられているのである。

二　当事者以外が手紙を読む

手紙の文面を見ることができるのは本来、差出人と受取人だけである。しかし物語に記された手紙の文面は、読者も読むことができる。さらに物語世界の中では時に、当事者以外の人物が手紙を読んだり、手紙の内容が世間に漏れ伝わったりもする。ただ、当事者以外の人間が手紙の文面を読むと、その意味や意図をよく汲み取れないことがある。当事者たちのあいだで共有されていることを知らないからである。そのような手紙の特徴を巧みに生かして描き出されているのが、光源氏と朝顔の姫君の独特な関係である。

帚木巻、十七歳の光源氏は方違えに訪れた紀伊守邸で、侍女たちの噂話を耳にする。「式部卿宮の姫君に朝顔奉りたまひし歌などを、すこし頬ゆがめて語るも聞こゆ」（式部卿宮の姫君に朝顔をさしあげられた折の歌などを、少し間違えて語っているのも聞こえる）（①九五頁）。「式部卿宮の姫君」というのが朝顔の姫君のこと。光源氏の従姉妹にあたる。朝顔の花とともに贈った歌には、おそらく「朝顔」という言葉が詠み込まれていただろう。ところで、「「朝顔」という言葉には（特に女性の）寝起きの顔、朝の顔の意もあり、和歌ではこれを掛けて歌うこともある」(3)。とすれば、朝顔の歌を贈ったことは、源氏が朝顔の姫君の寝起きの顔を見たことを示しているのかもしれない。寝起きの顔を見たとすれば、二人は男女の仲なのではないか、とも推測される。

実際、賢木巻で光源氏は朝顔の姫君に対して、次のような手紙を送っている。源氏はこの時、雲林院という寺に参籠中。朝顔の姫君は斎院となっており、雲林院に近い紫野で潔斎中である。斎院とは、賀茂神社に奉仕する未婚の皇女もしくは王女。賀茂神社は皇城鎮護の神である。


吹きかふ風も近きほどにて、（源氏ハ）斎院にも聞こえたまひけり。中将の君に、「かく旅の空になむもの思ひにあくがれにけるを、思し知るにもあらじかし」など恨みたまひて、（朝顔ノ姫君ノ）御前には、

（源氏）「かけまくはかしこけれどもそのかみの秋思ほゆる木綿襷《ゆふだすき》かな

昔を今にと思ひたまふるもかひなく、とり返されむもののやうに」と、馴れ馴れしげに、唐《から》の浅緑の紙に、榊に木綿《ゆふ》つけなど、神々しうしなして参らせたまふ。御返り、中将、「紛るることなくて、来し方のことを思ひたまへ出づるつれづれのままには、思ひやりきこえさすること多くはべれど、かひなくのみなむ」と、すこし心とどめて多かり。御前のは、木綿の片はしに、

（朝顔ノ姫君）「そのかみやいかがはありし木綿襷心にかけてしのぶらんゆゑ

近き世に」とぞある。御手こまやかにはあらねど、らうらうじう、草などをかしうなりにけり。まして朝顔もねびまさりたまへらむかしと、思ひやるもただならず、恐ろしや。

（②一一九〜一二〇頁）

斎院である朝顔の姫君に対し、源氏は「そのかみの秋思ほゆる」と詠みかけ、「昔を今にと思ひたまふるもかひなく、とり返されむもののやうに」と続ける。あの昔の秋が思い出される、あの昔を取り戻したいと思っても、今や神に仕えるあなただから詮無いことだけれど、取り返せるもののように思われて、というのである。さらに、姫君からの返事を受け取った源氏は、「ましてい朝顔もねびまさりたまへらむかし」、つまり、寝起きの顔も年とともにいっそう美しくなっていらっしゃるだろう、と想像している。ここから源氏が取り戻したい昔とは、帚木巻で噂されていた、朝顔の姫君に朝顔の花と歌を贈ったあの頃であると分かる。

どうやら源氏が朝顔の姫君の「朝顔」を見たことがあるのは確かなようだが、しかし、二人は男女の仲だったのかというと、答えは否であろう。そのことはたとえば、御禊という儀式に供奉する光源氏の、まばゆいほどの美しさを見つめる朝顔の姫君の心内が、

年ごろ聞こえわたりたまふ御心ばへの世の人に似ぬを、なのめならむにてだにあり、ましてかうしもいかで、と御心とまりけり。いとど近くて見えむまでは思しよらず。（葵②二六頁）

（長年ずっと手紙をくださるお心が普通の人とは違うので、平凡な男であっても動じそうだが、ましてどうしてこうまで（美しいのだろう）、とお心が引かれるのだった。（しかし）もっと近くでお目にかかろうとまではお考えにならない。）

と語られていることからも明らかだろう。源氏は姫君の「朝顔」を見たことはあるが、二人が男女の仲であったことはない。

ならば、源氏の「かけまくはかしこけれども……」という文面はどう考えるべきか。二人がかつて深い仲であったというのは、源氏の嘘なのだ。あえて嘘を詠みかけ、朝顔の姫君に否定してもらう。なぜそんなことをするのか。斎院と一般男性の文通は神への冒涜と指弾されかねないため、朝顔の姫君は滅多なことでは返事をくれない。だから、返事をしないわけにはいかないような文面を送ったのであろう。姫君は源氏の思惑通り、「そのかみやいかがはありし」(その昔にどんなことがあったというのでしょう、何もありませんよね)と返信する。源氏の思惑を知りつつ、それにのってあげたのであろう。ただし、「御手こまやかにはあらねど、らうらうじう、草などをかしうなりにけり」とあるように、心を配って丁寧に書いた筆跡ではない点、草仮名を用いている点などに、恋愛関係を拒む姿勢を示している。

ここで草仮名について簡単に説明しておこう。仮名は、日本語を表記するために漢字を表音的に用いる万葉仮名、それを草書に書きくずした草仮名、さらに簡略化した平仮名へ、というふうに発達した。漢字(万葉仮名を含む)を男手というのに対し、平仮名は女手といわれ、女性の用いる文字であった。両者の中間くらいの字体である草仮名は、中性的な印象の文字なのである。

光源氏が「昔、君の朝の顔を見た、あの頃の関係に戻りたい」と訴え、朝顔の姫君が「関係なんてありませんよ」と返す贈答は、この二人のあいだでは明らかな嘘に基づく冗談めいたやりとりである。この文通によって二人は、単なる風流な交流には留まらないものの、けっして恋愛にはならない、微妙な関係を保っているのである。

光源氏と朝顔の姫君は、自分たちの文通がギリギリ恋愛に傾かないことを知っている。だがそうはいっても、斎院に手紙を送るのはやはり憚られる行為であり、源氏は人に知られぬよう注意を払っている。本文の波線部に注目しよう。「中将の君」「中将」とあるのは、朝顔の姫君付きの侍女。源氏はこの侍女と文通している、という形にしている。源氏は使者に命じて、中将の君のもとに手紙を届けさせる。その中に、朝顔の姫君宛ての手紙もある。源氏の使者は、中将の君から返事を受け取り、源氏のもとに届ける。その中に、朝顔の姫君の返事も入っているのだ。朝顔の姫君の返事は、和歌一首と「近き世に」のみのごく短いものであるのに対し、中将の君の返事は、「すこし心とどめて多かり」と長い。ただし、語られるのはその一部だけである。中将の君が源氏と朝顔の姫君の交流を願っていることは、その返事の文面と長さから伝わってくる。こういう仲介役が確保されているからこそ成り立つ、秘密の文通なのである。

然るべき注意は払っているはずなのに、光源氏と朝顔の姫君の文通はなぜか世間に漏れがちである。二人の文通が物語に初めて語られたのは、すでに見た、帚木巻の「式部卿宮の姫君に朝顔奉りたまひし歌などを、すこし頬ゆがめて語るも聞こゆ」という箇所であった。この時すでに、源氏が姫君に贈った歌は、すこし歪んだ形で世間に漏れ伝わっていた。賢木巻の、右に引用した文通もまた同様である。賢木巻末で、右大臣が娘の弘徽殿大后に、源氏は「斎院をもなほ聞こえ犯しつつ、忍びに御文通はしなどして、けしきあることなど、人の語りはべりし」（神に仕える斎院にも相変わらず言い寄っていて、ひそかに手紙を送り届けるなどして、あやしい節があるなどと、人が噂をしておりました）（②一四七頁）と話している。右大臣は光源氏や左大臣と敵対しており、彼の耳には源氏の悪い噂が入ってくるのだ。今の場合、世間に漏れているのは、源氏が朝顔の姫君に手紙を送ったということだけかもしれない。それだけでも、十分問題にされうる行為ではある。しかしさらに、帚木巻の時のように、文面まで漏れ伝わっている可能性もある。その場合、源氏と朝顔の姫君のあいだでは明らかな嘘であり冗談であった「そのかみ」の関係が、事実であったかのように受けとめられ、源氏はよりを戻したがっていると噂されるかもしれない。朝顔巻に至り、父宮の逝去により斎院を退いた朝顔の姫君は、「わづらはしかりしことを思せば、御返りもうちとけて聞こえたまはず」（②四六九頁）と、源氏になかなか返事もしなくなっている。「わづらはしかりしこと」とは、右大臣一派によって、光源氏と斎院である朝顔の姫君の関係がいろいろに取り沙汰され、非難を浴びたことを指しているのだろう。とはいえ、源氏との関係を理由に斎院退下に追い込まれたわけではない。世間は賢木巻の手紙について、男女関係を示すものと断定しかねたようである。しかし右大臣一派は、源氏を追い込む材料の一つとしてこの手紙を利用した。その結果、源氏は須磨退去を余儀なくされるのである。

三　コンタクト

暉峻康隆氏は、『源氏物語』と『落窪物語』の消息（＝手紙）について次のように述べている。(4)

『落窪物語』は、継母に虐められている姫君が少将と結婚して幸せをつかむ物語で、『源氏物語』

の少し前の成立である。

おなじ消息でも、「源氏」その他の作品におけるそれは和歌を中心とし、散文は短詩の意味をおぎなふ程度の詞書として従属的位置におかれてゐる、いはゆる抒情的な「艶書」が大部分をしめてゐるのである。さうした中にあつて「落窪物語」のみがとくに叙事的な消息をふんだんに使用してゐるのは、この作品が抒情的であるよりも叙事的であらねばならなかつた伝奇的なテーマ小説であつたからであると思はれる。

たしかに第一・二節で取り上げた例を見ても、『源氏物語』で光源氏と女君が交わす手紙は、和歌を中心としている。文面以外の要素、すなわち手紙を送るタイミング、便箋、筆跡、手紙を付ける折り枝、使者などが言及されることも多い。ただし、第二節の賢木巻の例において光源氏と侍女中将の君が交わす手紙は、散文のみ、文面以外の要素も記されない。他方、『落窪物語』(5)においで重要な役割を果たすのが、女童あこきの交わす手紙である。これは、散文ばかりで和歌がなく、文面以外の要素はほとんど言及されない。ただし『落窪物語』の手紙でも、主人公の姫君と少将のそれは、和歌を中心とすることが多く、文面以外の要素も時に言及される。貴族の男女が交わす恋の手紙は、和歌中心で、文面以外の要素も注目されるが、侍女が主人のために交わす手紙は、散文ばかりで、文面以外の要素が注目されることはほとんどない。『源氏物語』は前者を中心として、『落窪物語』は後者を中心として、それぞれ物語を進めているのである。

『落窪物語』のあこきの手紙の例を見ておこう。主人公の姫君のために奔走するあこきは、少将との結婚に必要な品々を調えようと、叔母に手紙を書く。

「とみなることにて、とどめ侍りぬ。恥づかしき人の、方違《たが》へに曹司《ざうし》にものし給ふべきに、几帳一つ。さては、宿直物に、人の請ふも、便《び》なきは、え出だし侍らじと思ひ侍りてなむ。さるべきや侍る。賜はせてむや。折々は、あやしきことなれど、とみにてなむ」

と、走り書きて遣りたれば、（五三頁）

「急を要することで、ご挨拶は省略しました。身分高い方が、方違えで私の部屋にいらっしゃることになったので、几帳を一つ。それから、夜具に何か貸してと言われた時、みっともない物は出せないだろうと思いまして。適当な物はありますか。お貸しいただけませんか。いつもお願いばかりで不可解でしょうが、急なことで」と、ほぼ用件だけを走り書いた手紙である。『源氏物語』で光源氏と女君が交わす手紙とはずいぶん違う。その違いは要するに、『源氏物語』の光源氏と女君の手紙はコンタクト重視、『落窪物語』のあこきの手紙はコンテンツ重視、ということではないだろうか。コンタクトについては、内田樹氏の説明を借りよう。[6]

人間はいろいろなかたちのコミュニケーションを行うけれど、その中には「コミュニケーションのやり方を指示するコミュニケーション」というものがある。（中略）要は、そこで語られているメッセージの「コンテンツ」ではなく、そこでメッセージが行き来しているという「コンタクト」の事実確認が優先するようなコミュニケーションのことである。

『源氏物語』の光源氏と女君の手紙はコンタクト重視という点について、明石巻の光源氏と明石の君の手紙を取り上げ、もうすこし詳しく見ていこう。

源氏の父桐壺院が亡くなると、源氏や左大臣らに対する右大臣方の圧迫は日に日に強まり、ついに源氏は須磨へ退去する。その一年後、明石へ移った源氏は明石の入道という人物の本邸に落ち着く。入道の娘である明石の君は、岡辺の家へ移っていた。ある夕方、源氏が琴《きん》をかなでていると、その音に心うたれた入道が参上、岡辺の家から琵琶と箏を取り寄せ、醍醐天皇からの相伝という箏を披露、娘の腕前を語って聞かせ、「いかで、これ忍びて聞こしめさせてしがな」（②二四二頁）と、娘を奉りたい旨を申し上げる。その翌日から始まる一連の場面を読みたいのだが、その前に明石の君の身分を確認しておこう。

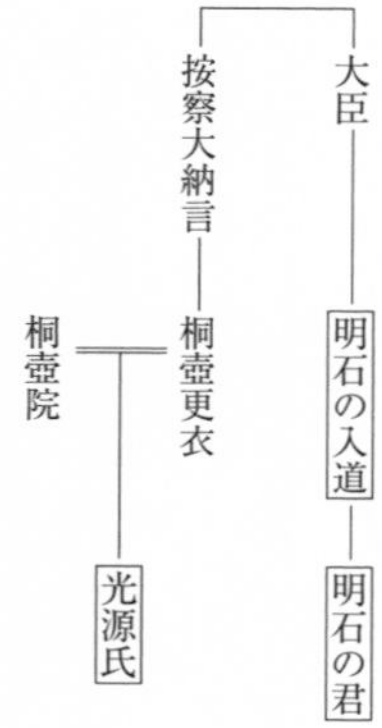

右の系図を見るかぎりでは、光源氏と明石の君は親戚のようだが、しかしこの二人には大きな身分の差がある。明石の入道は、都での官職（近衛中将）を捨てて受領（播磨守）となった男。もと

の家格は上流だが、中流貴族に身を落としたのである。それに対して、光源氏は無実の罪を得て、明石に来ている身ではあるが、最上流の貴族。その源氏と明石の君のあいだで初めて交わされる手紙である。

（源氏ハ）またの日の昼つ方《かた》、岡辺《をかべ》に御文遣はす。心恥づかしきさまなめるも、なかなかかるものの隈《くま》にぞ思ひの外《ほか》なることも籠るべかめると心づかひしたまひて、高麗《こま》の胡桃色《くるみいろ》の紙に、えならずひきつくろひて、

（源氏）「をちこちも知らぬ雲居《くもゐ》にながめわびかすめし宿の梢をぞとふ

思ふには」とばかりやありけん。入道も、人知れず待ちきこゆとて、かの家に来ゐたりけるもしるければ、御使いとまばゆきまで酔《ゑ》はす。御返りいと久し。

（明石ノ入道ハ）内に入りてそそのかせど、むすめはさらに聞かず。いと恥づかしげなる御文のさまに、さし出でむ手つきも恥づかしうつつましう、人の御ほどわが身のほど思ふにこよなくて、心地あしとて寄り臥しぬ。言ひわびて入道ぞ書く。（明石ノ入道）「いとかしこきは、田舎びてはべる袂《たもと》につつみあまりぬるにや、さらに見たまへも及びはべらぬかしこさになん。さるは、

　ながむらん同じ雲居《くもゐ》をながむるは思ひも同じ思ひなるらむ

となん見たまふる。いとすきずきしや」と聞こえたり。陸奥国紙《みちのくにがみ》に、いたう古めきたれど、書きざまよしばみたり。げにもすきたるかなと、（源氏ハ）めざましう見たまふ。御使に、な

べてならぬ玉裳《たまも》などかづけたり。

またの日、（源氏ハ）「宣旨《せんじ》書きは見知らずなん」とて、（源氏）「いぶせくも心にものをなやむかなやよやいかにと問ふ人もなみ言ひがたみ」と、この度《たび》は、いといたうなよびたる薄様《うすやう》に、いとうつくしげに書きたまへり。若き人のめでざらむも、いとあまり埋《うも》れいたからむ、（明石ノ君ハ）めでたしとは見れど、なずらひならぬ身のほどのいみじうかひなければ、なかなか、世にあるものと尋ね知りたまふにつけて涙ぐまれて、さらに例の動《どう》なきを、せめて言はれて、浅からずしめたる紫の紙に、墨つき濃く薄く紛らはして、

（明石ノ君）思ふらん心のほどややよいかにまだ見ぬ人の聞きかなやまむ

手のさま書きたるさまなど、やむごとなき人にいたう劣るまじう上衆《じやうず》めきたり。

（②二四八～二五〇頁）

四通の手紙が交わされているが、その一通目、光源氏から明石の君に宛てた手紙は、高麗の胡桃色の紙に書かれる。胡桃色の便箋は用例が少ない。『枕草子』「円融院の御果ての年」段には、藤三位という女性のもとに届いた、年老いた僧からと思われる手紙（実は一条天皇によるいたずら）が「胡桃色といふ色紙の厚肥えたる」（二六頁）に書かれていた例が、また『蜻蛉日記』中巻には、作者道綱母が出家している女性への返事を「胡桃色の紙に書きて、色変はりたる松につけ」て（一八四頁）送った例が見える。後者は「色変はりたる松」に合わせた色であろうが、出家し

ている同性宛ということも注目される。どうやら胡桃色の紙は恋文に使うような紙ではないらしい。また高麗の紙は、朝鮮半島からの舶来の紙で、稀少な高級品。「高麗の紙の、膚《はだ》こまかに和《なご》うなつかしきが、色などははなやかならで、なまめきたる」（梅枝巻③四一九〜四二〇頁）という例からすると、きめが細かくやわらかでやさしい感じの紙質であったかと思われる。

この紙に、並一通りでなく、すみずみまで気を配った筆遣いで、文面がしたためられている。「をちこちも……」は、源氏が鳥になったような歌で、右も左も分からない空で物思いに沈み、霞んではっきり見えない家の梢を訪れます（入道がほのめかしたあなたのもとに手紙をしたためます）、くらいの意味。その、恋愛要素の薄さ、異邦にさすらう者の孤独とほのかに見出した希望が、高麗の胡桃色の紙によく合っていよう。一方、「思ふには」は、「思ふには忍ぶることぞ負けにける色には出でじと思ひしものを」（古今集・恋一・五〇三　読人しらず）という当時有名な和歌の一節で、思いの強さゆえに包み隠しきれなかった、恋心を表に出すまいと思っていたのに、くらいの意味。この手紙のなかで恋愛要素がはっきり出ているのは、この「思ふには」のみである。

光源氏は明石の君について、父の入道から琴の腕前などを聞かされ、こちらが気おくれするような人であるらしい、こんな田舎に意外な人がいることもあるようだと考えて、恋愛要素が稀薄な、かなり抑えた感じの、上品な手紙を送る。想像される相手の品位に合わせた手紙であろう。だが、いささかやりすぎではないか。この手紙は、身分がきわめて高い、気遣いされる相手に対し、失礼にならない距離感を保ちながら交流を求めた、といったふうである。しかし実際の相手は、身分高からぬ地方在住の女性なのだ。そのギャップは、私（＝源氏）の相手となるのは身分の高い女性のみである、というメッセージになりかねない。

この手紙を受けとった女が、私に対してこんなに敬意をはらってくれた！　と有頂天になるようなら、源氏にとって、身のほど知らずな期待できそうにない女、ということになるのだろう。しかし、明石の君は有頂天になったりしない。「人の御ほどわが身のほど思ふにこよなくて」と、身分差を思い知り、返事も書けないため、父の入道が代わりに返事を書くことになる。

明石の入道が選んだ便箋は陸奥国紙。厚くけばだつが、良質の立派な紙である。ただし、いささか古風で、恋文以外に用いることが多い。質の良い紙を用いることで、源氏に対する礼は尽くしながらも、恋愛的な雰囲気がない紙を選ぶことで、出家者としての本分を守っている。歌は「ながむ」「同じ」「思ひ」を二度ずつ用いて、源氏と同じ思いを抱く明石の君であることを訴える。この返信を受け取った源氏は、「げにもすきたるかなと、めざましう見」ている。「めざまし」は、心外だ呆れた、くらいの意味。出家者が恋文の返信を代筆する出しゃばりぶりに呆れているのだが、明石の君自身が返信しないことも心外に思っていよう。「貴族の女性が求愛された折の最初の贈歌には、身内や身近に仕える女房が代作するのが常」(7)であるが、それはあくまで男女が対等な場合の話。女性の身分が低ければ、みずから返信するのが普通であろう。明石の君自身が返信しないことは、源氏との対等な交流を求めていることにもなり、源氏から見ると「分不相応[8]」なのである。

翌日届いた光源氏からの二通目、そこにしたためられた和歌は、「気のふさぐ思いで悩んでいます。「ねえ、どうしたの」と尋ねてくれる人もいないから」くらいの意味。「やよやいかに」と問うてくれない、と拗ねてみせるこの歌は、ずいぶん甘えた感じの歌である。「言ひがたみ」は、「恋しともまだ見ぬ人の言ひがたみ心にもののなげかしきかな」（弄花抄）という歌の一節で、逢ったこともない人を恋しいとも言いがたいから嘆かわしい思いです、くらいの意味。この二通目は、「いといたうなよびたる薄様」という、しなやかで薄い恋文向きの紙に、なんとも美麗に書いていることといい、「やよやいかに」と問うてほしいと求める歌の内容といい、相手との間合いをぐっと詰めてきている感じである。「宣旨書きは見知らずなん」（代筆の手紙などこれまで見たこともありません）ともあって、本人の返事を強く求める手紙である。取り澄ました感じの一通目によって距離を感じさせられた明石の君は、二通目になっていきなり眼前に源氏が近づいた感じがしてドギマギする。とはいえ一通目の余韻もあるので、にっこりほほえみかけるような二通目の手紙をもらっても、にっこり笑って応える心境にはなれない。

明石の君は、「胡桃色」にも通じるような渋めの色「紫」の紙を選び、筆跡に気をつかいながら返事を書く。「やよやいかに」と問うてほしいという源氏の求めに応じて「やよいかに」という言葉を使いながらも、源氏が求めた意味「ねえ、どうしたの」ではなく、別の意味「（私を思うというあなたの心のほどは）さて、どんなものでしょう」で使っている。相手の求めに応じる従順さを見せながらも、見事な切り返しになっているのである。急に間合いをつめてきた源氏に気をゆるさず、距離感を保ちつつも、源氏の意に従う面も感じさせる巧みな返事である。この手紙は源氏によって好意的に受けとめられている。

以上のように見てくると、光源氏と明石の君はこのやりとりによって、何か用件を伝えようとしているわけではなく、相手の人品や考えを測りつつ、コンタクトのありよう、つまり相手との距離感や関係の色合いを定めようとしていることが分かる。

四　視点の切り替え

物語が手紙について語る際、視点をどこに置いているだろうか。

第一節の葵巻の例を見てみよう。語り手ははじめ、光源氏に寄り添った視点で語っている。源氏は六条御息所の手紙を読み、悩んだ末に返事を書く。その文面を語る、「「こよなう……これにも」と聞こえたまへり」というところまでが、源氏に寄り添う視点である。続く、「里におはするほどなれば」からは、御息所に寄り添う視点に切り替わる。「聞こえたまへり」と「里におはするほどなりければ」の間には、光源氏のいる左大臣邸から御息所邸へという場所の転換のみならず、使者が源氏の返事を持って左大臣邸から御息所邸へ行くという時間の経過も籠められている。光源氏に寄り添った語りと、御息所に寄り添った語りは、深く切れている。このことは、二人の隔たりを示していよう。

第二節の賢木巻の例は、はじめから最後まで光源氏に寄り添う視点で語られている。源氏は朝顔の姫君とその侍女中将の君に手紙を送り、彼女たちからの返事を読む。途中、「参らせたまふ。御返り、」というところに、手紙を使者に託し、その使者が返信を持って帰ってくるまでの時間の経過があるが、視点は一貫して光源氏側にある。読者は語り手とともに光源氏に寄り添うが、朝顔の姫君の存在は遠く、その手紙から様子をうかがうほかない。このような語り方から、斎院となった朝顔の姫君が俗世から距離をとっていることが伝わってくる。

第三節の明石巻の例のはじめは、光源氏に寄り添う視点で、彼が「岡辺に御文遣はす」様子を語っている。その末尾は「「をちこちも……思ふには」とばかりやありけん」となっていて、語り手は物語世界からいったん遠ざかり、「「をちこちも……思ふには」ぐらいのことが書かれてあっただろうか」と記憶をたどるような語りぶりである。これを境に視点が切り替わり、源氏の手紙が届いた岡辺の家の様子を、入道と明石の君に寄り添って語っていく。「……とばかりやありけん」という語り方による区切れが入ることもあり、手紙を送る光源氏側と手紙を受け取る明石の君側、それぞれを別々に語っていく感じになっている。この語り方によって、光源氏側と明石の君側、両者のあいだには隔たりが感じられる。

ところが、その後の視点の切り替えは、手紙の文面を境に行われるようになる。映像化するならば[9]、手紙を書く人をうつしているカメラが、いま書かれつつある文面をクローズアップする、次にカメラが引くと、いつのまにか場所と時間が切り替わり、その文面を読んでいる人がうつされる、という具合になる切り替え方である。入道が代筆する文面→その文面を源氏が読む、翌日源氏が書く文面→その文面を明石の君が読む、明石の君が返信する文面→その文面を源氏が読む、というふうになっていて、→のところ、手紙の文面で視点が切り替わっているのである。この切り替え方によって、光源氏側と明石の君側が緊密に結びつけられ、やがて二人が結ばれるに至る展開を自然なものとしている。

以上のように、手紙を語る際の視点とその切り替え方は多様である。その語り方によっても、手紙の差出人と受取人の関係は表現されているのである。

*

平安時代の手紙は、文面だけでなく、手紙を送るタイミング、便箋、折り枝、筆跡、使者への指示等々も引っくるめて、その全体がメッセージとなっている。また、手紙を読むのは本来なら差出人と受取人だけのはずであり、その二人のあいだだけで通じるような表現が選択されることもある。――これらは手紙の特徴の一端である。こうした特徴をもつ手紙を物語は巧みに利用して、手紙を交わす二人が互いの心のありようを探りあう様子、距離感や繋がりの質を定めていくさま、秘かな文通が漏れ伝わることの波紋などを描き出す。その際、描き出したいことにみあった語り方を選択している。手紙の文面をすべて語るか、一部だけか、まったく語らないか、文面以外の要素に言及するか、手紙の差出人と受取人、両者の様子を語るか、一方だけか、両者を語る場合、視点をどのように切り替えるか。物語が語ろうとしていることを十全に汲み取ろうと思う『源氏物語』の読者は、そうした物語の技法に敏感になる必要がある。

注

（1）以下の論述は、尾崎左永子『源氏の恋文』（求龍堂、一九八四年）と、川村裕子『王朝の恋の手紙たち』（角川選書、二〇〇九年）に負うところが大きい。
（2）『蜻蛉日記』安和二年七月条（『新編日本古典文学全集』一八三頁）など、例がないわけではない。
（3）日本文学ｗｅｂ図書館『歌ことば歌枕大辞典』の「朝顔」の項目（執筆者は久保田淳氏）。
（4）暉峻康隆「日本の書翰体小説」（『近世文学の展望』明治書院、一九五三年）。
（5）『落窪物語』の手紙にかんする以下の記述は、鹿野谷有希「『落窪物語』の恋愛――あこきの手紙が有する力――」（『成蹊大学人文叢書14　文化現象としての恋愛とイデオロギー』風間書房、二〇一七年）に拠るところが大きい。
（6）内田樹『他者と死者　ラカンによるレヴィナス』（海鳥社、二〇〇四年）。
（7）高木和子『女から詠む歌　源氏物語の贈答歌』（青簡舍、二〇〇八年）。
（8）注（7）書。
（9）鹿野谷有希「『落窪物語』のおもしろさ――「切り替え」から見る『落窪物語』――」（『成蹊國文』第53号、二〇二〇年三月）。
※　引用については以下の通りである。『源氏物語』は『新編日本古典文学全集』（阿部秋生・秋山虔・今井源衛・鈴木日出男校注・訳、小学館）に拠り、その巻数と頁数を記した。また、『和泉式部日記』は『新編日

本古典文学全集』（藤岡忠美校注・訳、小学館）、『落窪物語』は『新版　落窪物語　上　現代語訳付き』（室城秀之訳注、角川ソフィア文庫）、『枕草子』は『新版　枕草子　下巻　付現代語訳』（石田穣二訳注、角川ソフィア文庫）、『蜻蛉日記』は『新編日本古典文学全集』（木村正中・伊牟田経久校注・訳、小学館）に拠り、その頁数を記した。

本稿は、二〇一九年度長期研修「平安時代の物語表現」の成果物の一つである。

第四章　『源氏物語』と仏教

――光源氏の執着と救済――

吉田幹生

一　『竹取物語』の人間観

文学は人間を描く。では、『源氏物語』はどのような人間を描き出したのか。

この問題を考えるうえで参考になるのは、『源氏物語』より百年ほど前に成立した『竹取物語』である。[1]『竹取物語』は、かぐや姫の昇天場面において、帰るべき場所として月の世界を設定した。そして、かぐや姫の口を通して「かの都の人は、アいとけうらに、イ老いをせずなむ。ウ思ふことなくはべるなり」（七〇）と説明しているように、ア容姿端麗かつイ不老でウ苦悩のない存在として「かの都の人」を定位したのである。これは当時の理想を投影したものにほかなるまいが、しかしそのことによって、ア容姿に優れずイ老い衰えまたウ苦悩を抱えた存在であるという人間のありようが、逆に照らし返されてくることにもなった。

この点を確認したうえで注目したいのは、「思ふこと」すなわち苦悩の有無がその指標として特筆された点である。何故人間には苦悩が存在するのか、あるいは言い換えて、何故月世界の人々には苦悩が存在しないのか。

参照すべきは、かぐや姫を迎えに来た「王とおぼしき人」（七一）と翁との対話場面である。[2]

「汝、幼き人。①いささかなる功徳を、翁つくりけるによりて、汝が助けにとて、かた時のほどとてくだししを、そこらの年ごろ、そこらの黄金賜ひて、身を変へたるがごとなりにたり。②かぐや姫は罪をつくりたまへりければ、かく賤しきおのれがもとに、しばしおはしつるなり。罪の限りはてぬれば、かく迎ふるを、翁は泣き嘆く。あたはぬことなり。はや返したてまつれ」といふ。翁答へて申す、「かぐや姫をやしなひたてまつること二十余年になりぬ。『かた時』とのたまふは、あやしくなりはべりぬ。また異所にかぐや姫と申す人ぞおはしますらむ」といふ。（七一～二）

ここでは、理路整然とかぐや姫を迎えに来た理由を語る「王とおぼしき人」と、それを何とか拒もうとする翁の苦しい言い訳が描かれている。①翁は功徳を積んだためにかぐや姫と出会うことになったがその結果翁は金持ちになった、②かぐや姫は罪を犯したために翁のところにやってきたがその罪も消滅した、という二つの理由からかぐや姫の返還を求める「王とおぼしき人」の言葉と、「かた時」という言葉を根拠に人違いを主張する翁の言葉とは、まったく噛み合わない。翁の発言は返還理由への何の反論にもなっておらす、この後「王とおぼしき人」が、翁にではなくかぐや姫に直接呼びかけていくのも、当然の成り行きなのであった。しかし、ここではその噛み合わなさが重要である。相容れない二人の対話によって、理性的に物事を処理していく月世界の人々と、理性よりも感情が優先してしまう人間との対比が鮮明となる。

このことから推せば、人間に苦悩があるのは、理性と感情の不一致ゆえということになる。月世界の人々のように、すべてを理性で処理できれば、苦悩は存在しない。すべてが合理的な展開として受容されるのだから、それに抗う感情の発生しようがないのである。しかし、翁のように、理性を超えて感情が溢れ出してしまうと、すべきこと（理性）としたいこと（感情）とが乖離してしまい、そこに苦悩が生じることになる。これは、かぐや姫との別れを悲しむ翁夫妻や帝のみならず、無理難題を課すかぐや姫を諦められなかった求婚者たちにも共通する。彼らはみな、理性と感情との不一致ゆえに苦悩を抱え込む存在となるのである。これが、『竹取物語』の描き出した人間の姿であった。

では、『竹取物語』は、そのような人間を否定し、理想像たる月世界の人々のありかたを目指すべき目標としているのだろうか。答えは否である。地上世界で暮らすうちに、かぐや姫はしだいに人間らしい感情を持つようになっていく。それは、人間の抱く苦悩に理解を示すことであり、かぐや姫自身も人間同様の嘆きを抱え込むことにほかならない。その様は、たとえば昇天直前の

中将とりつれば、ふと天の羽衣うち着せたてまつりつれば、翁を、いとほし、かなしと思しつることも失せぬ。この衣着つる人は、物思ひなくなりにければ、車に乗りて、百人ばかり

天人具して、のぼりぬ。（七五）

という叙述に明らかであろう。「翁は泣き嘆く。あたはぬことなり」と言い放った「王とおぼしき人」とは対照的に、かぐや姫は「翁を、いとほし、かなしと思」っているのであり、それがかぐや姫の「物思ひ」の種となっていたのである。

　月の世界に戻ることは、そのような人間らしい心を無くすことでもあるが、「天の羽衣」を着る前は「うち着せたてまつりつれば」「思しつる」と敬語が用いられていたのに対し、「天の羽衣」を着た後は「のぼりぬ」と無敬語で遇されているように、物語は「物思ひ」を抱えたかぐや姫の方にこそ敬意を払っているのである。それゆえ、『竹取物語』は、「思ふこと」のない世界を理想としつつも、このようなかぐや姫の造型を通して、感情に振り回されてしまう人間のありようを慈しみをもって受容しているのだと考えられる。[3]

　そこに生じてくるのが、「あはれ」という感情である。これは、善悪の基準から物事を判断する姿勢ではない。むしろ、そのような基準を度外視して、対象に共感するような心の動きである。『竹取物語』に描かれるかぐや姫の人間化とは「あはれ」という感情の獲得過程にほかならないが、それは理性一辺倒では割り切れない人間のありようを受け止めることでもあった。

　この時、理性的に振る舞えない人間の姿は、やむを得ない業を抱えたものとして甘受されることになる。言い換えるなら、善と悪との二項対立的な図式のもとに非理性的な側面を切り捨ててしまうのではなく、むしろそれを人間ゆえの弱さや愚かさとして認めていく方向に向かうということである。

このことを補助線として、『源氏物語』[4]が描き出す人間像の問題に迫ってみることにしよう。取り上げるのは、若菜巻以降の光源氏である。

二　柏木と女三の宮の密通事件

四十歳を迎えた光源氏は、兄朱雀院の娘である女三の宮を正妻として六条院に迎えとることになった。しかし、こともあろうにその女三の宮は、太政大臣家の嫡男である柏木と通じてしまうのである。

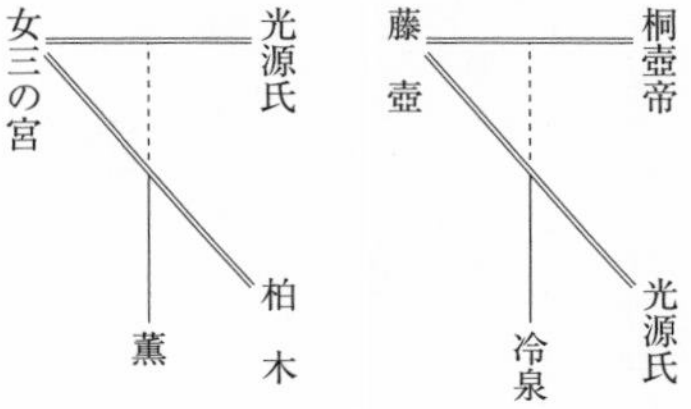

女三の宮に宛てた柏木の手紙を発見して二人の密通を知った光源氏は、激怒する。「あたら、人の、文をこそ思ひやりなく書きけれ、落ち散ることもこそと思ひしかば、昔、かやうにこまかなるべきをりふしにも、言《こと》そぎつつこそ書き紛らはししか、人の深き用意は難きわざなりけり、とかの人の心をさへ見おとしたまひつ」（若菜下④二五三）とあるように、かつての自分と比べて、このような不用意な手紙を書く柏木のことを、源氏は見下すのである。この段階での源氏は、柏木を自分とは異なる存在として捉えて指弾しているということになる。

ところが、亡き父桐壺帝も、今の自分と同じように、かつての自分と藤壺との関係を知っていたのではないかと思い至るところから、源氏の怒りは急に失速する。

故院の上も、かく、御心には知ろしめしてや、知らず顔をつくらせたまひけむ、思へば、その世のことこそは、いと恐ろしくあるまじき過ちなりけれ、と近き例を思すにぞ、恋の山路はえもどくまじき御心まじりける。（若菜下④二五五）

これまでは妻を寝取られた被害者の立場から密通事件を眺めていたのだが、その過程で、今の自分とかつての父帝とを重ねたところから、今度は今の柏木にかつての自分自身が重なってきたためであろう。そうなると、柏木は単なる指弾の対象ではなくなってくる。―部は、「いかばかり恋てふ山の深ければ入りと入りぬる人まどふらむ」（古今和歌六帖・一九八〇）――恋の山に踏み入った人が揃いも揃って道に迷ってしまうとは、いったい恋という山はどれほど深いのだろう――を踏まえたものだが、自分にも藤壺との経験があるだけに、柏木の心情に共感可能な部分を見出し、それ以上非難することができなくなってしまうのである。見方を変えて言えば、このとき源氏は、柏木の中に自分と同じものを感じ取ったということになる。(5)

こうして光源氏は、柏木の犯した過ちを自分自身の問題としても受け止めることになっていく。もっとも、そのことで源氏の心から柏木への怒りが即座に消滅したわけではない。「まじりける」とされているように、この段階では源氏の心中にそのような気持ちが芽生えたという程度なのである。しかし、このことの意味を過小評価すべきではあるまい。柏木を自分とは異なる存在として、言わば排除すべき対象と捉えていた段階から、そこに恋する人間としての共通点を見出す段階へという展開は、先に指摘した『竹取物語』の例を踏まえて言えば、人間の本質に迫る大きな一歩と評すべきものである。

では、ここから光源氏の思考はどのように展開していくのであろうか。あるいは、この物語は、人間をどのようなものとして描き出そうとしていくのであろうか。

まず想像されるのは、柏木を通して昔の自分と向き合った源氏が、かつて自分自身が犯した罪（藤壺との密通事件）を見つめ直していくというものである。たしかに、源氏は女三の宮が柏木の子供（のちの薫）を出産したと聞いて、次のように考えている。

さてもあやしや、わが世とともに恐ろしと思ひし事の報いなめり、この世にて、かく思ひかけぬことにむかはりぬれば、後の世の罪もすこし軽みなんや、と思す。（柏木④二九九）

「わが世とともに恐ろしと思ひし事」は、藤壺との密通事件を指す。それゆえ、このとき源氏は、柏木と女三の宮との密通事件を、かつて自身が犯した藤壺との密通事件の「報い」と考えたということになる。そして、このように現世で苦しみを受けておけば、それだけ来世での罪が軽減されるというのだが、この考え方を推し進めていけば、現在の苦悩を通して源氏は過去の罪と向き合うことになっていく。

源氏は、十代の頃、夕顔の怪死事件に遭遇したときにも「わが心ながら、かかる筋におほけなくあるまじき心の報いに、かく来し方行く先の例となりぬべきことはあるなめり」（夕顔①一六九）と考えており、あらぬ恋心（おほけなくあるまじき心）を藤壺に抱いた「報い」として怪死事件を捉えていた。右にも「わが世とともに」とあるように、源氏の心中には若い頃から、藤壺にかかわる罪の意識が底流していたのであろう。

しかし、その思いが柏木と女三の宮との密通事件を機に一気に噴き出してきて、以降の源氏が贖罪の日々を送っていくという方向には進展していかない。むしろ物語は、これを源氏個人の罪の問題として、善か悪かという視点から掘り下げていくのではなく、誰にでも起こり得る普遍的な問題として、そのような業を抱え得る人間のありようを追及していくことになる。

三 『源氏物語』の人間観

光源氏への畏怖から病床に臥していた柏木は、薫誕生の後、ほどなくして亡くなってしまう。五十日《いか》の祝いで我が子ならざる薫を抱く源氏は、複雑な心情を抱きながらも、薫と容貌のよく似た実父柏木を連想し、恋に身を滅ぼしたその運命に思いを馳せながら、柏木の人生を「あはれ」と受け止めていく。

思ひなしにや、なほいとようおぼえたりかし。ただ今ながら、まなこゐののどかに、恥づかしきさまもやう離れて、かをりをかしき顔ざまなり。宮は、さしも思しわかず、人、はた、さらに知らぬことなれば、ただ一ところの御心の中にのみぞ、あはれ、はかなかりける人の契りかなと見たまふに、おほかたの世の定めなさも思しつづけられて、涙のほろほろとこぼれぬるを、今日は事忌《こといみ》すべき日をとおし拭ひ隠したまふ。

（柏木④三二二）

いと何心なう物語して笑ひたまへる、まみ口つきのうつくしきも、心知らざらむ人はいかがあらむ、なほ、いとよく似通ひたりけり、と見たまふに、親たちの、子だにあれかしと泣いたまふらむにもえ見せず、人知れずはかなき形見ばかりをとどめおきて、さばかり思ひあがりおよすけたりし身を、心もて失ひつるよ、とあはれに惜しければ、めざましと思ふ心もひき返し、うち泣かれたまひぬ。（柏木④三二四）

このような思考の過程を経て、柏木への否定的な感情（めざましと思ふ心）は次第に沈静化していくのであろう。『新大系』はここに「親の心や親に知られぬ子のことを思って柏木を許す気持になる」と施注するが、たしかに、柏木に対する源氏の心情はその死を契機として変化していくことになる。

そして、薫の愛らしさに魅せられる源氏は、

この人（＝薫）の出でものしたまふべき契りにて、さる思ひの外のこともあるにこそはありけめ、のがれがたかなるわざぞかし、とすこしは思しなほさる。（横笛④三五二）

と、薫誕生のために二人の密通があったと考えるようになる。密通発覚以来苦悩を抱いていた源氏は、因果関係を逆転させ、こうなるべく定められていたのだと考えることで、現状を受け入れようとするのである。

こうして物語は、密通の是非を問題にするのではなく、それを避けがたいものとして捉えることで、そういうふうにしか生きられない人間のあり方に焦点を当てていくようになる。そこに浮

かび上がってくるのが、「執」の問題である。
夕霧は、死後も柏木が自分の夢に現れたことについて、次のように考える。

この世にて数に思ひ入れぬことも、かのいまはのとぢめに、一念の恨めしきにも、もしはあはれとも思ふにまつはれてこそは、長き夜の闇にもまどふわざななれ、かかればこそは、何ごとにも執はとどめじと思ふ世なれ、など思しつづけて、愛宕《をたぎ》に誦経せさせたまふ。

（横笛④三六二）

「長き夜の闇にもまどふわざ」とは、死後も往生できずに無明長夜にさまようことをいう。臨終にさいして現世に未練を残すようなことになっては、往生はおぼつかない。夕霧は、だからこそ「執」を留めてはいけないと考えるのである。

このような考え方は、椎本巻で山寺に参籠する八の宮にも認められる。死が近いことを予感する八の宮は、今回の参籠にあたって遺言めいた言葉を残している。その中に、

「世のこととして、つひの別れをのがれぬわざなめれど、思ひ慰まん方ありてこそ、悲しさをもさますものなめれ。また見ゆづる人もなく、心細げなる御ありさまどもをうち棄ててむがいみじきこと。されども、さばかりのことに妨げられて、長き夜の闇にさへまどはむが益なさを。…」

（椎本⑤一八四）

とあり、娘たちへの思いに妨げられて無明長夜の闇にさまようことを「益なし」と捉えているのである。つまり、八の宮もまた、臨終のさいに現世に未練を残すことを避けようと考えているこ

とになる。

これは当時平安貴族の間で信仰されていた浄土教の考えに根差すものだが、しかし、だからといって『源氏物語』は、現世に執を留めずに往生する人々の姿を描き出そうとはしない。右に見た八の宮も、結局参籠先の山寺で息を引き取ることになるが、死後、阿闍梨の夢に「世の中を深う厭ひ離れしかば、心とまることなかりしを、いささかうち思ひしことに乱れてなん、ただしばし願ひの所（＝極楽浄土）を隔たれるを思ふなんいと悔しき、すすむるわざせよ」（総角⑤三二〇）と告げているように、柏木同様、往生はかなわなかったらしい。また、「何ごとにも執はとどめじ」と決意したはずの夕霧も、柏木の妻である落葉の宮（女二の宮）に、この後のめりこんでいってしまうのである（夕霧巻）。

あるいは、「執」ということで言えば、若菜下巻で死霊となって再登場した六条御息所も見逃せない。御息所の死霊は「中宮の御事にても、いとうれしくかたじけなしとなむ、天翔りても見たてまつれど、道異になりぬれば、子の上までも深くおぼえぬにやあらん、なほみづからつらしと思ひきこえし心の執なむとまるものなりける。…」（若菜下④二三六）と源氏に語りかけていた。どうやら物語は、断ち切ろうとしても断ち切ることのできない恩愛の情に絡めとられていく人間をこそ、描き出そうとしているようなのである。

四　光源氏の執着と救済

人間には、理性の制御を振り払って発動してしまう感情があり、そのために社会の規則や通念に反することもしてしまう。柏木も六条御息所も、そのために現世に執を残して死んでいく結果となった。夕霧ならずとも、「何ごとにも執はとどめじ」と思うところだが、では光源氏の場合はどうだったのであろうか。

この問題を扱うのが、御法巻および幻巻である。若菜巻での女三の宮降嫁は、柏木との密通を誘発することで光源氏に過去の罪を突きつけたのみならず、六条院世界の女主人として安定した地位にあった紫の上に、人生の意味を問い直させるものでもあった。これまで通りの立場に安住し得ないと考えた紫の上は、やがて出家を願うようになっていく。しかし、紫の上の素晴らしさを再認識した源氏は、これを決して許そうとはしない。こうして、紫の上への源氏の執着が浮き彫りになるのだが、それが顕在化してくるのが、御法巻および幻巻なのである。

最愛の紫の上を失った光源氏は、

世の中思しつづくるにいとど厭はしくいみじければ、後るとても幾世かは経べき、かかる悲しさの紛れに、昔よりの御本意（＝出家）も遂げてまほしく思ほせど、心弱き後の譏りを思せば、このほどを過ぐさんとしたまふに、胸のせきあぐるぞたへがたかりける。

（御法④五一一）

と、—部にあるように出家を決意する。しかし、すぐさま〜部が続くように、後世の非難を思って、即座の出家は躊躇われてしまう。

その後世の非難（心弱き後の譏り）とは、たとえば、出家を願う秋好を諌める「定めなき世といひながらも、さして厭はしきことなき人の、さはやかに背き離るるもありがたう、心やすかるべきほどにつけてだに、おのづから思ひかかづらふ絆のみはべるを。などか。その人まねに競ふ御道心は、かへりてひがひがしう推しはかりきこえさする人もこそはべれ。かけてもいとあるまじき御事になむ」（鈴虫④三八八）という考えと同じ基盤から出ているのであろう。つまり、出家とは清浄な心の状態でするものであり、深い理由もなく衝動的に出家するのはいけないというのである。それゆえ源氏は、衝動的な出家とみなされないように、しばらく期間をおこう（このほどを過ぐさん）と考えることになる。

しかし、問題は時間をおけば解決されるというものではない。後文に「今は、この世にうしろめたきこと残らずなりぬ、ひたみちに行ひにおもむきなんに障りどころあるまじきを、いとかくをさめん方なき心まどひにては、願はん道にも入りがたくや」（御法④五一三）とあるように、清浄な心の状態に達すること、逆に言えば「まどひ」の状態から脱することが必要なのであった。

夕霧や八の宮が臨終のさいに必要と考えたことを、光源氏は出家の段階で行うべしとしているのである。(6) はたして、源氏は「まどひ」の世界を脱して見事に出家を遂げることができるのであろうか。

幻巻は、

春の光を見たまふにつけても、いとどくれまどひたるやうにのみ、御心ひとつは悲しさの改まるべくもあらぬに、外には例のやうに人々参りたまひなどすれど、御心地なやましきさまにもてなしたまひて、御簾の内にのみおはします。（幻④五二一）

と語り出される。年が改まった新春から始まるこの巻は、一年間の季節の推移を描き出す。注目は、光源氏の外側で進行していく時間の推移の中で、源氏の「まどひ」がどのように癒されていくかである。

しかし、春のある日、女房の一人である中将の君を相手に人生を回顧し、

「…宿世のほども、みづからの心の際も残りなく見はてて心やすきに、今なんつゆの絆なくなりにたるを、これかれ（＝あれこれの女房）、かくて、ありしよりけに目馴らす人々の今はとて行き別れんほどこそ、いま一際の心乱れぬべけれ。いとはかなしかし。わろかりける心のほどかな」（幻④五二五〜六）

と述べたり、また明石の君に

「人をあはれと心とどめむは、いとわるかべきことと、いにしへより思ひえて、すべていかなる方にも、この世に執とまるべきことなくと心づかひをせしに、おほかたの世につけて、身のいたづらにはふれぬべかりしころほひなど、とざまかうざまに思ひめぐらししに、命をもみづから棄てつべく、野山の末にはふらかさんにことなる障りあるまじくなむ思ひなりし

を、末の世に、今は限りのほど近き身にてしも、あるまじき絆多うかかづらひて今まで過ぐしてけるが、心弱う、もどかしきこと」（幻④五三三）

と語っているように、清浄な心の境地にはほど遠い。
それは時間が経過しても変わらない。十月には

大空をかよふまぼろし夢にだに見えこぬ魂の行く方たづねよ（幻④五四五）

と、夢にさえ現れない紫の上の魂の行く方を尋ねてくれと懇願する内容の和歌を詠む。これは、「長恨歌」を踏まえたもので、桐壺巻で父桐壺帝が「たづねゆくまぼろしもがなつてにても魂のありかをそこと知るべく」（桐壺①三五）と詠んだのと同趣向である。ここでの源氏も、亡き更衣を忘れられなかった桐壺帝と同様、紫の上のことが忘れられないでいる。和歌に続いて「何ごとにつけても、紛れずのみ月日にそへて思さる」（幻④五四五）と記されているように、死後一年が経過してもなお、源氏の心は癒されないのである。それどころか、年末になっても

死出の山越えにし人をしたふとて跡を見つつもなほまどふかな（幻④五四七）

と詠んでいるように、依然「まどひ」の中にあることを示しながら、この一年は閉じられようとするのである。

とするならば、幻巻の一年を費やしても、源氏の「まどひ」は癒されなかったということになろう。このことは、いったい何を意味するのか。

柏木や六条御息所を通して浮かび上がってきた執着心は、源氏にも存在した。それは、御法巻

での紫の上の死を経過することで、よりいっそう鮮明となってきた。物語は、そのような源氏が、年来の希望をかなえ出家を遂げることができるのかを幻巻で描き出そうとする。しかし、ここで求められる出家は、単に形だけのものではない。源氏は、夕霧や八の宮が臨終にさいして求めるものを、出家の段階で自らに課していた。それがすなわち、清浄な心の状態を獲得するということ、言い換えれば、生きながらにして執着を断つということである。はたして、それは可能なのか。

右に見たことからすれば、源氏は一年をかけてもその境地には達し得なかったとするほかない。源氏は、紫の上の一周忌が過ぎてなお「まどひ」の中にいたのである。

もの思ふと過ぐる月日も知らぬ間に年もわが世も今日や尽きぬる　（幻④五五〇）

これは光源氏が最後に詠んだ和歌だが、物思いをしていて月日が過ぎていくのも気がつかずにいるうちにこの一年も我が人生もいよいよ終わりを迎えるのか、との思いを詠んでいる。ここからは、源氏の物思いが、外部で進行してきた時間の推移と無関係にあったことが推測される。源氏の心情には何の変化もないままに、ただ時間だけが経過していたということである。とするならば、源氏の出家は、「このほどを過ぐさん」という、まさに時間の経過だけを根拠になされたということになる。逆に言えば、生きながら執着を断つという課題が達成され得なかったことを推測させながら、光源氏の物語は閉じられるのである。

五　『源氏物語』が投げかけるもの

光源氏をして執着を断たしめることは、なお容易ではなかった。しかし、だからといって、物語がそのような源氏を非難しているとするのは当たらない。おそらく『源氏物語』は、『竹取物語』と同じように、断ちがたい執着を抱えて生きる人間の姿を見据えようとしているのであろう。言い換えれば、「まどひ」の中に人生を終えようとする光源氏を物語が否定しないのは、そのような人生を肯定したい気持ちがあるからだと考える。

しかし、どのような論理によって、執着を抱えたまま生きる人間を肯定することができるのか。人間が苦悩から解放されて、極楽往生するためには、執着を断ち切らなければならない。それが仏教の教えであり、それは「正しい」ことなのだろう。しかし、「正しさ」が理性の生み出すものであるとすれば、「正しさ」によって源氏を肯定することはできない。感情（執着）を切り捨てよとする論理で、感情（執着）を肯定することはできないからである。

とするならば、光源氏を肯定しようとする物語は、「正しさ」以外の基準を見出す必要がある。『竹取物語』で示された「あはれ」はその一つの解答ではあろうが、喜怒哀楽等に分化される以前の心の動きに発するものであるだけに、それを論理化（言語化）することは難しい。

仏教（理性）の側に身を委ねてしまうのでもなく、また感情を全肯定するのでもなく、両者に引き裂かれながら迷う人間の姿を『源氏物語』は描き出した。言わば、彼岸を目指しながらも此岸に留まっているのが、『源氏物語』の描く人間ということになる。このような人間をいかにして肯定（救済）するのか。『源氏物語』が投げかけた問いは、なお今日的な意味を持ち続けているように思われる。(7)

注

（1）『竹取物語』の達成については、拙稿「『竹取物語』難題求婚譚の達成」（『日本古代恋愛文学史』笠間書院、二〇一五年）をも参照されたい。

（2）本論では、平田オリザ『演劇入門』（講談社現代新書、一九九八年）を参考に、登場人物たちの言葉のやりとりを、両者の関係が喧嘩のように対立的なものを「対話（dialogue）」、挨拶のように同調的なものを「会話（conversation）」として区別しておく。

対話（dialogue）…互いに異なる考えを持つ登場人物たちが行うもの。それぞれの立場の違いが強調される。そのため、問題点が浮き彫りになったり、対立を解消するために新たな展開が導かれることがある。

会話（conversation）…同じ考えを持つ登場人物たちが行うもの。新しい話題が提供されることはほとんどなく、登場人物たちの親密さが確認される。

『竹取物語』においては、冒頭近くの翁とかぐや姫の対話、および当該場面での天人と翁との対話によって、人間世界のありようが浮かび上がる仕組みになっている。

（3）益田勝実「フィクションの出現」（『日本文学の歴史3　宮廷サロンと才女』角川書店、一九六七年）が、昇天を阻もうとする翁とかぐや姫のやりとりを踏まえて、娘が逆上した老父を叱りつつくどくあたりに進むと、俗塵《ぞくじん》にまみれ、悲喜に翻弄《ほんろう》されて生きる人間世界の恩愛の絆《きずな》に苦悶《くもん》するこの美女に、物語の読み手は、喝采《かっさい》を送りたくなる。人間万歳！　誰もが脱出したいと思っている世界であっても、愛する者を捨てて、われひとりのがれ出たいとは思わないであろう。人間界、それはなんとふしぎなところであろうか。

と述べたところが反芻される。

（4）本論は、拙稿「若菜巻―老年の光源氏」（『はじめて読む源氏物語』花鳥社、二〇二〇年）の続編というべきものである。合わせて参照されたい。

（5）鈴木日出男「柏木の物語と光源氏」（『源氏物語虚構論』東京大学出版会、二〇〇三年）参照。

（6）松岡智之「『観無量寿経』と女三宮―光源氏の出家の問題―」（『国語と国文学』一九九六年八月）参照。

（7）宇治十帖では、それを「優しさ（慈悲）」という視点から解決しようとしているように思われる。しかし、それで問題が解決したわけではない。文学が人間を描こうとする以上、これは避けて通れない問題なのではないか。たとえば夏目漱石は、同じ問題を「自然」という視点から肯定を試みているようである。この点については、拙稿「恋愛―愛情か友情か　文学アプローチ―」（成蹊大学文学部学会編『データで読む日本文化』風間書房、二〇一五年）でも触れたところがある。

※『竹取物語』『源氏物語』の引用は、新編日本古典文学全集（小学館）により、そのページ数を示した。

第五章　『源氏物語』と年中行事

——藤花宴の時代設定——

松野　彩

一　年中行事と物語

年中行事とは、毎年の同じ季節や特定の時期ごとに行われる行事、たとえば、現代でも行われている正月や節分、雛祭り、端午の節句、七夕など、一年間の節目となる日本の伝統行事をさす言葉である。

『源氏物語』が書かれた平安時代、貴族たちは年中行事を非常に大事にしていた。それどころか、貴族たちが役人として行う仕事の大部分が年中行事の催行に費やされていたといってもよいくらいである。そのため、貴族たちを登場人物とする物語に、年中行事は数多く描かれ、当時の文化を今に伝えてくれているが、そのなかには物語展開において重要な役割をしているものも多い。また、歴史資料と丹念につきあわせることによって、物語の表現に史実が取り込まれ、それが物語にリアリティーをもたらしていることも確認される。

つまり、年中行事が物語において果たす役割には、季節のできごとを描く意味以上のものがあることが多々あり、物語を研究する切り口となるということである。

そこで、どれか一つの年中行事に焦点を当てる前に、まずは、『源氏物語』に描かれた年中行事にどのようなものがあるか見てみよう。[1]

1月　①朝拝・歯固・餅鏡［一日］、②二宮大饗・大臣大饗［二日］、③臨時客［二日］、④朝覲行幸［三日］、⑤白馬節会［七日］、⑥踏歌節会、⑦賭弓［十八日］、⑧賭弓還饗、⑨内宴［二十一日］、⑩子日遊・子日宴、⑪卯槌、⑫除目（司召）

2月　春季御読経（当時の実態を確認すると、二月ではなく、三月以降に行われていることも多い。）

3月　①上巳祓、②花宴、③石清水臨時祭、④藤花宴（花宴と藤花宴は開花時期によって開催時期が変わる。）

4月　①更衣［一日］、②灌仏会［八日］、③賀茂祭

5月　端午節会［五日］

6月　×

7月　①七夕［七日］、②相撲

8月　①相撲還饗、②除目（司召）、③観月宴（八月十五夜）

9月　重陽宴［九日］

10月　①更衣［一日］、②秋季御読経、③亥子餅
11月　①新嘗祭・五節、②賀茂臨時祭
12月　①仏名会、②追儺

これらの行事の中には、行事の内容が詳しく描かれているものもあるが、名前だけが記されていて内容はほとんど描かれていないものもある。とはいえ、六月の行事を除いてすべての月の年中行事が描かれている。

では、『源氏物語』で六月の行事が描かれていないのはなぜだろうか。それは、次の場面からうかがえる。第二十六帖「常夏」巻の冒頭、光源氏が三十六歳、太政大臣の官職にある時の描写である。

いと暑き日、東《ひむがし》の釣殿《つりどの》に出《い》でたまひて涼みたまふ。……氷水《ひみづ》召して、水飯《すいはん》などとりどりにさうどきつつ食《く》ふ。風はいとよく吹けども、日のどかに曇りなき空の西日《にしび》になるほど、蝉《せみ》の声などもいと苦しげに聞こゆれば、「水の上《うへ》無徳《むとく》なる今日の暑かはしさかな。無礼《むらい》の罪はゆるされなむや」とて、寄り臥《ふ》したまへり。「いとかかるころは、遊びなどもすさまじく、さすがに暮らしがたきこそ苦しけれ。宮仕《みやづかへ》する若き人々たへがたからむな。帯《おび》も解かぬほどよ。
……

（常夏・③二二三～二二四頁）

とても暑い日、光源氏が自宅の六条院にある釣殿（平安時代の貴族の邸宅の庭には池があり、その池に張り出して作られた建物で、壁がほとんどないため、風が通って涼しい）に出て、息子の夕霧や若い貴公子たちを前に涼んでいる場面で、氷水や水飯（飯や乾燥させた飯を、冷たい水に浸した平安時代の軽食）など涼しげな夏の風物が描かれている。しかし、西日がさす中、蝉が暑苦しく鳴く声が聞こえるので、光源氏は「涼しいはずの水辺に出てもどうにもならないほどの暑さだから、失礼な姿勢をとっても許されるよね」と言って、大儀そうに横になりながら、夕霧ら若い貴公子たちに話しかけている。「暑い時は管絃の遊びも興ざめだし、何もしないでいると時間がつぶせず、日が暮れないのがつらい。宮仕えをしている人は勤務中に帯も解けずにいることが堪えがたいだろう」と貴公子たちを思いやっているように、盛夏の宮廷行事は暑苦しく、物語の描写として描くに堪えなかったのではないかと推し量られる。

ところで、これらの年中行事描写の『源氏物語』の中での分布に注目すると、第三部（第四十二帖「匂兵部卿」巻）に入ってからは描写が少なくなる傾向がある。しかし、第四十九帖「宿木」巻に描かれている藤花宴《とうかのえん》は、酒宴に至るまで儀式次第の描写が詳細に描かれている点で際立っている。また、『源氏物語』が書かれた半世紀ほど前に実際にあったできごとを参照して書かれていると推定されていることでも注目されている。以下、「宿木」巻の藤花宴の場面を歴史資料と比較して詳しくみていくことにする。

二　「宿木」巻の藤花宴

「宿木」巻の藤花宴は、四月の初旬、宮中の藤壺で行われた。実は、この宴は藤壺に住む女二《おんなに》の宮《みや》（在世中の帝［今上帝《きんじょうてい》］の第二皇女、母は故藤壺女御）と薫（母は朱雀帝女三《おんなさん》の宮《みや》、父は表向きは光源氏ということになっているが、実は柏木《かしわぎ》［頭《とうの》中《ちゅう》将《じょう》の長男］の子）の結婚披露の祝宴も兼ねており、女二の宮が薫の住まい（三条宮《さんじょうのみや》）に迎えられる前日に、帝も参加して華やかに行われた。

夏にならば、三条宮ふたがる方《かた》になりぬべしと定めて、四月の朔日《ついたち》ごろ、節分《せちぶん》とかいふことまだしき前《さき》に渡したてまつりたまふ。明日《あす》とての日、藤壺《ふぢつぼ》に上《うへ》渡らせたまひて、藤の花の宴せさせたまふ。南の廂《ひさし》の御簾《みす》あげて、倚子《いし》立てたり。公事《おほやけわざ》にて、主《あるじ》の宮の仕うまつりたまふにはあらず、上達部、殿上人の饗《きやう》など内蔵寮《くらづかさ》より仕うまつれり。右大臣《みぎのおとど》、按察《あぜちの》大納言、藤《とう》中納言、左兵衛督、親王《みこ》たちは三の宮、常陸《ひたち》の宮などさぶらひたまふ。南の庭の藤の花のもとに、殿上人の座はしたり。後涼殿《こうらうでん》の東《ひむがし》に、楽所《がくそ》の人々召して、……故六条院の御手づから書きたまひて、入道の

《登場人物・略系図》

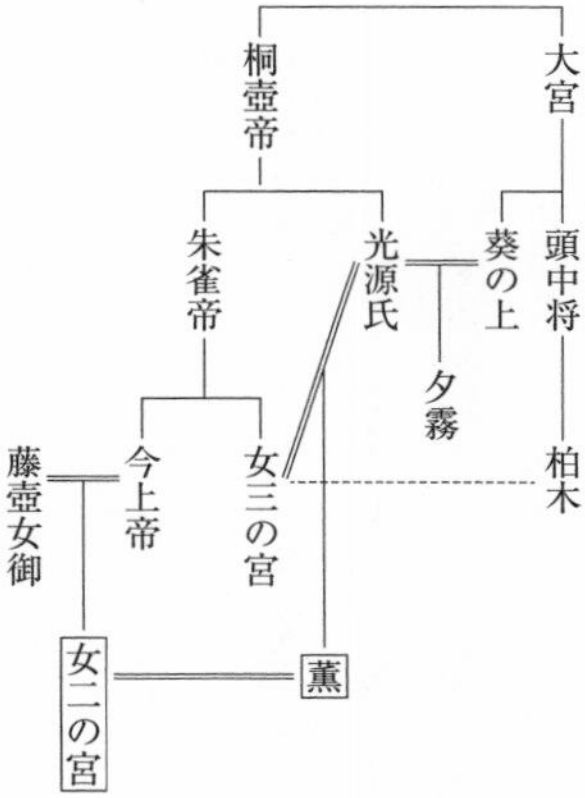

宮に奉らせたまひし琴《きん》の譜《ふ》二巻、五葉《ごえふ》の枝につけたるを、大臣《おとど》取りたまひて奏したまふ。
（宿木・⑤四八〇～四八一頁）

夏になると、薫が女二の宮を迎えようとしている三条宮が、宮中から引っ越すのに良くない方角になるので、四月の初旬、立夏が過ぎて夏にならないうちに、三条宮に女二の宮を迎えることになった。藤花宴は、女二の宮が三条宮に移転する前日に、今上帝が藤壺にやって来て行われた。藤壺は南側が正面であるので、南側の廂《ひさし》の間の御簾を上げて帝が着席するための倚子《いし》（現代の椅子のような形状の座具）を置き、藤壺に住む女二の宮主催ではなく、公的な行事として、参加する上達部《かんだちめ》・殿上人《てんじょうびと》などの男性たちへの御馳走は、宮中の内蔵寮《くらづかさ》が用意した。右大臣（薫の兄である夕霧）をはじめとして何人もの上流貴族や親王が参加し、藤壺の南庭の藤の花のもとに殿上人の座が用意され、後涼殿《こうろうでん》の東（北の誤りの可能性がある）に楽人たちを呼んで音楽を奏でさせた。さらに、亡き六条院（光源氏）が自身で書いて、妻の女三の宮（薫の母）に贈った琴の譜面が、めでたい五葉《ごよう》の松の枝につけて届けられ、右大臣（夕霧）が薫から受け取って、帝に琴の譜面の由緒正しさを説明したとある。

この藤花宴の描写について、『花鳥余情《かちょうよせい》』（十五世紀、『源氏物語』の注釈書、一条兼良著）では、『西宮記』（十世紀後半、有職故実書、源高明《みなもとのたかあきら》著）を引用して、『源氏物語』の成立（寛弘五年［一〇〇八］頃）から半世紀ほど前の天暦三年（九四九）の藤花宴がもとになっていると指摘している。

両者の共通点としては、帝主催の宴であること、場所、設営の様子、殿上人の座の位置、楽人が呼ばれていること、伝来の譜面が持ち出されていることなどがあげられる。したがって、宿木巻の藤花宴の場面は、帝主催で行われた天暦三年の宴を枠組みとして形作られていると言える。

なお、この宴は、すでに述べたように、公的な季節の行事であるとともに、薫と女二の宮の結婚を披露する場も兼ねているが、『源氏物語』が書かれた当時、父帝の在位中に内親王が結婚することはまだなかった。しかし、虚構として荒唐無稽に描くのではなく、リアリティーのある形で二人の結婚披露の場を描き出すために、作者は半世紀前に行われた宮廷行事についての記録を利用し、宮廷行事と重ねる形で描き出したと推定されている。(2)

ところで、次の例は先ほど引用した部分に続く場面だが、ここにも天暦三年の宴と一致する箇所がある。

宮の御方より、粉熟《ふずく》まゐらせたまへり。沈《ぢん》の折敷《をしき》四つ、紫檀《したん》の高坏《たかつき》、藤の村濃《むらご》の打敷《うちしき》に折枝《をりえだ》縫ひたり。銀《しろかね》の様器《やうき》、瑠璃《るり》の御盃《さかづき》、瓶子《へいじ》は紺瑠璃《こんるり》なり。兵衛督、御まかなひ仕うまつりたまふ。（宿木・⑤四八二頁）

公的な宮廷行事とはいっても、女二の宮個人からも「粉熟《ふずく》」と呼ばれる菓子が、沈香木や紫檀など外国から輸入した高級な木材で作ったお盆や高坏を用い、藤花宴にあわせて紫色のグラデーションに染められた布地に藤の枝を刺繍したものの上にのせられて出されたとある。平安時代の貴族は季節に合わせて衣装や手紙に使う紙の色を変えて趣向を楽しんだが、このような季節の行事に使う調度品にも趣向をこらしている。さらに、銀の容器や、輸入品の瑠璃（ガラス）製の盃や瓶子（酒を入れて盃につぐ器、現在の徳利にあたる）など、夏の季節にあわせた涼しげで豪華な器が並び、華やかな宴の様子がうかがわれる。そして、その後に、兵衛督《ひょうえのかみ》という官職にある男性の役人が「まかなひ」を務めている。

これらの描写のうち、瑠璃の器については天暦三年の宴で使われた記録はないが、その他は概ね一致している。この天暦三年と一致するものの中でも、まず、現代ではなじみのない「粉熟」という菓子がどのようなものなのか、第二に「まかなひ」とはどのようなもので、それを務めている役人の身分は時代設定にあっているのかについて、平安時代の文献を参照しながら明らかにしていこう(3)。

三　粉熟—源氏物語のスイーツ

平安時代の貴族が食べていた菓子には、木菓子《きがし》と唐菓子《からがし》の二種類があった。木菓子は果実のことで、唐菓子は唐（中国）から伝えられた製法で作ったものをさし、米粉や小麦粉などに甘葛《あまずら》（つる草の茎に傷をつけて採取した樹液を集めて煮詰めた甘味料、粘りのあるシロップ状）を加えて成形し、油で揚げたものが多い。『源氏物語』にも菓子は描かれるが、登場人物が食べ物を食べている場面が少ないせいであろうか、木菓子の他には椿餅《つばきもち》や粉熟などわずかな種類の菓子の名前しか記されていない。

さて、粉熟について詳しく見ていこう。粉熟は唐菓子の一種で、現代の落雁《らくがん》の原型になったとも言われている。『源氏物語』の粉熟についての解説によく引用されるのは『花鳥余情』に記された製法である。

『花鳥余情』は五穀（一般的には米・麦・黍《きび》・粟《あわ》・豆などの五種類の穀物をさすが、五種類の内容については諸説ある）を粉にしたものを餅の状態にしてから茹でて、甘葛《あまずら》とこね合せ、細い竹筒に入れて押し固めたものを突き出して切り、双六の駒（現代でいうと、ペットボトルのふたのような形で、厚みを半分ぐらいにしたものをイメージ）のように成形したものとしている。

しかし、『花鳥余情』は『源氏物語』が書かれてから四世紀ほどたってからの資料であり、『源氏物語』が書かれた頃（十一世紀初頭）の粉熟は、もっと素朴な菓子だったのではないかと考えられる。『源氏物語』成立より少し前の十世紀に書かれた二つの文献を見てみよう。

一つ目の資料は『延喜式《えんぎしき》』（十世紀初、古代の法典の一つ）の「内膳《ないぜん》」（宮廷の調理にかかわる規定）である。『延喜式』によると、粉熟の材料は白米と大角豆《ささげ》（アズキに似た豆で、現代でも赤飯などに使用されている）で、まず、これらを加熱したものを袋の中に入れて水の中で漉して必要な成分のみを取り出し、干して粉にする。次に、改めてその粉に水分を加えて加工したもののようである。

二つ目の資料『和名類聚抄《わみょうるいじゅうしょう》』（十世紀前半、漢和辞書、源順《みなもとのしたごう》編）には「米粥」「粉粥」と記されており、米粒や米粉を使った食品であったことがわかる。なお、「粥」という言葉は、古代は米などを水で煮た料理をさすことばで、現代の「粥」から「飯」ぐらいの固さのものまでをさす。したがって、現代の落雁よりも、かなり水分を含んだ食品だったのではないかと推定される。

以上の二つの『源氏物語』成立以前の資料に甘葛や蜂蜜など甘味料についての記述がないことから、甘味料は使われていないと推定でき、この当時の粉熟はあまり甘くない菓子であったと考えられる。このような甘くない菓子がわざわざ藤花宴で出されているのは、粉熟という菓子が宮廷行事を思い起こさせるような特別な食べ物であったからではないだろうか。

平安中期の漢文日記から「粉熟」についての記述を探すと、『九暦《きゅうれき》』（藤原師輔《ふじはらのもろすけ》著）『権記《ごんき》』（藤《ふじ》原行成《わらのゆきなり》著）『小右記《しょうゆうき》』（藤原実資《ふじわらのさねすけ》著）に計四十五例見られた。(4) これらのうち、宮廷主催で行われた行事にかかわるものが四十三例で、そのうち三十八例が年中行事に関するものであった。粉熟が出された年中行事を月ごとに示すと以下のようになる。

一月…元日節会　御斎会　白馬節会　踏歌節会

二月…列見

四月…賀茂祭（斎院御禊の準備　賀茂祭使出立・還立　賀茂祭当日の儀礼）

八月…定考
九月…重陽宴
十一月…豊明節会

特に注目されるのが、節会《せちえ》で出されていることである。節会は年中行事の中でも最も公的な色彩が濃いもので、元日節会をはじめとして、白馬節会、踏歌節会、豊明節会、重陽宴（平安中期には「節会」ではなくなっていたが、節会に類するものという位置づけであった）などでも粉熟はふるまわれている。

なお、宮廷主催で行われた行事以外の例も二例ある。一例目は『小右記』寛弘二年（一〇〇五）六月七日条の記述で、観音院（京都の嵯峨野にある寺）で行われた法要に集まった貴族たちに粉熟がふるまわれている。また、二例目も同じ『小右記』で、長和二年（一〇一三）八月九日条の記述に、筆者の藤原実資が禅林寺（現在の永観堂、紅葉の名所として有名）に赴いて、堂を建立する場所を見て回った時に、実資が知人に酒食を用意してもらったことを記しているが、食品の中で「粉熟」だけ名前があがっている。実資が粉熟について特記したのは、粉熟が、現代風に表現すると、「宮中の公式行事に出される宮内庁御用達の貴重な高級スイーツ」という認識があったことを示しているのではないだろうか。

つまり、粉熟は宮廷主催の行事の儀式次第において重視されるものであった当時の状況を反映しており、「宿木」巻の藤花宴で粉熟がふるまわれているのは、公的な宮廷行事であることをより強調していることになる。

四 「まかなひ」の身分

続いて、この宿木巻の藤花宴で兵衛督が「御まかなひ」を務めたとあることについても考えていこう。

まず、兵衛督は兵衛府《ひょうえふ》(宮中の警備や天皇の行幸の警護などを担当する役所)の長官で、従四位下相当の官職である。平安時代において、上流貴族は、参議から上の官職にある人、あるいは三位以上の官位にある人と位置づけられ、「公卿」、あるいは「上達部」と呼ばれていた。(5) 宿木巻の藤花宴で「まかなひ」を務めている兵衛督は、この時、参議を兼任しており、公卿の一員である。

次に、「まかなひ」は現代仮名遣いでは「まかない」と書く。現代では飲食店で従業員用に提供する「まかない料理」のことをさすことが多いが、平安時代は食事の給仕役のことであった。漢文日記などには「陪膳《ばいぜん》」という言葉で記されている。ここでは「御」がついているので、天皇への給仕をさす。

宿木巻の藤花宴で「まかなひ」役がいることについて記しているのは、第二節で指摘した半世紀前の天暦三年の宴の記録と一致するが、「まかなひ」を務めている人物の身分を歴史資料と照らし合わせてみると、『源氏物語』が書かれた一条天皇の時代の慣習も反映されている。兵衛督が「まかなひ（陪膳）」を務めている例は、『権記』長保三年（一〇〇一）二月十二日条にあり、円融天皇（九五九〜九九一年）の追善法要が行われた時に、右兵衛督であった源憲定《みなもとののりさだ》が「陪膳」を務めたと記されている。一例しかないとはいえ、兵衛督が陪膳を務めた例が『源氏物語』の成立した一条天皇の時代にあったということである。

さらに、宿木巻の藤花宴で兵衛督が参議を兼任していることに注目し、「まかなひ（陪膳）」を務めている人が公卿（参議以上）か、公卿に至っていないかで分類したところ、以下のような傾向が見られた。

天皇名	年日時	用例数	公卿／公卿に至っていない人の内訳
醍醐〜花山	延長六年（九二八）十二月五日〜寛和元年（九八五）五月二十五日	八例	公卿に至っていない人…八人 公卿…〇人
一条	正暦六年（九九五）一月二日〜長保三年（一〇〇一）二月十二日	六例	公卿に至っていない人…四人 公卿…二人
一条〜三条	長保三年（一〇〇一）九月十七日〜長和三年（一〇一四）五月十六日	十例	公卿に至っていない人…一人 公卿…九人

醍醐天皇から花山天皇の時代までは、まだ公卿に至っていない人だけが陪膳を務めている。しかし、一条天皇の時代に入り、長保三年二月十二日の例までを過渡期として、同じ年の九月十七

日の例から後、寛弘七年（一〇一〇）七月二十七日の例以外は、三条天皇の時代の終わりまで公卿が陪膳を務めている。

最も高い身分で陪膳を務めた例としては、大臣の例が一例あるが、『小右記』寛弘五年（一〇〇八）十二月二十日条によると、これは異例であったらしい。権中納言（藤原斉信《ふじわらのただのぶ》）が陪膳の役にあたっていたのに、泥酔した様子の右大臣（藤原顕光《ふじわらのあきみつ》）が途中交代して陪膳を務め、その場にいた人々は前代未聞であると驚いたことが記されている。

なお、この例を除くと、最も身分の高い例は大納言の三例、次いで権大納言の三例、以下、中納言、権中納言、参議の例が見られ、一条天皇の時代の半ばから三条天皇の時代にかけて「まかなひ（陪膳）」にあたる人の身分が公卿へと格上げされている。したがって、宿木巻の藤花宴で、参議である兵衛督が「まかなひ」を務めているところには、『源氏物語』が書かれた時代の慣習が反映されている。これまで、この藤花宴には半世紀前の宴の様子が典拠となっていることが指摘されてきたが、半世紀前の行事と『源氏物語』が書かれた時代の行事のあり方が織り交ぜられることによって、当時の読者はより物語にリアリティーを感じたのではないだろうか。

五　まとめ

ここまで、『源氏物語』に描かれている年中行事を一月から十二月までどのようなものがあるかを見た後、春から初夏にかけて行われる藤花宴の描写をとりあげてきた。そして、宿木巻の藤花宴は、半世紀前に実際に行われた天暦三年の藤花宴をよりどころとして場面構成されており、その宴で提供された「粉熟」という菓子は、宮廷主催で行われる行事を連想させる特別な食べ物として描かれていた。また、「まかなひ（陪膳）」を務めている人の身分に注目すると、『源氏物語』が書かれた一条天皇の時代のしきたりも描かれていることが確認された。『源氏物語』の年中行事についての描写は、季節感を豊かに描き出すのはもちろんのこと、このように歴史資料と細かく照らし合わせることによって、『源氏物語』の書かれた時代の過去と現在の両方の事実を織り交ぜ、物語にリアリティーをもたらせる形で作られていることに改めて気づかされる。

注

（1）平安時代において、年中行事という言葉は、狭い意味では季節の順序に従って一定の時期に行う宮廷の行事をさしていたが、ここでは、貴族の家庭で行う行事をも含めて広い意味で年中行事という言葉を使用していくことにする。なお、花宴《はなのえん》・藤花宴・菊花宴《きくかのえん》などは臨時の行事に分類されることもあるが、これらも年中行事として扱う。

（2）小町谷照彦「藤花の宴をめぐって」（『むらさき』三十六号・一九九九年十二月）を参照。

（3）「粉熟」や次節で問題とする「まかなひ（陪膳）」についての資料、詳しい分析結果は松野彩「年中行事・季節感と源氏物語―文化としての祭歳時・季節―」『虚構と歴史のはざまで　新時代の源氏学　6』（竹林舎、二〇一四年）を参照いただきたい。

（4）検索には、東京大学史料編纂所データベース「古記録フルテキストデータベース」、国際日本文化研究センター「摂関期古記録データベース」などを使用した。
（5）広い意味では大臣、大納言（権大納言）、中納言（権中納言）、参議を公卿と呼ぶが、狭い意味では大臣を含まない。ここでは、大臣も含めて公卿としている。

第六章　『源氏物語』における自己を表す表現について

森　雄一

一　はじめに

自己を表す表現の多様性は日本語の歴史を通じて見られるものであり、稿者も様々な時代の作品を対象に論じてきた。本稿は、森（二〇〇八）（二〇一〇）（二〇一七）をもととしてその概略を示すとともに『源氏物語』のなかのいくつかの場面や使用者の人物像に分け入ることを試みるものである。

日本語における自己を表す表現は、近年、廣瀬幸生氏によって私的自己と公的自己に分けて論じる画期的な観点が提起され研究が新たな段階に入ったと考えてよい。本稿でもその枠組みをもとに述べていく。以下、二節では、私的自己／公的自己論の概略を示す。ついで三節では『源氏物語』において、それがどのように現れているかを簡潔に示すとともに、その後の日本語の歴史における展開をみる。四節では、私的自己を表す「われ」と「おのれ」が『源氏物語』のなかでどのように使い分けられているかをいくつかの場面を通して示し、五節では公的自己を表す表現の多様性とその興味深い振る舞いを扱う。六節ではまとめを記す。

二　私的自己と公的自己

人を表す表現はさまざまな形で日本語研究のなかで論じられてきた。その中でも、私的自己と公的自己を論じる、廣瀬（一九九七）等の一連の研究は、自己を表す表現に新たな視点をもたらした画期的な研究である。(1) その一連の研究をふまえ、本稿では、私的自己と公的自己を次のように規定する。

私的自己とは、話者の心中のなかに現れる自己を表現したものである。公的自己とは、聞き手を意識した伝達のために自己を表現したものである。

廣瀬（一九九七）（二〇〇二）では、今まで誰も解くことができなかった数学上の大問題を完全に解くことができたという状況にある場合に心中で自己をどう表現するか考えたとき、「自分は天才だ」という表現で意識されやすく、「(私／俺) は天才だ」という表現は、人や自分に対して言い聞かせている感じがするということを指摘し、現代日本語で、私的自己に対応する形式は「自分」であり、公的自己に対応する形式は、「私」「俺」「僕」などの諸形式であることを述べる。また、この対応を次のような言語データをもとに裏付けする。

（1）a　自分は天才だという意識
b　〈ぼく／わたし〉は天才だという意識
c　〈ぼく／わたし〉が、〈ぼく／わたし〉は天才だという意識をもったのは、ちょうどその時でした。（廣瀬　二〇〇二）

この場合、（1a）はそれ自体が自己完結的な表現で「自分」は当該意識の主体を指すのに対し、（1b）は適切な文脈がないと落ち着かず、（1c）のように話し手が意識した内容を他者に伝えるという伝達的な状況でのみ用いられる。

また、（2）で示されるように、日本語では話し手が誰であっても私的自己は「自分」で表される。

（2）〈ぼく／きみ／あの人〉は、〈自分は速く走れない〉と言った。（廣瀬　二〇〇二）

廣瀬（一九九七）（二〇〇二）では、このような事実などから、「日本語には私的自己を表す固有のことばとして「自分」があるが、公的自己を表す固有のことばはないため、誰が誰に話しかけているかという発話の場面的な要因に左右される様々なことばが代用される」と考え、日本語の私的自己優位性を説く。また、この私的自己を表す用法をもととして「自分」が視点的用法、再帰的用法、と公的自己の領域の用法である会話文中の自己指示へ拡張されていることを説明している。次節ではこれを承けて日本語の歴史における公的自己と私的自己の変遷を見る。

三　日本語史における私的自己と公的自己

稿者は、森（二〇〇八）において、『源氏物語』を資料として中古日本語の自己表現について分析を行った。そこでは、この時代の代表的な自己表現を表す語である「われ」と「おのれ」が、現代語「自分」と同様に、心内文中自己指示、視点的用法、再帰的用法、会話文中の自己指示にまたがる用法分布を示していることから、私的自己を表すことを中核的な用法とする語であることを示した。それをもとに、中古日本語と現代日本語の自己表現について次のような対照を行った。

表一　中古日本語と現代日本語の自己表現

	中古日本語	現代日本語
私的自己形式	われ・おのれ	自分
公的自己形式	（われ・おのれ）・まろ・なにがし・ここに	わたし・ぼく・おれ・わたくし・（自分）
特徴	複私的自己言語、私的自己の優位（公的自己の未熟）	単私的自己言語、公的自己の成熟

この表の内実を『源氏物語』の例を通して見ていこう。『源氏物語』においては、「われ」と「おのれ」という二語が自己表現としては中心的に使われているが、これは、現代語「自分」とほぼ同様の用法を持っていたことが確認できる。(2)以下に用例を見る。

I 心内文中自称指示の「われ」「おのれ」(思考の主体を用例の前に示す)

(3)［光源氏］「(前略)我はさりとも、心長く見はててむ」と思しなす御心を知らねば(末摘花 一―二八七―八)［「(前略)このわたしはいつまでも見捨てずに、最後まで世話せずにはなるまい」とことさら思い決めていらっしゃるが、そうした君のお気持をあちらでは知らないのだから、］

(4)［一条御息所］「「(前略)おのれ一人しも心をたててもいかがは」と思ひ弱りはべりしことなれば(後略)」」とつぶつぶと泣きたまふ(夕霧 四―四三六―四)［「「(前略)この私一人だけ我を張ってみてもどうなるものでもない」とあきらめたようなわけですけれど、(後略)」とおっしゃって、しきりに涙をおこぼしになる。］

II 「視点的用法」で用いられる「われ」「おのれ」(誰(何)の視点かを用例の前に示す)

(5)［光源氏］なほ我につれなき人の御心を(葵 二―一七―四)［やはり自分につれないお

方のお心を」

（6）［惟光］見たてまつる人もいとかなしくて、おのれもよよと泣きぬ（夕顔　一―一七一―五）［拝見する惟光自身もまったく悲しくなって、おいおいと泣いた。］

「再帰的用法」は、「視点的用法」に比べ、用例には出にくいものであるが、「われ」には（7）のような例がある。「おのれ」は、確例は存在しなかった。

Ⅲ「再帰的用法」で使われる「われ」（行為の主体を用例の前に記す）

（7）［光源氏］「（略）」と我ぼめをし給ふ（梅枝　三―四一七―五）［「（略）」と自賛なさる］

中古語においては、私的自己を表す「われ」「おのれ」が会話中文の自称指示としても活発に使われている。現代語と異なって、この時期には、公的自己を表す形式が、後述するように、現代語に比べ未成熟だったため、私的自己を表す形式を転化して用いていたと考えられる。以下、Ⅳとして用例をあげる。例文の前に［話し手→聞き手］の形で、話し手と聞き手を表示する。

Ⅳ　会話文中自称指示の「われ」「おのれ」

（8）［源氏→夕顔］「われにいま一たび、声をだに聞かせたまへ。（後略）」と声も惜しまず泣きたまふこと限りなし。（夕顔　一―一七九―三）［「わたしにもう一度せめて声だけでも聞かせてくだされ。（後略）」と声も惜しまず限りなくお泣きになる］

（9）［叔母→末摘花］「故宮おはせし時、おのれをば面ぶせなりと思し棄てたりしかば（後略）」など語らへど（蓬生　二―三三九―七）［「故宮がご存命でいらっしゃったとき、この私を宮家にとって不名誉な者とお思い捨てあそばしたので（後略）」などと話をもちかけるけれども、］

中古語において公的自己をあらわすものとして「まろ」「ここに」「なにがし」のような形式があるが、その会話文中における自称指示としての使用例は、複数形をのぞき、私的自己形式からの転用と考えられる「われ」が七一例であるのに対して、「まろ」は三七例、「ここに」は一五例、「なにがし」は二九例と少数である。また、森野（一九七一）が述べるように、比較的中立に用いられるとされる「われ」に対して、いずれも特殊な表現効果を持っていたとされる。

以上をふまえると、中古語は、私的自己として「われ」「おのれ」の二つを持つ「複私的自己言語」で、本来、私的自己の形式である「われ」「おのれ」が公的自己にも転用され、「まろ」「なにがし」等の公的自己専用形式は特異な表現効果を持った形式にとどまるという私的自己が優位性を持つ言語であった（私的自己内部では、「われ」が無標で「おのれ」が有標）のに対し、現代語は私的自己を表す形式が「自分」のみの「単私的自己言語」で、公的自己も成熟した形式を持ってきていると考えられ、表一のように整理できるのである。以下、その間の変遷について森(二〇一〇)(二〇一七)をもとに概観しておこう。

口語資料が残る中世後期(一六世紀おわり)における自己表現の状況を『天草版平家物語』をもとに見る。(3)心内文中の自称指示として「われ」が用いられていたのは次の二例である。

(10) 大臣殿(おほいとの)は右衛門の督が沈まば、われも沈もうと思はれ(三四五―一二)

(11) 六月六日に都へ帰りお上りあるに、大名、小名われ劣らじと面々にもてなし奉れば(三二二―一)

視点的用法で用いられる「われ」には、次の例があった。

(12) [語り手→平家の兵] ここをば引いて尾張の墨俣を防げと言うて、取るものをも取りあへず、われ先にと落ち行くほどに、余りにあわて騒いで、弓を取るものは矢を知らず、人の馬にはわれ乗り、わが馬をば人に乗られ(一五三―五)

「おのれ」に関しては用例が少なく、全体で八例にとどまり、心内文中自称指示・会話文中自称指示については例がなかった。この語についてはこの時期には自称詞としての用法は衰退していたといってよい。『天草版平家物語』の自称代名詞を調査した清瀬（一九八四）によれば、会話文中の自己指示表現には次のようなものがあり、それぞれに使い分けられていた。

わたくし～目上の者に対してへりくだって言う語
わらは～女性が用いる　上位者・下位者両方に用いる
拙者～改まった語感　かしこまった語感
身～下位者に対する自称詞
それがし～もっぱら男性が用いる。下位者の上位者に対する自称として用いられている例が多いが、同輩や下位者に対して用いた例も見られる。
われ～上位者の自称に用いられている場合が多いが、下位者の上位者に対する詞にも見られる。

公的自己に関しては、「わたくし」「それがし」などがこの時代には勢力を拡大していたが、それでも「われ」が八四例であるのに対し、わたくし一七例、それがし三一例であり、本来は私的自己を表す語であった「われ」の優勢が続いていたと考えられる。

その後おおよそ二百年が経過し、文化の中心が江戸に移った以後の一九世紀初めの資料として『浮世風呂』の自己表現を見てみよう。(4) まずは、「われ」と「おのれ」の状況である。「われ」は対称指示が二例のみである。ぞんざいなニュアンスをもった語で、次の例のように目下または人をののしるに用いられていた。

(13) ナンダ、われはなんだ。正体をあらはせろ（四八―一三）

「おのれ」の用例について述べると、対称指示が三例、視点用法三例であり、自称指示は一例のみあるが、注釈的に使われる文語文である。「われ」「おのれ」ともこの段階では自称詞としての使用はほぼ衰退しきっていたと考えてよい。それに代わる語としての「自分」はどうか。中世後期より用例が見られるが（遠藤　一九八三）、『浮世風呂』には、視点用法として用いられる次の例のみである。

(14) これを御自分の子のやうになすつて（一〇一―五）

視点用法を表す語には、他に「うぬ」と「てんでん」が出現する。

(15) うぬがかほをうつしてしばらく見てゐる（二七一―一三）

(16) なんぞの噺序にはてんでんの女房を誉ちぎるも気障な奴さ（一九一―一六）

視点用法を表す語の分布であるが、『浮世風呂』において、会話文は「自分」「うぬ」「てんでん」を使用して「おのれ」は使用しない。それに対して、地の文では、視点人物を見下したときに「うぬ」を使っているものも一例あるが、残りは「おのれ」を使用している。

公的自己を専ら表す表現は、『浮世風呂』のなかで、「おれ」が六六例、「わたし」が四七例、「わたくし」が四一例、「おいら」が二三例、「おら」が二〇例、「わっち」が一八例、「おらア」が一六例、「おいらア」が一〇例である（池田　一九八九）。この時期には、「われ」の重要度が完全に失われており、中世後期において、それに次ぐ存在であった「わたくし」とその短縮形である「わたし」が優勢になっている。

さらに時代が下り、明治前期の自己表現について言文一致の嚆矢となる『浮雲』をもとに見てみよう[5]。第一編の心内文では次のように私的自己を表す「自分」が使われている[6]。

(17) イヤ〳〵是れも自分《じぶん》が不甲斐ないからだと思ひ返してチット辛抱（第二回）（二七―一二）

また、第一編では次のように「視点的用法」の「自分」が用いられている。話し手を矢印の前に、誰の視点かを矢印の後に示す。

(18) [文三→課長] 自分《じぶん》が不條理なことを言付けながら（第一回）（六―一一）

(19) [文三→お勢] お勢さん貴嬢《あなた》は御自分《ごじぶん》が潔白だから(第三回)(五一—四)

(20) [語り手→文三] 何故虚言《そらごと》を言ツたか自分《じぶん》にも解りかねる(第五回)(一二五—八)

私的自己を表す言葉として「自分」が定着し、現代語とそれほど変わらない使用システムが成立しているといってよいであろう。

会話における自己指示についても、現代語と様相がかなり接近し、多様な表現が使い分けられている。小林(一九七六)の調査によれば、若い男性において用いられ、江戸語において一般的に用いられていなかった「僕」「吾輩」と江戸語から引き続いて用いられ、男性女性ともに用いられる「わたくし」「わたし」「あたし」という二系列に分けられる。「吾輩」と男性における「あたし」の使用を除けば、現代語と同一のシステムと言ってもよいであろう。以上、『源氏物語』の時代以後の自称詞の歴史について概観した。以下の節では本題である『源氏物語』における自己を表す表現に立ち戻る。

四 『源氏物語』における私的自己—「われ」と「おのれ」のスイッチング

『源氏物語』において私的自己の典型的な用法である心内文中の自称指示は「われ」を基調とし、「おのれ」は先にあげた(4)の用例のみにとどまる。この(4)の用例は、興味深いことに、会話の中に示された、心中の自己指示である。つまり、心中の自己を他者を意識して表現するにあたって、謙遜等の気持ちからスイッチングが行われていると考えられる。「われ」と「おのれ」のスイッチングは視点的用法に興味深い形で現れる。「われ」は（21）のような侍女から（22）のような光源氏まで広い階層で使われている。それに対して「おのれ」は（23）の浮舟の母（八の宮（浮舟の父）の侍女で浮舟を産んだ）、（24）のような惟光（光源氏の従者）のように物語の語り手から見て同等程度か、あるいは、（25）（26）のような植物に対して使うのが基本的な用法である。

（21）［命婦］若ううつくしげなれば、我もうち笑まるる心地して（末摘花　一―二八九―一）［若々しく、見るからに愛嬌をたたえているので、命婦は、自分もつい笑みを誘われる心地がして］

（22）（＝（5））［光源氏］なほ我につれなき人の御心を（葵　二―一七―四）［やはり自分につれないお方のお心を］

（23）［浮舟母］げにことなの身のほどやと悲しく思ふ。ただこの御方のことを思ふゆへにぞ、おのれも人々しくならまほしくおぼえける（東屋　六―五八―三）［いかにもまったくいやしいわが分際よと悲しく思う。ただ、この姫君のことを思うからこそ自分も人並の身分になれたらと思わずにはいられないのだった］

（24）（＝（6））［惟光］見たてまつる人もいとかなしくて、おのれもよよと泣きぬ（夕顔　一―

一七一―五）［拝見する惟光自身もまったく悲しくなって、おいおいと泣いた。］

(25)［松の木］（橘を）うらやみ顔に、松の木のおのれ起きかへりて（末摘花　一―二九六―三）［それを羨み顔に、松の木がひとりで起き返ると］

(26)［向日葵］心もて光にむかふあふひだに朝おく霜をおのれやは消つ（藤袴　三―三四五―八）［自分から日の光に向う葵でさえも朝置く霜を自ら消すでしょうか］

以上見た用例に対し、(27)(28)のように、光源氏に対して使っている非常に特異な例がある。両例とも光源氏とその養女玉鬘をめぐる物語である玉鬘十帖のなかに出てくるものであるが、文脈を詳しく見てみよう。

光源氏は玉鬘への思慕をめぐらす蛍兵部卿宮を自邸に迎え、頃あいをみはからって蛍を玉鬘の身辺に放つ。かすかな光のなかに玉鬘を見た蛍兵部卿宮はますますその思いを募らすのだが、その計画を楽しみに宮を待つ光源氏の姿を描写した一節である。

(27)殿は、あいなく、おのれ心げさうして、宮を待ちきこえたまふも、知りたまはで、よろしき御返りのあるをめづらしがりて、いと忍びやかにおはしましたり。妻戸の間に御褥まゐらせて、御几帳ばかりを隔てにて近きほどなり。いといたう心して、そらだきもの心にくきほどに匂はして、つくろひおはするさま、親にはあらで、むつかしきさかしら人の、さすがにあはれに見えたまふ。（蛍　三―一九八―一）［大臣は、あらずもがなにご自分ひとり心をときめかし、兵部卿宮をお待ち申しあげていらっしゃるが、宮はそうともご存じなく、まんざらでもないご返事があったのをこれはめったにないことと喜んで、ほんとにこっそりとお越しになった。妻戸の間に御褥をさしあげて、御几帳ぐらいを隔てとして、姫君のおそば近くにお入れする。十二分に気くばりして、空薫物を奥ゆかしく薫らせ、姫君のお世話をしていらっしゃる大臣の君の有様は、親といったものではなく、始末のわるい出過ぎ人の体であるが、それでもやはり、よくぞこれほどと感心なお姿である］

「あいなく」（自分勝手に、あらずもがなに）、「むつかしきさかしら人」（始末のわるい出過ぎ人）といった語り手から光源氏への批判的な視線が見えるが、この文脈のなかで「われ」ではなく「おのれ」が視点用法として使われている。現代語でとらえるのが難しい例であるが、皮肉を込めて「ご自分」と敬語を「自分」にかぶせて訳すのが最もしっくりくるであろうか。

物語は進み、玉鬘は鬚黒大将の手中に落ちるが、その鬘黒の北の方の親はかつて光源氏との因縁のある人々であった。夫をとられた北の方を思いやり、その母君は夫の式部卿宮に泣いて訴える。

(28) 太政大臣をめでたきよすがと思ひ聞こえたまへれど、いかばかりの昔の仇敵にかおはしけむとこそ思ほゆれ。女御をも、事にふれはしたなくもてなしたまひしかど、それは、御仲の恨みとけざりしほど、思ひ知れとにこそはありけめと思しのたまひ、世の人も言ひなししだに、なほさやはあるべき、人ひとりを思ひかしづきたまはんゆゑは、ほとりまでもにほふ例こそあれと心得ざりしを、ましてかく末に、すずろなる継子かしづきをして、おのれ古したまへるいとほしみに、実法なる人のゆるぎ所あるまじきをとて取り寄せもてかしづきたまふは、いかがつらからぬ」と言ひつづけののしりたまへば、（真木柱　三―三七五―二）［太政大臣を結構なご縁筋とお思い申しておられますが、じつはどんなに昔からの仇敵でいらっしゃったことかと思わずにはいられません。私どもの女御のことについても、何かにつけてつれないお仕打ちに出られましたが、それは昔の御仲への恨みを根にもっておられて、思い知れというおつもりだったのだろうと、あなたもそうお思いになり口にしてもおられるし、世間でもそんなふうに取り沙汰しておりましたが、それだって、やはりそんなことがあってよいものか、あの紫の上お一方を大事になさるからには、その縁辺までもお陰をこうむるといった例もあるのにと、得心がいかなかったのですが、それどころか近ごろになって、わけの分らぬ継子をもてはやし、ご自分が飽きるまでもてあそばれた、それを不憫がられるところから、律儀者の、浮気などしそうにもない人をうまくとりこにしてちゃほやなさるとは、なんとひどい話ではありませんか」と声を荒げて悪口を言い続けておられるので」

光源氏との因縁が語られた後に、「それどころか近ごろになって、わけの分からぬ継子をもてはやし、ご自分があきるまでもてあそばれた」と話者である鬚黒北の方の母君から強い非難の目が向けられている場面であり、ここにも視点用法としては「われ」ではなく「おのれ」が用いられている。この例も(27)同様に、皮肉めいて「ご自分」と訳すのがふさわしい。

「視点的用法」は主体の「客体的自己」とそれをとらえる語り手の態度が融合したものであった（森　二〇〇八）。「客体的自己」の表現としては無標の「われ」が想定されるが、その「客体的自己」に対して、語り手が、植物等も含め自分と同等以下であると見下してとらえる場合や非難の気持をこめる場合に、「おのれ」へとスイッチングが起こると考えられるのである。

五　『源氏物語』における公的自己

『源氏物語』における公的自己は、私的自己を表す用法を本来のものとしていた「われ」、「おのれ」が転用される場合と公的自己専用形式が用いられる場合に分かれる。

「われ」と「おのれ」についてまず述べると、「われ」は朱雀院・光源氏から侍女である右近まで、広い階層の使用者、広い場面で用いられる無標の表現だったのに対して、「おのれ」は特徴的な場面・使用者に現れる有標の表現であったと考えられる。「おのれ」の使用には二つの傾向が見られる。一つは、年配者のやや堅苦しい言葉遣いの反映と見られるもの。明石入道の次の発言などが典型例であろう。

(29)「(前略)おのれかかる田舎人なりとて、思し棄てじ」など言ひゐたり。(須磨 二—二一一—一二)[「(前略)わたしがこうした田舎人だからとて、君は娘をお見捨てにはなるまい」などと言っていた。]

他にも大夫監、常陸介にも使用例があり、後述するようにこれらの人物は公的自己専用形式である「なにがし」の使用もしている。また、兵部卿宮は実の娘である若紫(紫の上)相手に「おのれ」を用いている例があるが、「「おのれ」は同じ自称の代名詞ながら、源氏が子供相手にやさしく「まろ」と言ったのとは対照的」という解釈(7)がなされているように、いかめしさ、堅苦しさをニュアンスに込めていると考えられる。

(30)「何か、さしも思す。今は世に亡き人の御事はかひなし。おのれあれば」など語らひきこえたまひて(若紫 一—二四八—一二)[「どうしてそんなに悲しんでばかりいらっしゃるのです。もう亡くなられた方の御事はどうなるものでもありません。このわたしがついているのですから」などとおなだめになって」

年配者というくくりとは別になるが、物怪によって使われる自称が「おのれ」であることも堅苦しさの醸す違和感が非日常的であるところまで行き着いたものとしてとらえられるかもしれない。

(31)「(前略)おのれを、月ごろ、調じわびさせたまふが、(後略)」(若菜下 四―二三五―四)
[「(前略)この私を、幾月も祈り伏せて苦しい目におあわせになるのが(後略)」]

(32)「おのれは、ここまで参うで来て、かく調ぜられたてまつるべき身にもあらず(後略)」(手習 六―二九四―一四)[「己れはここまでやってまいって、こうして調伏され申すような者ではない(後略)」]

「おのれ」の使用のもう一つの傾向は、「他でもないこの私」という文脈での使用であろう。ただし、これは、先述の(3)のように「われ」においても使用される用法があり、「おのれ」が専ら担っていた機能ではないと考えられる。

(33)「(前略)姫君は、となるともかうなるとも、おのれに添ひたまへ(後略)」と泣きたまふに（真木柱　三―三七一―一五）［「（前略）姫君は、どうなるにしても私についていらっしゃい。（後略）」とお泣きになるので］

鬚黒北の方が子供に対して話している場面であるが、夫である鬚黒ではなくこの私についていらっしゃいという文脈での使用である。(8)『源氏物語』のなかでいささか滑稽な役割を担わされている近江の君が尚侍にしてほしいと女御へおねだりし、それを聞きつけてからかう内大臣のいささかユーモラスなやりとりの場面もこのような使用の例として考えてよい。

(34)「尚侍におのれを申しなしたまへ」と責めきこゆれば、（行幸　三―三二二―六）［「尚侍にこの私をお願いしてくだされ」とおせがみ申すので、］

(35)「（前略）尚侍のことは、などかおのれにとくはものせざりし」と、いとまめやかにてのたまへば（行幸　三―三二二―一四）［「（前略）尚侍のことは、どうしてこのわたしに早く言ってくれなかったのだね」と、まったくまじめそうなお顔でおっしゃるので］

また、悲嘆、恨み言の場面で用いられている(36)も「他ではない私」というニュアンスでとらえられよう。

(36)（＝9）「故宮おはせし時、おのれをば面ぶせなりと思し棄てたりしかば（後略）」など語らへど（蓬生　二―三三九―七）［「故宮がご存命でいらっしゃったとき、この私を宮家にとって不名誉な者とお思い捨てあそばしたので（後略）」などと話をもちかけるけれども、］

以上、私的自己形式を本来とする「おのれ」が公的自己として用いられている例について述べた。公的自己専用形式である「まろ」「なにがし」「ここに」は、いずれも使用が少なく、また、以下の森野（一九七二）（一九七五）の記述に見られるように特別な表現効果を持って使われていたと考えられる。

「まろ」――子供の発言部では他の語をはるかにひきはなしてもっとも高い使用率を示す点に特徴がある。（中略）夫婦間の対話内における「まろ」の使用率は夫にかたより、（後略）（森野　一九七二）

「なにがし」――男性専用の、きわめて強い緊粛感を伴う語としてとらえられていたと考えられる。（森野　一九七二）

「ここに」――夫婦間での発言を別にすると、「まろ」と微妙に重なるところが多いようである。畏まり改まった気持ちで応対しているという態度とは密着しないと思われる点で「まろ」と連続し、ゆるやかに括れば同類をなす。しかし、親狎感という点となると、その度合いが淡く、「まろ」ほどには濃厚ではないといった態の自称であったと考えられる。

（森野　一九七五）

本稿では、そのなかでも特徴がはっきりしている「まろ」と「なにがし」についてみていこう。(37)は、先に「おのれ」と対比して触れた、光源氏から子ども時代の紫の上に優しい口調で使用された「まろ」である。

(37)「いまはまろぞ思ふべき人。な疎みたまひそ」（若紫　一―二四三―一二）［今はもう、このわたしがあなたをかわいがってあげるのです。いやがったりなさらないで］

時を経て老いた紫の上がまだ幼い匂宮と会話を交わす印象的な場面が(38)である。この場面でも保護者たる紫の上と被保護者である匂宮がともに「まろ」を用いていることは興味深い。先に示したように、森野（一九七二）はこの語については子どもの使用が多いことを指摘していたが、保護的な立場の者からも使われることがこの語の興味深い点である。

(38)三の宮は、あまたの御中に、いとをかしげにて歩きたまふを、御心地の隙には前に据ゐたてまつりたまひて、人の聞かぬ間に、「まろがはべらざらむに、思し出でなんや」と聞こえたまへば、「いと恋しかりなむ。まろは、内裏の上よりも宮よりも、母をこそまさりて思ひきこゆれば、おはせずは心地むつかしかりなむ」とて、目おしすりて紛らはしたまへるさまをかしければ、ほほ笑みながら涙は落ちぬ（御法　四―五〇二―八）
[三の宮が大勢の皇子たちのなかでも、まことにかわいらしいお姿で歩きまわっていらっしゃるのを、上は、ご気分のよろしいときにはおそばにおすわらせ申されて、誰も聞いている人のいないときに、「この私がいなくなりましたら、思い出してくださいますかしら」とお尋ね申されると、「ほんとに恋しくてならないでしょう。私は、父帝よりも、母宮よりも、祖母様をもっと大事に存じておりますから、いらっしゃらなくなったらきっと機嫌がわるくなると思います」とおっしゃって、目をこすって涙を紛らしていらっしゃるお姿がかわいらしいので、笑みをうかべながらも涙が落ちた」

近しい関係の間で「親狎感」をもって使われる「まろ」は夫婦間でも使用があるが、夫から妻への使用が偏るということが森野（一九七一）で述べられているように特徴的なことであった。しかしながら、『源氏物語』のなかでは例外となる有名な場面がある。

光源氏の長男である夕霧は、幼なじみである雲居雁との仲が許されて結婚していたが、親友柏木の重篤を見舞い、その妻落葉の宮の後事を託される。柏木の死後、未亡人落葉の宮を見舞ううち次第に恋慕が募り、それに対しての雲居雁の嫉妬はつのりゆき、厳しい言葉が夕霧に対して向けられる。

(39)「いづことて、おはしつるぞ。まろは早う死にき。常に鬼とのたまへば、おなじくは、なりはてなんとて」とのたまふ。(夕霧　四—四七二—一二)［「おまちがいではございませんの。この私はとうに死んでしまいました。いつも私を鬼とおっしゃるので、いっそ鬼になってしまおうと思いまして」とおっしゃる。］

(40)「何ごと言ふぞ。おいらかに死にたまひね。まろも死なん。見れば、憎し。聞けば、愛敬なし。見捨てて死なむは、うしろめたし」とのたまふに、いとをかしきさまのみまされば、こまやかに笑ひて、(夕霧　四—四七三—九)［「何を言うのです。あなたのようなお方は、おとなしく亡くなっておしまいなされ。私も死にます。顔を見れば憎いし、声を聞けば愛想が尽きるし、見捨てて死んでゆくのも気がかりだし」とおっしゃるうちにも、ますますかわいらしくばかり見えるので］

自分も死ぬ、あなたも死になさいという強烈な言葉を向けられても「いとをかしきさまのみまされば」(ますますかわいらしくばかり見える)と受け取ってくれる夫に向けた怒りのなかにも甘えのこもった態度が見うけられ、森野(一九七五)も指摘するように幼いころからの馴染みであった夫妻の人間関係と妻である雲居雁のある種の子どもっぽさがこの「まろ」の使用には表れていると考えられる。

「なにがし」は、森野（一九七八）によれば、「話し手が聞き手を出自・家格・地位などにおいて、また血縁関係上の序列において、おのれより上位にあるものとしてとらえ、相手との間に距離をおき、改まった態度で応接する際に用いるというのが基本的用法であると考えられる」とされ、その観点から上級貴族である柏木や薫の使用は冗談口調として論じられている。また、そのニュアンスとしては「緊粛感、というよりは、しかつめらしい感じ、堅苦しい感じを伴うこともあり」と考えられていることから、先に述べた「おのれ」の公的自己用法と重なるところがある。「なにがし」と「おのれ」を両方とも用いている人物として、明石入道、大夫監　常陸介の三名がいる。以下、それぞれの例を見ていこう。

明石入道は（29）で見たように、「おのれ」を妻に対して用いていた。一方で（41）は光源氏に対しての言葉である。ここには、堅苦しさを醸し出す「おのれ」と緊粛感のある「なにがし」が聞き手の違いによって使い分けられているとみることができるであろう。

（41）「（前略）なにがし、延喜の御手より弾き伝へたること三代になんなりはべりぬるを（後略）」（明石　二―二四二―三）［「（前略）この私、延喜の帝の御手から弾き伝えますこと三代にあいなりますが（後略）」」

また、浮舟の母である中将の君の夫であり、浮舟の義理の父親である常陸介は、妻との会話のなかで「おのれ」を用いている。この人物の持つ堅苦しさを表している。左近少将との縁談をもたらした仲人に対する言葉には「なにがし」を用いているが、仲介者の背後にいる自分よりは貴種である少将を意識した緊粛感を表しているととらえられるであろう。

(42)「いとめでたき御幸ひを棄てて亡せたまひにける人かな。おのれも殿人にて参り仕うまつれども、近く召し使ひたまふこともなく、いと気高くおはする殿なり。（後略）」（蜻蛉　六―二四二―九）［「まったく結構なご幸運を振り捨てて亡くなってしまわれた人よな。わしもご家来筋としてお出入りしてきたけれど、おそば近くにお召し使いになることもなく、まったく気高くおわす殿なのだ。（後略）」］

(43)「このごろの御徳などの心もとなからむことはなのたまひそ。なにがし命はべらむほどは、頂にも捧げたてまつりてん。（後略）」（東屋　六―三〇―一二）［「今さしあたっての御収入などが心細いといった、そんなことはお口になさいますな。手前の命のございますかぎりは、頭の上におしいただいてでもお仕え申しましょう。（後略）」］

一方、玉鬘を妻に求める肥後の土豪大夫監が、玉鬘の祖母（実は玉鬘の母である夕顔の乳母）に対して、いささか威張った口調で自慢話を語る場面では、同一文脈で「おのれ」と「なにがし」が出現している。この場合は、両語がそのニュアンスにおいて接近して用いられていると考えてよい。

(44)「さらにな思し憚りそ。天下に目つぶれ、足折れたまへりとも、なにがしは仕うまつりやめてむ。国の中の仏神は、おのれになむなびきたまへる」など誇りゐたり。（玉鬘三―九七―四）［「けっしてご遠慮なされますな。万が一目がつぶれ、足が折れておられましょうとも、手前がなおして進ぜよう。国じゅうの仏神は手前の言いなりになっておられる」などと得意になっている」］

以上、本節では「おのれ」「まろ」「なにがし」の例をもとに、『源氏物語』における公的自己表現について述べた。

六　おわりに

本稿では、『源氏物語』中のさまざまな自己を表す表現について扱ったが、その多様性は必ずしも現代語に移して理解することは容易ではない。稿中に示した訳文においても、それぞれの苦心は見て取れるが、原文のニュアンスが完全に反映されているかについては定かではない。[9] 日本語において、他の時代においてと同様に、多様な自己を表す表現は、同時代のそれぞれの表現の間の差異によってとらえられなければならず、また、それをとらえることで言葉を通しての作品も伝わると思われる。本稿が『源氏物語』においてその一助をなしていることを願うばかりである。

（付記）本稿は、二〇一八年度武蔵野地域五大学共同教養講座「『源氏物語』の人間世界」第4回「「人を表す表現」から見た『源氏物語』」（二〇一八年九月二二日）の内容の一部をもとにしている。当日、熱心にお聴きいただいた方々に感謝申し上げる。

注

（1）廣瀬の自己表現研究は、言語使用の三層モデルへと発展している。その最新の成果は、廣瀬・島田・和田・金谷・長野編（二〇一七）を参照されたい。

（2）『源氏物語』の本文及び訳文は新編日本古典文学全集（小学館）により一部を改めた。また、「巻―頁―行」の形で本文の該当箇所をで示した。

（3）翻字本文は近藤政美・池村奈代美・濱千代いづみ編『天草版平家物語　語彙用例総索引（1）影印・翻字編』（一九九九年・勉誠出版）による。頁数と行数は原文に対応している。

（4）岩波新日本古典文学大系により、頁数と行数を示した。

（5）『浮雲』の引用について、初出の復刻である、名著復刻全集近代文学館『浮雲』（日本近代文学館）（第一編・第二編）をもととし頁数と行数を記した。また、適宜、『二葉亭四迷全集　第1巻』（筑摩書房）を参照した。変体仮名は現行の字体とし、漢字については一部に字体を改めた。ルビは取捨選択したが、「じぶん」についてはすべて初出のままとした。
（6）ここでは、詳細は述べないが、『浮雲』は編によって言語使用に大きな異なりがあって、それが言文一致初期の日本語を考察する上で興味深い視点を提供してくれる。自称詞についての詳細は森（二〇一〇）を参照されたい。
（7）新編日本古典文学全集（小学館）『源氏物語』第1巻二四九頁頭注一五
（8）なお鬚黒北の方には、「みづから」を自称詞として使っている例がある。「みづから」と私的自己、公的自己の関わりは探究すべき課題である。
（9）自己を表す表現にどのような訳語をあてるかはきわめて興味深い問題である。例えば、（39）（40）の雲居雁の「まろ」について、森野（一九七五）は「もっともくだけた、親狎感の強い自称」である現代語「あたし」相当であると考えているが、管見ではその訳語をあてている現代語訳は見当たらなかった。この文脈での「あたし」の使用は、会話者間の距離の近さを示すだけでなく、話し手の品位についても大きく下げることになるので、なかなか訳語として使用しがたいことが推測される。

参考文献
池田菜穂子（一九八九）「『浮世風呂』における自称代名詞について」『国文白百合』20　三六―四五
遠藤好英（一九八三）「じぶん（自分）」佐藤喜代治（編）『語誌Ⅱ（けいざい～つぼ）講座日本語の語彙10』

明治書院　一八五―一九二
清瀬良一（一九八四）「天草版平家物語の自称代名詞」『国語国文学報』41　一―二〇
小林美恵子（一九七六）「「浮雲」に現れた自称・対称代名詞―江戸から明治へ、その決定要因の変遷―」『国文』45　五五―七三
廣瀬幸生（一九九七）「人を表すことばと照応」中右実（編）『指示と照応と否定』研究社　一―八九
廣瀬幸生（二〇〇二）「話し手概念の解体から見た日英語比較」筑波大学東西言語文化の類型論特別プロジェクト研究組織（編）『筑波大学「東西言語文化の類型論」特別プロジェクト研究成果報告書』七二三―七五五
廣瀬幸生・島田雅晴・和田尚明・金谷優・長野明子編（二〇一七）『三層モデルでみえてくる言語の機能としくみ』開拓社
森　雄一（二〇〇八）「自己表現のダイナミズム―「自分」「われ」「おのれ」を中心に―」森雄一・西村義樹・山田進・米山三明（編）『ことばのダイナミズム』くろしお出版　二九五―三〇九
森　雄一（二〇一〇）「「浮雲」の自己表現をめぐって」『近代語研究』第十五集　四六八―四八六
森　雄一（二〇一七）「「自己表現」の日本語史・素描」廣瀬幸生・島田雅晴・和田尚明・金谷優・長野明子編『三層モデルでみえてくる言語の機能としくみ』開拓社　一九八―二一六
森野宗明（一九七一）「古代の敬語Ⅱ」『講座国語史　第5巻敬語』大修館書店　九七―一八二
森野宗明（一九七五）『王朝貴族社会の女性と言語』有精堂
森野宗明（一九七八）「『源氏物語』における自称代名詞〈なにがし〉について――自称代名詞としての〈なにがし〉の成立と絡めて」『国語学』112　二九―三八

第七章　『源氏物語』と『大鏡』

――三条天皇と朱雀帝を例として――

桜井宏徳

一　『大鏡』は『源氏物語』と「訣別」したのか？

『源氏物語』に後れること七、八十年、院政期前夜の白河《しらかわ》・堀河《ほりかわ》朝ごろの成立と推定されている(1)『大鏡』は、藤原道長《ふじわらのみちなが》の栄華を中心に、そこに至るまでの摂関政治史の軌跡を描いた歴史物語であるが、とかく『源氏物語』の対極に位置するものとみなされがちなテクストでもある。

早く松本治久氏は、『大鏡』に先行するはじめての歴史物語『栄花物語』が、「源氏物語に描かれた人々の生活を、歴史の上に求め、再現しようと意図した」ものであり、「『源氏物語』的世界に束縛されたもの」であったのに対して、『大鏡』はそれへの反発から、よく知られた「蛍」巻の物語論における光源氏のことば「日本紀《にほんぎ》などはただかたそばぞかし」（「蛍」③二一二頁）(2)へのアンチテーゼとして、歴史の語り手である大宅《おおやけの》世次《よつぎ》（世継）に「翁《おきな》らが説くことをば、日本紀《にほんぎ》聞くと思すばかりぞかし」（「六十八代　後一条院」〈帝紀から列伝へ〉五八頁）(3)と言わせ、「源氏物語的世界への訣別」を宣言したのだ、と説いていた(4)。

また、渡辺実氏は、『大鏡』の文章には「引き歌を匂わして二重にひろがるような表現を用いず、関係を示す抽象的な言葉による操作を好まず、主語述語の単純な組み合わせを連ねて事を叙する」という特色があり、それは「源氏ばなれを文章で実践した軌跡」である、と述べている(5)。渡辺氏も松本氏と同じ「訣別」ということばを用いて、『大鏡』の文章を「平安への訣別」と称しているが、氏はさらに踏み込んで、『大鏡』の歴史語りに見られる対話様式を、「操作主体として作品に八分二分に関与する、紫式部的な書き方への、反逆でもあったろう」と評してもいる。

松本・渡辺両氏の所説は、視点も論旨も異なるものの、それぞれに当を得ており、『大鏡』がさまざまな点において『源氏物語』と異質であることは否定すべくもない。それは、渡辺氏が指摘しているように、『源氏物語』と『大鏡』の基底にある「美学」や「精神」それじたいが根本的に異なっていることに起因しているものと思われる。

たとえば、『源氏物語』、とりわけその第一部は、「天皇となる道を閉ざされた皇子の権力獲得のドラマ(6)」などといわれるように、政治や権力の問題にも鋭く切り込んでおり、その点では『大鏡』の関心とも重なっているが、光源氏がその権力獲得の過程で、『大鏡』の道長のごとく「影をば踏まで、面《つら》をや踏まぬ」(「太政大臣道長」三一八頁)とライバルに対して負けん気をあらわにしたり、政敵の面前で「道長が家より帝《みかど》・后《きさき》立ちたまふべきものならば、この矢あたれ」(「同」三二五頁)などと豪語したりすることは、およそ考えがたい。『源氏物語』では、光源氏の政治的野心が表立って語られることはなく、その権力獲得は、藤壺との密通と冷泉帝の生誕という宿命的な出来事を軸として、光源氏自身さえ予期していなかったかたちで進行してゆくのである。

また、愛執や嫉妬の描き方も、『源氏物語』と『大鏡』とでは大きく異なる。『源氏物語』の六《ろく》条《じょうの》御息所《みやすどころ》は、車争いでの屈辱を機に生霊《いきすだま》となり、光源氏の正妻葵の上を死に至らしめるが（「葵《あおい》」）、『大鏡』の中宮安子《あんし》のように、寵を競う宣耀殿《せんようでんの》女御《にょうご》芳子《ほうし》の美貌を垣間《かいま》見て、逆上のあまり土器《かわらけ》の破片を投げつけさせる（「右大臣師輔《もろすけ》」）、といった暴力的な行為に及ぶ女性は『源氏物語』には登場しない。鬚黒《ひげくろ》の北の方が玉鬘《たまかずら》のもとに赴こうとする夫に火取《ひとり》の灰を浴びせた事件などは、安子のふるまいに似ていないこともないが、それはあくまでも「例の御物《もの》の怪《け》の、人に疎《うと》ませむとする事《わざ》」（「真木柱」③三六六頁）であって、正気の沙汰ではない、とされていることからも、『源氏物語』と『大鏡』との差異はおのずから明らかであろう。

とはいえ、『源氏物語』が「江戸時代までのほとんどすべての作品を規制・呪縛する強力な文学的規範となった」[7]とまでいわれる中で、独り『大鏡』のみが『源氏物語』との「訣別」を果たし、その影響を免れていたわけではない。そもそも、『大鏡』は歴史物語の唯一の先例として、最も強く、かつ直接的に影響を受けている『栄花物語』にはまったく言及しないなど、一筋縄ではゆかないテクストであり、『大鏡』に『源氏物語』[8]への言及が皆無であることは、かえってその影響の大きさを暗示しているかのようでもある。先ほどの松本・渡辺両氏の所説のように、『源氏物語』のアンチテーゼであろうとしていたことじたい、『大鏡』が『源氏物語』をむしろ強く意識していたことの証左にほかならないであろう。

さらに、『大鏡』は『源氏物語』に対してアンチテーゼという否定的な立場にのみ終始していたわけではなく、形式・内容の両面にわたって『源氏物語』に多くを学んでいたものと思しい。たとえば、『大鏡』の対話様式が『法華経』や空海の『三教指帰《さんごうしいき》』などとともに、光源氏が友人たちと理想の女性について語り合う『源氏物語』「帚木《ははきぎ》」巻の雨夜《あまよ》の品定《しなさだ》めにも倣っているであろうこと、[9] 外戚による天皇の「後見《うしろみ》」[10] を重く見る『栄花物語』『大鏡』の摂関政治観が『源氏物語』のそれを継承したものであることなどがすでに指摘されているが、それればかりではなく、『大鏡』は個々の章段の具体的な構想をめぐっても、『源氏物語』から示唆を得ていたようである。

本稿では、その一例として『大鏡』の三条天皇と『源氏物語』の朱雀帝との関わりに焦点を当て、『大鏡』における『源氏物語』摂取の具体相について考察を試みてゆくことにしたい。

二　目を病む帝

『大鏡』の天皇章段（帝紀）は、大臣章段（列伝）の一割強ほどの分量しかなく、内容も概して簡略であるが、そうした中にあって、道長の甥にあたる三条天皇の章段――「六十七代　三条院」は、異母兄花山天皇のそれとともに比較的長く、逸話も豊富である。もっとも、その逸話の大半は三条の眼病に関するものであり、『大鏡』の三条天皇像が〈目を病む帝〉というイメージを中心に形成されていることが知られる。その眼病は、次のように語られている。

A院にならせたまひて、御目を御覧《ごらん》ぜざりしこそ、いといみじかりしか。こと人《ひと》の見たてまつるには、いささか変はらせたまふことおはしまさざりければ、そらごとのやうにぞおはしましける。御まなこなども、いと清らかにおはしましける。いかなる折にか、時々は御覧ずる時もありけり。

（「六十七代　三条院」四九頁）

完全に失明したのではなく、傍線部イのように「時々は御覧ずる時もあ」ったというが、これは、当時の大納言であった藤原実資《さねすけ》の日記『小右記《しょうゆうき》』につぶさに記されている三条天皇の病状とも符合しており、『大鏡』がこのあたり、良質の資料に恵まれていることをうかがわせているが、ここで注目されるのは、傍線部アの「院にならせたまひて」という記述である。三条の眼病についての最も早い記事は、『小右記』長和《ちょうわ》三年（一〇一四）三月一日条であるが、これは譲位よりも二年ほど前のことであり、「院にならせたまひて」から目を病んだとする『大鏡』の記述とは齟齬をきたしている。加えて、当の『大鏡』も**A**の少し後に、

B御位《みくらゐ》去らせたまひしことも、多くは（延暦寺根本）中堂《ちゅうだう》にのぼらせたまはむとなり。さりしかど、のぼらせたまひて、さらにその験《しるし》おはしまさざりしこそ、口惜《くちを》しかりしか。やがてお

こたりおはしまさずとも、すこしの験はあるべかりしことよ。（「六十七代　三条院」五二頁）

と、三条の退位が眼病の平癒祈願のために比叡山延暦寺に登ることを望んでのものであったことを語っており、これは前掲**A**の傍線部アとは明らかに矛盾している。三条は譲位から三ヶ月後の長和五年（一〇一六）五月一日に延暦寺御幸を果たしており（『小右記』『御堂関白記《みどうかんぱくき》』同日条）、**B**はその事実を踏まえて、三条の退位の理由についての『大鏡』なりの解釈を提示したものとみなしうる。このような点からも、傍線部アの不自然さは否めず、『大鏡』は三条を〈目を病む帝〉、ひいては〈眼病によって退位した帝〉として描こうとしているものと見てよいであろう。

さて、いささか唐突ながら、本稿では、ここに同じく眼病によって退位を余儀なくされた『源氏物語』の朱雀帝の影を見ておきたい。『源氏物語』は、次のように二度にわたって朱雀帝の眼病に触れ、それが光源氏の召還、そして東宮（冷泉帝）への譲位の直接の契機となったことを語っている。朱雀帝はまさしく〈目を病む帝〉であり、〈眼病によって退位した帝〉なのである。

C三月十三日、雷《かみ》鳴りひらめき雨風騒がしき夜、帝《みかど》（＝朱雀帝）の御夢に、院の帝（＝桐壺院）、御前《まへ》の御階《みはし》の下《もと》に立たせたまひて、御気色いとあしうて睨《にら》みきこえさせたまふを、かしこまりておはします。聞こえさせたまふことども多かり。源氏の御事なりけんかし。いと恐ろしういとほしと思して、后《きさき》（＝弘徽殿大后《こきでんのおおきさき》。朱雀帝の母）に聞こえさせたまひければ、大后

「雨など降り、空乱れたる夜は、思ひなしなることはさぞはべる。軽々《かろがろ》しきやうに、思し嘆くまじきこと」と聞こえたまふ。睨《にら》みたまひしに見合はせたまふと見しけにや、御目にわづらひたまひてたへがたう悩みたまふ。御つつしみ、内裏《うち》にも宮にも限りなくせさせたまふ。

（「明石」②二五一〜二頁）

D去年《こぞ》より、后（＝弘徽殿大后）も御物《もの》の怪《け》なやみたまひ、さまざまの物のさとししきり騒がしきを、いみじき御つつしみどもをしたまふしるしにや、よろしうおはしましける（朱雀帝の）御目のなやみさへこのごろ重《おも》くならせたまひて、もの心細く思されければ、七月二十余《にじふよ》日《にち》のほどに、また重《かさ》ねて（光源氏へ）京へ帰りたまふべき宣旨《せんじ》くだる。

（「明石」②二六二頁）

春日美穂氏は、「目の呪能」についての林田孝和氏の所説[11]を踏まえて、天皇が世を治めるにあたっての「見る」ことの重要性を、国見（天皇が高所に登って国土や民の暮らしを望み見、豊穣を祈る古代の儀礼）を象徴的な例として挙げつつ指摘し、亡父桐壺院の「睨み」によってもたらされた眼病が、朱雀帝にとっては「世を所有する権利の剥奪」を意味することを説いている[12]。このような古代的な解釈を『大鏡』の三条天皇のケースにもそのまま適用しうるか否かはさておき、三条が眼病のために官奏（天皇が太政官から奏上された文書を見て、勅裁を下す政務）[13]などの公務の執行に支障をきたしたことは、『小右記』などからも確認される事実であり、その眼病はやはり天皇と

しての不適格性を意味するものとみなさざるをえないであろう。(14)

もっとも、三条天皇の退位の理由をめぐっては、ほかにもさまざまな語り方がありえたはずである。たとえば『栄花物語』は、「上《うへ》(=三条)はともすれば御心あやまりがちに、御物《もの》の怪《け》さまざまに起らせたまへば、静心《しづごころ》なく思しめされて、内裏を夜昼《よるひる》に急がせたまふは、おりゐさせたまはんの御心にて」(巻第十二「たまのむらぎく」②五三頁)と語るのみで、三条の眼病にはいっさい触れていない。『大鏡』が三条をもっぱら〈目を病む帝〉〈眼病によって退位した帝〉として描き、眼病をめぐるエピソードを中心に三条の章段を構成しているのは、単に三条の眼病が『小右記』『御堂関白記』などの同時代史料からも裏づけられる周知の事実であったからではなく、歴史上には例を見ない〈眼病によって退位した帝〉の唯一の先例として、『源氏物語』の朱雀帝の存在を念頭に置き、三条と朱雀帝とを重ね合わせて描こうとしたためではなかったか。(15)

朱雀帝がCの傍線部のように、桐壺院の霊に睨まれたことを機に目を病んだとされているのに対して、『大鏡』は三条天皇の眼病の原因を、「桓算供奉《くわんざんぐぶ》の御物《もの》の怪《け》にあらはれて申しけるは、『御首《くび》に乗りゐて、左右の羽をうちおほひ申したるに、うちはぶき動かす折に、すこし御覧ずるなり』とこそいひはべりけれ」(「六十七代　三条院」五二頁)と語っており、やや趣は異なるが、この世のものならぬ怪異によって眼病がもたらされている点は共通している。(16) また、Dの傍線部のように、一進一退を繰り返しながら徐々に悪化してゆく点で、朱雀帝と三条の眼病はその病状までもが似通っている。

『大鏡』は『栄花物語』とは一線を画して、『源氏物語』をはじめとする作り物語の名をけっして挙げず、歴史と虚構とを峻別すること（あるいはそのように装うこと）に強いこだわりを見せているが、そのことは必ずしも『源氏物語』の影響それじたいの排除を意味しない。『大鏡』にやや後れて成立したとみられる『栄花物語』続編には、たとえば、章子《しょうし》内親王（後一条天皇の第一皇女。母は道長四女の中宮威子《いし》）による菩提樹院《ぼだいじゅいん》の御堂供養について「かの源氏《げんじ》の耀《かかや》く日の宮（＝藤壺）の尼になりたまふ願文《ぐわんもん》読み上げけん心地《ここち》して」（巻第四十「紫野」③五二四頁）と述べるなど、歴史上の出来事を語る際に『源氏物語』を引き合いに出すという、『源氏物語』の歴史化・先例化の例が散見するが、それは『大鏡』の時点ですでに始まっていたと見るべきであろう。

また、『大鏡』の成立当初の読者としては、加藤静子氏が詳細に論じているように(17)、「禎子《ていし》内親王（引用者注・三条天皇の第三皇女。母は道長次女の中宮妍子《けんし》）その人か、彼女の養育した後三条院の皇子女たち」、さらにその女房や乳母《めのと》たちが想定されるが、『源氏物語』に深く親しんでいたであろう彼女たちにとって(18)、禎子の父三条を『源氏物語』の作中人物である朱雀帝になぞらえるという手法は、すんなりと理解しうるものであったはずである。

前述のように、三条天皇の眼病は同時代の『小右記』『御堂関白記』にも記録されているが、それらはあくまでも断片的な記事に過ぎず、三条の退位の主因として眼病を大きくクローズアップし、それについて体系的に叙述したテクストは『大鏡』が最初である。のみならず、三条という人物を眼病による悲運に焦点を当てて描いたことも、『大鏡』の文学的な表現意図に基づく選択にほかならない。そこには、歴史上どころか、物語史上においても唯一の〈目を病む帝〉〈眼病によって退位した帝〉であった『源氏物語』の朱雀帝の影が色濃く反映されているであろうことを、ここではあらためて強調しておきたい。

三　別れの御櫛

『大鏡』には、眼病に加えていま一つ、三条天皇と『源氏物語』の朱雀帝との繋がりを強くうかがわせるエピソードが見出せる。それは以下に掲げる、当子《とうし》内親王（三条天皇の第一皇女。母は済時《なりとき》長女の皇后娍子《せいし》）が斎宮として伊勢に下向する際に行われた発遣《はっけん》の儀における、「別れの御櫛《みぐし》」にまつわるものである。

E「斎宮《さいぐう》（＝当子内親王）下らせたまふ別れの御櫛《みぐし》ささせたまては、かたみに見返らせたまはぬことを、思ひかけぬに、この院はむかせたまへりしに、あやしとは見たてまつりしものを」とこそ、入道殿（＝藤原道長）は仰せらるなれ。　（「六十七代　三条院」五三頁）

「別れの御櫛」とは、斎宮の伊勢下向に先立って大極殿《だいごくでん》で行われる発遣の儀に際して、天皇が斎宮の額髪《ひたいがみ》に手ずから黄楊《つげ》の櫛を挿す儀式をいう(19)。古代には呪力を持つものと信じられていた櫛を挿すことには、天皇の持つ祭祀権を斎宮に分与する意味合いが込められていたものと推察される。天皇は櫛を挿す際、斎宮に「京の方《かた》に赴きたまふな[20]」と告げる。天皇の代替わりごとに未婚の皇女一人が卜定《ぼくじょう》される斎宮の退下・帰京は、そのまま天皇の退位、場合によっては死さえも意味したからである。そのような神聖にして重大な儀式であるがゆえに禁忌《タブー》も多く、天皇が櫛を挿した後は互いに振り返ってはならないとされていたが、Eによれば、三条天皇は櫛を挿されて退いた当子内親王の方を振り向いてしまい、見ていた道長を不審がらせたという。

本橋裕美氏が指摘しているように[21]、このエピソードは「「別れ」に耐えきれない三条天皇の弱さを露呈し」たものにほかならず、しかもその「弱さ」は、『大鏡』が賛美してやまない道長のまなざしに射抜かれることによって、動かしがたく印象づけられてもいる[22]。同時に、「別れの御櫛」の際に禁忌を犯したことは、三条朝が「世をたもたせたまふこと五年」（「六十七代　三条院」四九頁）という短さで終わったことの理由づけにもなっていよう。前述のように主たる想定読者と目される禎子内親王の父である三条の人柄には、「御心ばへいとなつかしう、おいらかにおはしまして、世の人いみじう恋ひ申すめり」（「同」五三頁）と高い評価が与えられているが、その一方で『大鏡』は「勝ち進む者が不可避に伴う残酷さを正視し得る神経を持ち、その陰に必ず存する敗者への同情の涙でその目をくもらせることのない[23]」と評される冷徹さを備えており、三条が天皇としての適格性を欠いていることを、ここでも見過ごしてはいないのである。

斎宮当子内親王の伊勢群行は長和三年（一〇一四）九月二十日のことであったが、『小右記』『御堂関白記』『権記《ごんき》』が揃ってこの日の記事を欠いていることもあって、Eが事実であったか否かは確認できない。しかし、Eは歴史・文学のいずれの分野でも、『大鏡』以外のテクストには見出せない独自の記事であり、『大鏡』の創作による虚構の逸話である可能性が高い。というのも、『大鏡』に先立って、『源氏物語』に次のようなEに酷似するエピソードが存するからである。

F斎宮は十四にぞなりたまひける。いとうつくしうおはするさまを、うるはしうしたてたてまつりたまへるぞ、いとゆゆしきまで見えたまふを、帝《みかど》（＝朱雀帝）御心動きて、別れの櫛《くし》奉りたまふほど、いとあはれにてしほたれさせたまひぬ。（「賢木」②九三頁）

斎宮に卜定された前坊《ぜんぼう》の姫君（のちの秋好《あきこのむ》中宮）の伊勢下向に先立つ「別れの御櫛」の折、朱雀帝は初対面の姫君の美しさに心を奪われ、自身の譲位までは再会も叶わないことを悲しんで、櫛を挿す際に涙をこぼす。前述の「京の方に赴きたまふな」ということばのような禁忌性の明示こそないものの、伊勢に下る斎宮を送り出す天皇の落涙は、本来あってはならない不吉なふるまいには違いなく、ここに「御心なよびたる方《かた》に過ぎて、強きところおはしまさぬなるべし」（「賢木」②一〇四頁）と評される朱雀帝の「弱さ」が露呈していることは否定しがたい。心優しいが情に脆《もろ》く、それが災いして天皇として毅然と臨むべき「別れの御櫛」の場で失態を晒してしまう、という点で、**E**の三条天皇と**F**の朱雀帝のありようは符合している。

本橋裕美氏は、「別れの御櫛」の象徴するものが『源氏物語』の「天皇と斎宮の恋」から、『大鏡』の「父娘の別離」へと変遷し、それが『栄花物語』続編などに継承されていったことを指摘しており、(24)示唆に富む。本橋氏はそこまで踏み込んではいないが、前述のように『大鏡』にしか見られないEのエピソードは、『源氏物語』のFに着想を得て、その変奏として創作されたものと見てよいのではあるまいか。なお言い添えておけば、『源氏物語』は寛弘《かんこう》五年（一〇〇八）の時点で少なくとも「薄雲」巻までは成立していたことが『紫式部日記』から知られており、(25)仮に事実であったとしても、長和三年（一〇一四）の出来事であるEに基づいて「賢木」巻のFが書かれることは、時系列的にありえない。

『源氏物語』の引用や変奏は、作り物語に限らず、歴史物語の『栄花物語』『今鏡』『増鏡』などにも顕著に見られる現象であるが、FからEへの変奏に見られるように、従来『源氏物語』とは縁遠いと見られてきた『大鏡』も、けっしてその例外ではなかったのである。

四　歴史叙述の枠組みとしての『源氏物語』

本稿で述べてきた『大鏡』の三条天皇と『源氏物語』の朱雀帝との関わり――より具体的にいえば、『大鏡』が三条天皇という人物を描き、その章段を構想するに際して、『源氏物語』の朱雀帝の物語から〈目を病む帝〉〈眼病によって退位した帝〉というモティーフと「別れの御櫛」のエピソードを摂取していること――は、従来の『大鏡』研究史では等閑に付されてきた。

一方、『源氏物語』研究史においては、朱雀帝の眼病をめぐる前掲Cについてのみではあるものの、室町時代の一条兼良《いちじょうかねよし》による注釈書『花鳥余情《かちょうよせい》』が次のように注記しており、以後、江戸時代に最も広く読まれた北村季吟《きたむらきぎん》の『湖月抄《こげつしょう》』にまで継承されてゆく。

G朱雀院の御目わつらひ給ふ事は三条天皇即位の後御耳目あきらかならさることを思よせたり
それは民部卿元方の霊によれり又寛算供奉か霊ともいへり(26)

(巻八・一〇五頁)

ここには「御耳目」「民部卿元方の霊」などの『大鏡』にはない情報も含まれており、この注記は『大鏡』ではなく、主に『花鳥余情』もたびたび引用している『小右記』に依拠して書かれたのではないかと思われるが、「寛(桓)算」の名も見えており、『花鳥余情』の三条天皇の眼病についての理解は、『大鏡』とそれほど変わらない。

ここで問題にしたいのは、「思よせたり」とあるように、『花鳥余情』が朱雀帝の眼病は三条天皇のそれになぞらえて書かれているのだ、と述べていることである。先ほどの「別れの御櫛」の場合と同様に、三条が眼病を発症した長和三年(一〇一四)には、Cを含む「賢木」巻はすでに成立していたとみられるから、『花鳥余情』の所説は当然成り立たない。冒頭の「作意」に『紫式部日記』の『源氏物語』についての記事を引用するなど、『源氏物語』の成立についても一定の見識を有していたはずの『花鳥余情』がそのことに気づかなかったことは不思議に思われるが、それはなぜなのであろうか。

ここには、物語と歴史との関わりを考える上での、一つの落とし穴があるように思われる。たとえば、朱雀帝の眼病に関する『源氏物語』のCの記述を読み、同様の例として『大鏡』のAに記されたような三条天皇の眼病を思い浮かべたとき、私たちは『花鳥余情』と同じように、三条の眼病という歴史的事実がまず先にあって、それにヒントを得て『源氏物語』のCが書かれたのだ、と考えてしまいがちなのではないだろうか。そこには、虚構よりも事実に、物語よりも歴史に優位性を認め、物語が歴史を踏まえて書かれることはあっても、歴史叙述が物語に左右されることなどありえない、という無意識の先入観ないし固定観念があろう。

だが、実際にはそうではないことは、『大鏡』以前にすでに『栄花物語』が証し立てていたところである。『栄花物語』には、前掲の「紫野」巻の「かの源氏《げんじ》の耀《かかや》く日の宮」のように、『源氏物語』とその作中人物に直接言及し、歴史上の人物や出来事を『源氏物語』のそれになぞらえる、という単純な例も少なくないが、直接『源氏物語』中の人物や出来事には言及していなくても、歴史を書く際のいわば構想の枠組みとして『源氏物語』が活かされている例も見られる。村上天皇を理想的な後宮の宰領者として描く「月の宴《えん》」巻について、室田知香氏が「『源氏物語』の後宮観をきわめて深く理解し理知的に取用している」ことを指摘し、「『源氏物語』の諸表現、特に桐壺帝をめぐる表現に多くを負いながら、それらを組み換え構築しなおし、まったく異なる歴史像を編み上げ得ている巻」として高く評価しているのは[27]、その端的な例である。

『大鏡』は紀伝体を模した人物単位の叙述様式を採っているため、継起的に出来事を描いてゆくことには不向きであり、そのため『栄花物語』「月の宴」巻のように『源氏物語』の影響が巻や章段の全体に及ぶことはないが、歴史叙述の構想の枠組みとして『源氏物語』を摂取し、活用するという手法は、『大鏡』でも確かに採用されている。本稿で取り上げた、三条天皇の眼病と「別れの御櫛」をめぐる『大鏡』の記事は、『源氏物語』の朱雀帝のエピソードに多くの示唆を得ながら、それを『大鏡』なりの文脈と論理――優しい人柄は高く評価されるものの、天皇としての適格性を欠いており、その退位は必然とみなさざるをえないこと――のもとに据え直している点において、そうした手法のささやかな一例といえよう。

見てきたような『大鏡』による『源氏物語』摂取の具体例は、おそらくほかにも少なからず存するものと思われるが[28]、その発掘は遅れている。それはひとえに、『源氏物語』と「訣別」したはずの『大鏡』が『源氏物語』を積極的に摂取するとは考えがたい、という思い込みによる呪縛が長く続いてきたからであろう。『大鏡』もまた、『源氏物語』の圧倒的な影響下にあった平安後期の物語の一つなのであり、『大鏡』が『源氏物語』とどのように向き合い、『源氏物語』から何を摂取したのか（あるいはしなかったのか）は、今後再考されてゆくべき課題としてある。

注

（1）『大鏡』の成立時期については、拙論「予言の中の禎子内親王――呼称と系譜からの視点――」（『物語文学としての大鏡』新典社、二〇〇九年。初出二〇〇五年）の注（4）において、応徳《おうとく》三年（一〇八六）以降とする見通しを示したことがある。以下、単行本所収の論文で初出稿がある場合には、初出年を併記する。
（2）『源氏物語』の引用は、伝定家筆本・明融本・大島本・池田本を底本とする、阿部秋生・秋山虔・今井源衛・鈴木日出男校注・訳『源氏物語』①〜⑥〈新編日本古典文学全集〉（小学館、一九九四〜九八年）に拠り、引用本文には分冊数・頁数を併記した。なお、稿者は通常、影印または紙焼写真に基づいて私に校訂した本文を引用しているが、本稿では、本書が学生および一般読者をも対象としていることに配慮し、読みやすさを考慮して通行の校訂本文に依拠したことをお断りしておく。
（3）『大鏡』の引用は、近衛本を底本とする、橘健二・加藤静子校注・訳『大鏡』〈新編日本古典文学全集〉（小学館、一九九六年）に拠り、引用本文には頁数を併記した。
（4）松本治久「源氏物語的世界への訣別――大鏡の著作意図（その二）」（『大鏡の構成』桜楓社、一九六九年。初出一九六三年）。
（5）渡辺実「平安への訣別――大鏡」（『平安朝文章史』東京大学出版会、一九八一年。ちくま学芸文庫に収録、筑摩書房、二〇〇〇年）。
（6）三田村雅子『源氏物語――物語空間を読む』〈ちくま新書〉（筑摩書房、一九九七年）、一〇頁。
（7）島内景二「受容史研究の現在と未来――その可能性を求めて」（『源氏物語の影響史』笠間書院、二〇〇二年。初出一九九五年）。
（8）『栄花物語』『源氏物語』からの影響について『大鏡』がまったく言及していないことについては、増淵勝一「大鏡著作の文学史的意義」（『文芸論叢』第五号、立正女子大学短期大学部文芸科、一九六九年二月）に先駆的な指摘がある。

（9）五十嵐力「問答物語の始祖、大鏡」（『大日本古典の偉容』道統社、一九四二年。初出一九二五年）など参照。

（10）篠原昭二「『栄花物語』『大鏡』の歴史観――皇位と権勢――」（『源氏物語の論理』東京大学出版会、一九九二年。初出一九九〇年）、倉本一宏「『栄花物語』における「後見」について」（『摂関政治と王朝貴族』吉川弘文館、二〇〇〇年。初出一九八八年）など参照。

（11）林田孝和「垣間見の文芸――源氏物語を中心にして――」（『源氏物語の発想』桜楓社、一九八〇年。初出一九七六年）。

（12）春日美穂「病む朱雀院――「澪標」巻斎宮入内をめぐって――」（『物語文学論究』第一三号、國學院大學物語文学研究会、二〇一一年三月）。

（13）このことについては、倉本一宏『三条天皇――心にもあらでうき世に長らへば』〈ミネルヴァ日本評伝選〉（ミネルヴァ書房、二〇一〇年）に詳しい。

（14）石原のり子「『大鏡』における兼家と三条天皇――もうひとつの系譜――」（『中古文学』第七六号、中古文学会、二〇〇五年一〇月）が説いているように、『大鏡』は、みずからが道長の栄華の継承者として位置づけ、その輝かしい未来を予言している禎子内親王の父である三条天皇の悲運を認めながらも、否定的な評価を下さないよう、道長と三条との対立にはまったく触れないなど、かなり腐心している。三条を〈眼病によって退位した帝〉として描いているにもかかわらず、それとは矛盾する「院にならせたまひて」から目を病んだとする記述が一方に見られるのも、心ならずも退位を余儀なくされた、という印象を与えまいとする配慮によるものではなかったか、と推察される。

(15)『栄花物語』の引用は、梅沢本を底本とする、山中裕・秋山虔・池田尚隆・福長進校注・訳『栄花物語』①〜③〈新編日本古典文学全集〉（小学館、一九九五〜九八年）に拠り、引用本文には分冊数・頁数を併記した。なお、『栄花物語』が三条天皇の眼病に触れていないことについては、『新編日本古典文学全集』の頭注でも指摘されている（②五三頁）。

(16) 同趣のエピソードは『小右記』長和四年（一〇一五）五月七日条にも見えるが、そこでは、翼を広げて三条天皇の視力を奪っている僧の名は「賀静《がじょう》」とある。「桓（寛）算」が、『平家物語』や鴨長明《かものちょうめい》の『無名抄《むみょうしょう》』などにもその名が見えるものの伝未詳であるのに対して、賀静は、元三大師《がんさんだいし》の通称で知られる名僧良源《りょうげん》との争いに敗れて天台座主《てんだいざす》になれなかったことを恨み、怨霊となったとされる僧で、道長の日記『御堂関白記』にもその名が見えている。『大鏡』の「桓算」は、おそらく「賀静」が転じたものであろう。

(17) 加藤静子「『大鏡』作者の想定」（橘健二・加藤静子校注・訳『大鏡』〈注（4）〉）「解説」。

(18) 道長が紫式部の局《つぼね》から『源氏物語』の草稿本を持ち出して妍子に与えたことは、『紫式部日記』によってよく知られているが、この草稿本は妍子から一人娘の禎子内親王に伝えられた可能性が高いであろう。また、妍子周辺での『源氏物語』摂取については、瓦井裕子「藤原妍子周辺女房の哀傷歌と『源氏物語』」（『王朝和歌史の中の源氏物語』和泉書院、二〇二〇年。初出二〇一七年）に詳しく、妍子の女房たちが主人を葵の上や紫の上になぞらえていたことも指摘されている。そうであるとすれば、三条天皇を朱雀帝になぞらえる『大鏡』の試みも、禎子の周辺では違和感なく受け入れられたことであろう。

(19)「別れの御櫛」についての先行研究は数多いが、本稿は、芝野眞理子「「別れの御櫛」考」（『史窓』第四八号、京都女子大学史学会、一九九一年三月）にとりわけ多くを負っている。

(20)「京の方に赴きたまふな」ということばの典拠としては、院政期の大江匡房《おおえのまさふさ》による有職故実《ゆうそくこじつ》書『江家次《ごうけし》第《だい》』が挙げられることが多いが、管見の限りでは、初出は『小右記』永延《えいえん》二年（九八八）九月二十日条の割書《わりがき》ではないかと思われる。

(21) 本橋裕美「平安の櫛と扇をめぐって――物語における機能と変遷を中心に――」（河添房江編『王朝文学と服飾・容飾』〈平安文学と隣接諸学9〉竹林舎、二〇一〇年）。

(22) 小峯和明「菩提講の光と影」（『院政期文学論』笠間書院、二〇〇六年。初出一九八七年）参照。なお、小峯氏は「別れの御櫛」の際に禁忌を犯したことが三条天皇の眼病の原因である、という解釈を示している。「見るなの禁忌」を犯したために目を病んだ、という読みは興味深いが、『大鏡』には両者を関連づける記述はなく、その当否は判断しがたい。

(23) 渡辺実『大鏡の人びと――行動する一族』〈中公新書〉（中央公論社、一九八七年）、三八頁。

(24) 注(21)本橋氏論文。本橋氏には、朱雀帝と秋好中宮との恋のモティーフとしての「別れの御櫛」について論じた「「別れ路に添へし小櫛」が繋ぐもの――秋好中宮と朱雀院の恋――」（『斎宮の文学史』翰林書房、二〇一六年。初出二〇〇八年）もある。

(25) 加藤昌嘉「〝『源氏物語』の作者は紫式部だ〟と言えるか?」（『『源氏物語』前後左右』勉誠出版、二〇一四年。初出二〇一二年）参照。

(26)『花鳥余情』の引用は、初稿本の松永本を底本とする、伊井春樹編『松永本　花鳥余情』〈源氏物語古注集成〉（桜楓社、一九七八年）に拠り、引用本文には頁数を併記した。

(27) 室田知香「『栄花物語』の後宮史叙述――月の宴巻・村上天皇後宮を中心に――」（加藤静子・桜井宏徳編『王朝歴史物語史の構想と展望』新典社、二〇一五年）。

(28) 今西祐一郎「公季と公経——「北山」考(二)——」(『源氏物語覚書』岩波書店、一九九八年。初出一九八四年)に示唆を得て、拙論「「太政大臣公季」の表現機構——閑院流藤原氏へのまなざし——」(『物語文学としての大鏡』〈注(1)〉。初出二〇〇五年)でも論じた、『大鏡』の藤原公季《きんすえ》の誕生と幼少期をめぐる物語と『源氏物語』「桐壺」巻の光源氏像との関わりは、その数少ない例の一つである。なお、公季の誕生前史における、父師輔《もろすけ》と母康子《こうし》内親王との雷雨の夜の密会を描いた『大鏡』「太政大臣公季」の一場面について、石川徹校注『大鏡』〈新潮日本古典集成〉(新潮社、一九八九年。新装版、二〇一七年)が、『源氏物語』「賢木」巻の光源氏と朧月夜の密会場面との表現の一致を指摘している(一八四頁)ことも注目される。

第八章　『源氏物語』と俳諧

牧　藍子

一　はじめに

俳諧は、江戸時代に大名から庶民にいたるまで非常に多くの人々の間で親しまれた文芸である。もと中世に流行した連歌から派生したもので、和歌の伝統に基づく優美を理想とした純正連歌に対し、滑稽な連歌を意味する「俳諧之連歌」と呼ばれ、その場限りの座興として詠み捨てにされていた。連歌と同じく、複数の作者が集まって五・七・五の長句と七・七の短句を交互に連ねていく連句の形式を基本とするが、第一句目は発句《ほっく》と呼ばれて単独で作られもした。この発句が近代の俳句の源流となっている。連句には句を続ける長さによって百韻（百句）、五十韻（五十句）、歌仙（三十六句）といった様々な形式があるが、いずれの場合も一巻の変化の模様を楽しむもので、一座に連なる人々は似たような句が続いたり繰り返されたりして連句の展開が阻害されないよう、ルールにしたがって句を付けていくことになる。本章では、俳諧作者たちに『源氏物語』がどのように受容され、作品のなかに生かされていったかを追ってみたい。なお、古典を典拠とした句を好んで詠んでいるという意味では、蕪村の俳諧なども当然視野に入ってくるが、『源氏物語』という作品へのこだわりという点では、連歌以来の伝統を色濃く受け継いでいる初期俳諧の時代にその影響が大きいため、本章の記述も近世前期が中心となっていることをはじめに断っておく。

二　貞門俳諧の啓蒙的性格と『源氏物語』の普及

さて近世初期、俳諧が名実ともに一つの文芸ジャンルとして確立していくのに非常に大きく貢献したのが松永貞徳である。貞徳は豊臣秀吉の祐筆（書記役）をつとめ、秀吉文化圏にあった細川幽斎をはじめとする良師たちに、仏学・神道・漢学・有職故実など広い分野の教えを受けた当代随一の文化人であった。『源氏物語』については、三条西家の源氏学を継承し古典学者として名高い九条稙通《たねみち》から相伝を受けたことを自著に記している。俳諧にも関心を寄せて指導者として活躍し、貞徳を中心に形成された俳諧の一派を貞門俳諧と呼ぶ。貞徳は伝授思想の強かったこの時代に、古典の公開講義を行ったり、私塾を開いて庶民の子弟に一般教養を授けたりと庶民文化の向上に尽力し、近世以前には写本で伝えられていた古典作品の注釈書の刊行にも積極的であった。なかでも特に『源氏物語』の普及に貞門俳人の果たした役割は大きく、貞徳自身、室町後期の源氏注釈書である『万水一露《ばんすいいちろ》』を公刊しているほか、門人たちも源氏関係の書を多く著してい

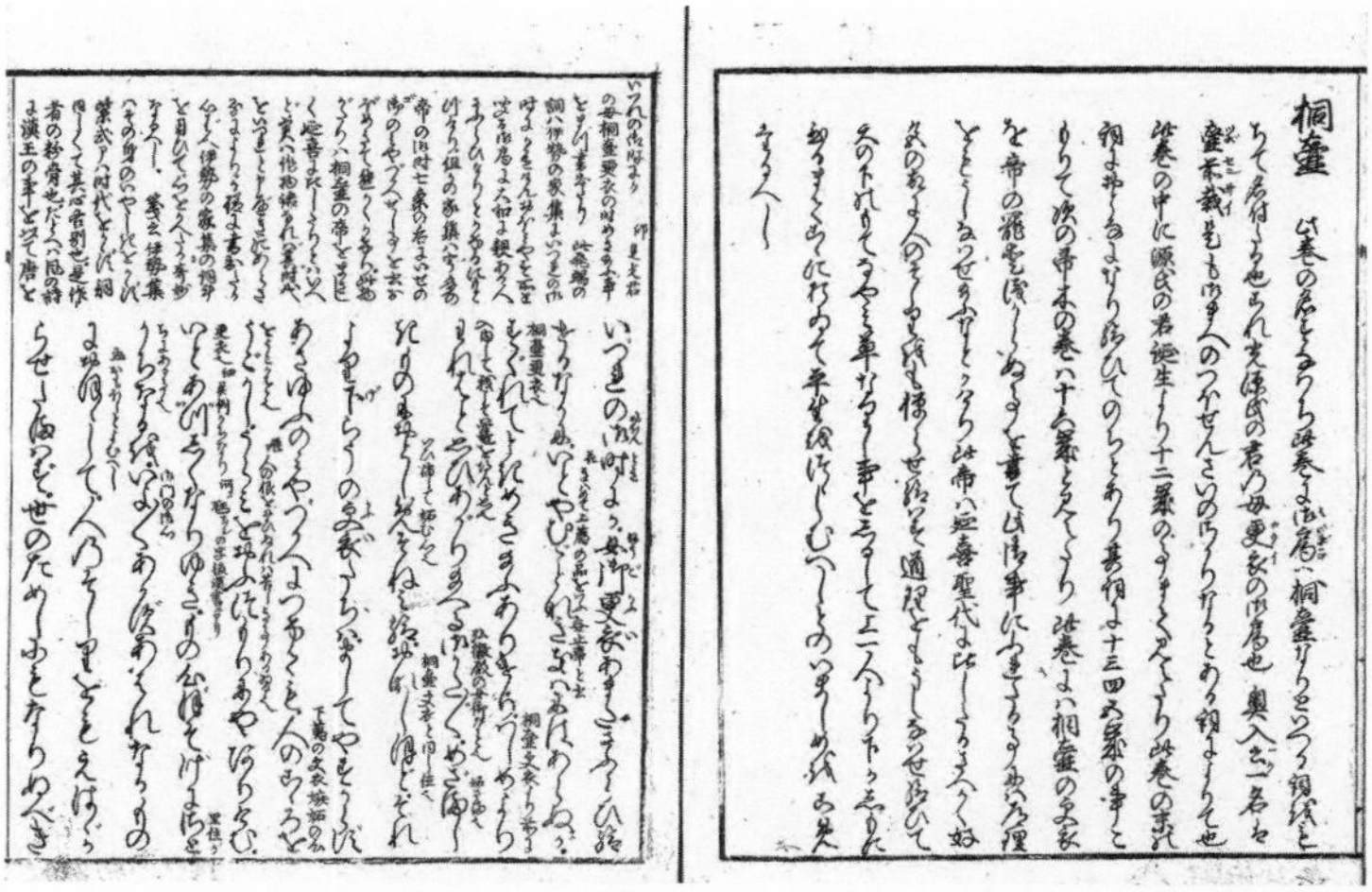

【図1】『湖月抄』桐壺巻（『日本古典籍データセット』国文学研究資料館等所蔵 89-293-1　クリエイティブ・コモンズ 表示4.0 ライセンス CC BY-SA）

る。たとえば、数多くの古典注釈書を刊行して、後に幕府の歌学方に抜擢される北村季吟の著した『源氏物語湖月抄』（延宝元年（一六七三）成）【図1】は、『源氏物語』の本文全文を掲載するとともに古来よりの諸説を頭注傍注の形で集成したもので、これさえあれば『源氏物語』を理解できる便利な書ということで、源氏注釈書の決定版として江戸時代を通じて最も流布した。また絵師でもあった野々口立圃の編んだ『十帖源氏』（承応三年（一六五四）頃成）【図2】は、『源氏物語』のあらすじを平易に記して挿絵を添えた絵入梗概本で、立圃が『十帖源氏』をさらに簡略にして刊行した『おさな源氏』（寛文五年（一六六五）刊）と合わせて、近世前期に刊行された源氏梗概本の代表作となっている。孫弟子にあたる小

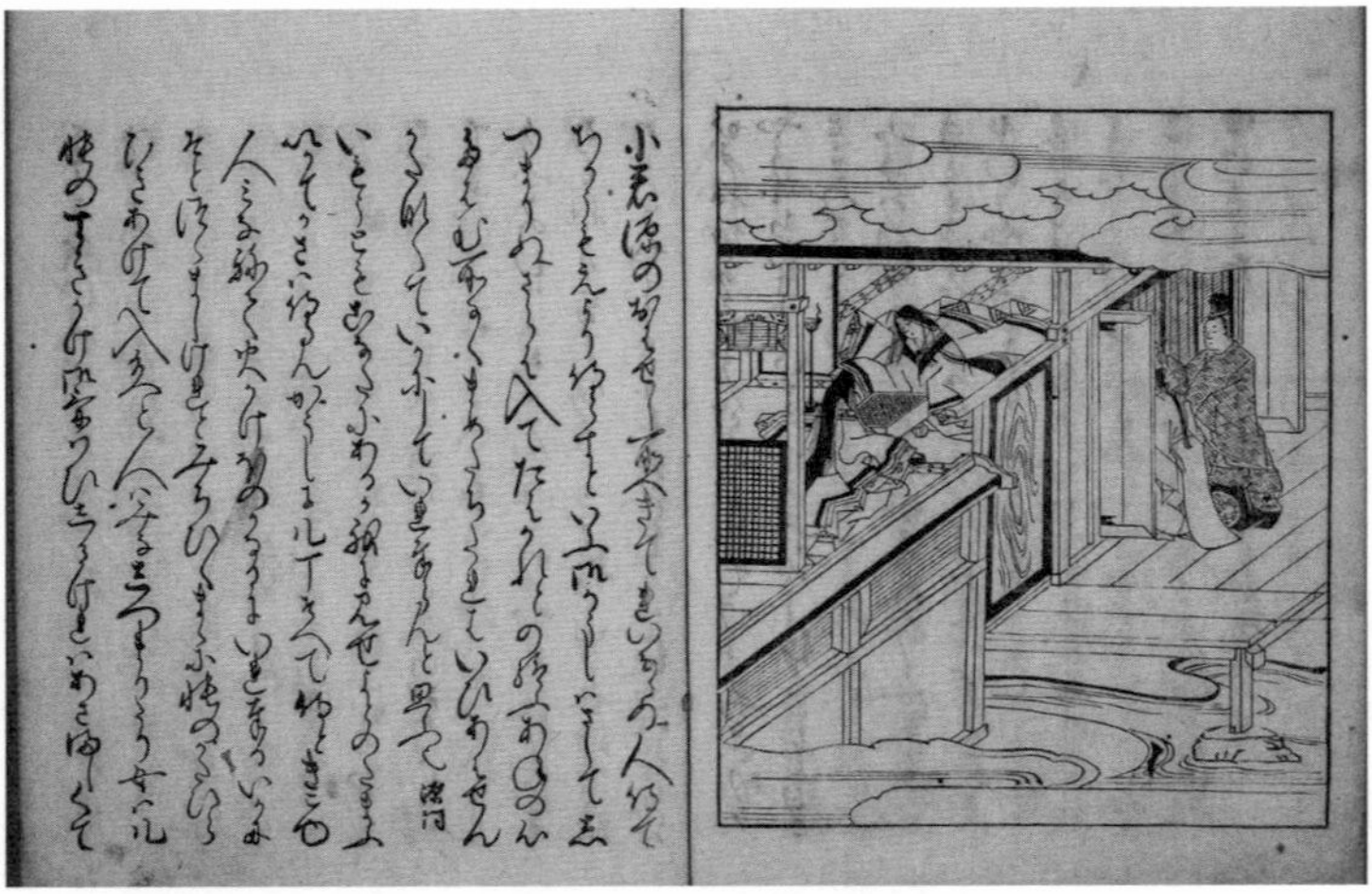

【図2】『十帖源氏』空蝉巻（早稲田大学図書館所蔵　ヘ12-2847）

島宗賢・鈴村信房の『源氏鬢鏡《びんかがみ》』（万治三年（一六六〇）成）は、南北朝期に成立して流布した梗概書『源氏小鏡』の記述を簡略化したもので、各巻の主要場面を描いた挿絵に加え、「きりつぼみ時めく花や真《まっ》さかり」（桐壺巻）など、巻名を詠み込んだ発句を掲げている。本書は書名を変えながらたびたび出版されており、ヒット作であったことがうかがえる。

ところで、連句においてはいろいろな発想を契機に句を付けていくが、句の転じ方のバリエーションの一つとして、故事を媒介にした付け方がある。啓蒙的な風潮のもと、貞門俳諧では古典をふまえた句が多く詠まれており、古典の代表作である『源氏物語』の句も例外ではない。たとえば、貞徳門の池田是誰《ぜすい》著『初元結《はつもとゆい》』（寛文二年刊）には、俳諧を学ぶ心得として「誹かいを学び給はば、八代集・新勅撰集・伊勢物語・さ衣、つねづね学び給ふべし。源氏物語はわきて故事多《おほく》して、尤《もっとも》至宝たり候。」と記される。貞徳も「誹諧も和歌の一体也。浅き道とあなどり給ふべからず。末代には其《その》徳和歌よりも広し。」（『天水抄』寛永二十一年（一六四四）成）と、俳諧を和歌の一体として価値あるものと位置づけており、「源氏見ざる歌詠みは遺恨の事なり」（『六百番歌合』冬十三番俊成判詞）という和歌以来の意識を持っていた。俳諧作者にとって『源氏物語』は必須の教養であったといえよう。次に挙げるのは、貞徳の高弟貞室が自作の百韻に自ら注を付した『俳諧之註』のなかの付合《つけあい》（隣り合った二句）である。

　あまり嫉妬《しっと》のふかき女房《にょうばう》
くはれぬる小指《をゆび》のふしも云たてて

「くはれぬる」の句は、前句に詠まれている嫉妬深い女房から、『源氏物語』帚木巻で左馬頭が嫉妬深い女に指を噛まれたという体験談を話す「雨夜の品定め」の一場面を想起して付けられた句で、以下の自注が付されている。

箒木《ははきぎ》の巻《まき》に、左の右馬頭が通《かよ》へる妻《つま》、妬《ねた》む心ふかかりしかば、いかにもして是をなをさんと思ひたくみて、行て云しらひければ、女もえおさめぬすぢにて、腹《はら》立て、馬頭《むまのかみ》が小指を引寄《よせ》てくひ切《きり》けり。馬頭いよいよ腹立て、此手をかがめてかへりける時、

　手を折て逢みし事をかぞふれば是ひとつやは君がうきふし

女返し

うきふしを心ひとつにかぞへきてこや君が手をはなるべきをり

とよみてわかれけり（下略）

貞室は「くはれぬる」の句がどのように前句に付けられているか、左馬頭とその女房の言い争いの場面を具体的に記し、和歌を引用して丁寧に解説していることがわかる。

注の形のほかにも、作品に判を請うてきた作者へのコメントの中で典拠が指摘されることもあった。次に『祇園拾遺物語』（元禄四年（一六九一）刊）という俳書から例を挙げる。本書の下巻には、松春・未達による両吟歌仙二巻に八人の点者が判を加えた「八衆見学両吟」が収められ、各点者の好みの傾向が示されている。引用するのは、そのうち貞徳直門の安静に師事した似船《じせん》という点者による評の部分である[1]。前の句に詠まれた「棊」は将棋または囲碁のこと。ここは囲碁が終わって席を立つ人物のさまから、『源氏物語』空蝉巻に描かれた空蝉と軒端の荻の碁の対局を思い合わせ、空蝉が光源氏の訪れを察して薄衣一枚を残して逃げ去ったという続きの場面を付けている。

棊の相手秋こそ立て去《イニ》にけれ

（中略）

寝巻《ネマキ》もぬけて月ぞ更ゆく

空蝉巻云。なぞかうあつきに。このかうしはおろされたるととへば。昼より西の御かたのわたらせ給て。碁うたせ給ふと云。さて《源ノ心也》むかひゐたらんを見ばやとおもひて。やをら《しづかなる心》あゆみ出て。すだれのはざまに入給ひぬ。碁うちつるきみ《軒端荻也》。こよひはこなたにと。いまめかしく《めづらしき也》打かたらひてねにけり。わかき人《のきばのおぎ也》はなに心なくいとよくまどろみたるべし。かかるけはひ《源ノ御けはひ也》のいとかうばしくうちにほふに。かほ《うつせみ也》をもたげたるに。ひとへうちかけたる木丁のすきまに。くらけれどうち《源也》みじろぎ《うごく心也》よるけはひいとしるし。あさましく《うつせみの心也》覚へて。ともかくも思ひわかれず。やをらおき出て。すずしなるひとへひとつをきてすべり出にけり云々。〇軒端荻とうつせみと碁をうちし事は夏也。前句は秋なれ共心もちを引合て見たる故なればくるしかるまじくや。

評には、空蝉巻という典拠の指摘と、その該当箇所が引用されているが、この空蝉巻の引用は季吟の『湖月抄』によっている(2)。句の典拠を示し、その本文を提示するという似船の点評のスタイルは、似船の衒学的な性格を示すと同時に、作者が典拠の内容についてきちんと知らないまま句を作っているかもしれないと考えていることを示唆する。特に右の例の場合、『湖月抄』の本文を傍注まで含めて引用しており、ふまえられた古典の正確な知識を提供しようという意識が認められる。

このように貞門俳人の間で『源氏物語』は非常に重要な作品として扱われているが、作者たちは必ずしも大部な『源氏物語』の原典を読んでいたわけではない。大多数は『源氏物語』を当時数多く刊行されていた源氏梗概書の類で読んでいた。先に挙げた『十帖源氏』『おさな源氏』『源氏鬢鏡』などは、まさに『源氏物語』を原典で読むことのできなかった人々の需要に応じて作られたものといえる。

ところで、当時重宝された俳諧の辞書に『俳諧類船集』（延宝四年刊）がある。これは付合語集というもので、付合語とは、簡単にいうとある語と連想関係にある語のことである。連句という複数人が集まって創作する共同体の文芸においては、前句と付句を結ぶ連想の糸が独りよがりで理解不能のものであっては困る。『類船集』には一座の共通理解の基盤となる、心得ておくべき基本的な連想語彙が集められているのである。次にこの『類船集』の「源氏」の項を挙げる。山括弧で括った部分が付合語で、原本では二行書きにされている。

源氏〈白旗《シラハタ》　盃　絵　甲斐　近江　石山寺　須磨の浦〉

歌よみの源氏を見ざるはほゐなき事と俊成卿のたまひしと也。八幡宮は源氏の氏神なればとて、鎌倉にもうつし給ひしぞ。貝おほひの貝は大方源氏の絵也。金屛に極彩色《ゴクサイシキ》にしたる、いとよし。

「白旗」「甲斐」「近江」は清和源氏の縁、「盃」は源氏酒（酒席での遊び）の縁、「石山寺」「須磨の浦」は『源氏物語』の縁で、これらが全て同じ「源氏」の項の下に並べられているのが面白い。「源氏」の項以外にも、『類船集』には『源氏物語』関係の付合語や解説が多く含まれている。たとえば「嫉《ネタム》」の項には、帝の寵愛を一身に受け、弘徽殿の女御の激しい嫉妬を買った「桐壺の更衣」が付合語として挙げられ、解説には次のような文章が載る。

御息所のねたみに葵上はしほれ、夕皃は花ちりたり。ねたげにいふ時に、はらだたしくなりて、にくげなる事をいひはげまし侍に、女えおさめぬすぢにて、をよびひとつを引よせてくひて侍しをと、馬頭《ムマノカミ》が物語也。

前半は御息所の生霊が葵の上と夕顔を取り殺した話（江戸時代には夕顔を取り殺したのは六条の御息所の生霊であるという説が唱えられていた）、後半は先に挙げた貞室の『俳諧之註』の付合でふまえられていた「雨夜の品定め」の嫉妬深い女の話である。ここでも指に食いつかれた場面が取り上げられており、「くはれぬる」のような句は、直接『源氏物語』を読まずとも、『類船集』に載るような付合語の知識を身につけていれば詠めるものであったことがわかる。

三　談林俳諧における『源氏物語』の卑俗化

さて貞徳は、初心の俳諧作者があまりに卑俗な句を詠むのを戒めるという指導的な立場から、和歌・連歌には用いない俗語や漢語などの「俳言」を用いることに俳諧の独自性を説いた。俳言を用いていれば、それは連歌ではなく俳諧であるというのである。しかし貞徳没後約二十年、温雅なおかしみを基調とする貞門の俳風に飽き足らなくなり、清新な俳風を待ち望んでいた人々の期待にこたえて談林俳諧が登場する。談林俳人たちも『源氏物語』の句を多く作っているが、その詠みぶりは貞門俳人とは異なっている。貞門俳人が連歌以来の伝統に基づいて『源氏物語』を受け止め、「源氏ならで上下にいはふ若菜哉」（正月七日の若菜の節が身分の上下を問わず祝われることを、若菜巻が上と下に分かれていることになぞらえる）「花のえんつきて又見る葵哉」（花見が終わると次は葵祭の見物に出かけるということに、花宴巻の次に葵巻が続くことをかける）（いずれも『犬子集』（寛永十年序））など、句の滑稽性も言葉遊びを基本とする穏やかなものであったのに対し、談林俳人は『源氏物語』の古典としての権威の高さを逆手にとり、徹底的に卑俗化することで滑稽性を増幅させた。古典の卑俗化は、その古典が高雅なものであればあるほど効果的であり、『源氏物語』は格好の対象であったのである。次に宗因の独吟百韻『蚊柱百句』（延宝元年成）に対して、翌年貞門の側から出された難書『しぶうちわ』から例を挙げる。内容は、「源氏」から「桐壺」、「ながれの女」（遊女）から「青暖簾《あおのうれん》」をそれぞれ連想し、「桐壺」に「局《つぼね》」の意を含ませて一句に仕立てたことから、桐壺に青暖簾がかかるという荒唐無稽な句になっているという批判である。

月もしれ源氏のながれの女也
（中略）
青暖簾の桐壺のうち
「青暖簾」の、「青布子」の、といふは下劣の沙汰也。さすがに、梅壺・藤壺・桐壺などいふ所に、「青暖簾」などのかかるべきか。青地の暖簾などいはばさもあらん。げにげに遊女の局に青暖簾をかくる、前句に「ながれの女」と有ゆへに、かく付られしよな。いかに前句につけたきとて、「青暖簾の桐つぼ」とは放埒至極也。もし又、傾城の局を「きりつぼ」といふ事もありや。其沙汰いまだきかず。

「青暖簾」は下級の遊女のいる局の入り口にかけられたものである。そんな青暖簾が、宗因の句においてはおそれ多くも内裏の桐壺にかけられてしまったのである。こうした貞門側からの非難に対して、談林側からは『しぶ団《うちわ》返答』（延宝三年刊）という返答書が出され、反駁が試みられている。そこでは、「源氏」から「桐壺」、「ながれの女」から「青暖簾」と、詞の縁によって付けるという意味では貞門と同じ土俵に立ちながら、雅な「桐壺」に俗な「青暖簾」を敢えて取り合わせた点について、その作意こそ本句の眼目であるという正反対の主張がなされている。談林俳人にとってみれば、貞門俳諧は下手な連歌のようで面白くない、もっと俳諧ならではの句を詠むべきであるというのである。こうした雅と俗をぶつけることによって滑稽味を生み出す方法は談林俳諧の常套手段であった。次に挙げるのは、『談林三百韻』（延宝四年刊）に収められた松意・正友の両吟百韻の中の付合である。

　　猫がなにやらむさい事して
　雑巾と女三の宮の召《めさ》せられ

前句の「猫」から「女三の宮」を連想し（『類船集』に「猫」の付合語として「女三の宮」が載る）、「むさい」（汚らしいさま）に「雑巾」をあしらった付けで、皇女である女三の宮に雑巾をもたせて猫の粗相の後始末をさせ戯画化している。

四　蕉風俳諧における典拠の取り方と『源氏物語』

ところで連句には、「源氏」と「桐壺」、「猫」と「女三の宮」のように、前句と付句の間に固定的な連想語を含むものとそうでないものとがあり、前者を親句、後者を疎句と呼ぶ。貞門・談林時代の親句は、付け筋の固定化によるマンネリズムを招いたことから、次第に詞の縁による直接的な付け方は嫌われ、より婉曲で間接的な付け方が好まれるようになった。こうした連句の疎句化を背景として、故事のふまえ方にも変化が起こる。次に元禄期の芭蕉らの作品に焦点をあて、『源氏物語』がどのように取り入れられているかを見ていく。

左に引用するのは、芭蕉の高弟去来《きょらい》が著した蕉風の代表的な俳論書『去来抄』の中の一節である。芭蕉は自ら俳論書を残すことはなかったが、その教えは弟子の書き記した文章にうかがうことができる。去来は故事や古歌の取り方について、「むかしは多く其事を直《ぢき》に付《つけ》たり。それを俤《おもかげ》にて附《つく》る也」として、次のように説明している。

　草庵に暫く居てはうち破り　　ばせを
　　命嬉しき撰集の沙汰　　去来

初《はじめ》は、「和歌の奥儀をしらず」と付たり。先師曰《いはく》、「前を西行・能因の境界と見らるはよし。されど、直に西行と附むは手づつならん。ただ、おも影にて附べし」（下略）

「先師曰」として記された芭蕉の言葉は、「草庵に」の句から西行や能因の境涯を思い寄せたのはよいが、頼朝から和歌の奥義を問われた西行が「全く奥旨を知らず」などと答えた故事をふまえて、直に西行とわかるように付けるのはいかにも露骨で下手である、という内容である。古典の世界の言葉を理知的にとらえ、それを茶化すことで俳諧化した貞門・談林俳諧においては、句の面白さを理解するのにふまえられている典拠を詮索することにもなった。一方、芭蕉は典拠にすがった説明的な付け方を退け、何か典拠がありそうな感じを与えることによって余韻を含ませる付け方を提唱している。『去来抄』の別の箇所にも「古事・古歌を取るには、本歌を一段すり上て作すべし」と記されるように、蕉門においては故事や古歌をそのまま直に用いるのではなく、より高いものへと練り上げていくことが目指されたといえよう。

続いて、同じ『去来抄』から「今の俳諧に物語等を用る事はいかが」という後輩浪化《ろうか》からの問いに対して去来が答えた箇所を引用する。去来は、連句一巻の模様として物語による句も一、二句は必要であると説き、物語の句の例として『源氏物語』の句を挙げている。(3)

去来曰、「おなじくは一巻に一、二句あらまほし。『猿蓑《さるみの》』の、「待人入し小御門《こみかど》のかぎ」も、門守の翁なり。此《この》撰集の時、物語等の句少なしとて、「粽《ちまき》ゆふ」との句を作して入給へり」。

『猿蓑』(元禄四年刊)は、去来と凡兆が芭蕉の指導のもとに編んだ撰集である。本書を見ると「待人入し」の句は「魚の骨しはぶる迄《まで》の老を見て」という芭蕉の前句に対する去来の付句で、主人の待ち人(恋人)を小門の鍵をそっと開けて迎え入れた、の意に解される。なぜこのように解釈されるかというと、前句に描かれた人物の、歯茎だけで魚の骨をしゃぶるような大変老衰した様子に、末摘花のもとを訪ねた光源氏が翌朝退出する場面で「御車出づべき門はまだ開けざりければ、鍵の預り尋ね出でたれば、翁のいといみじきぞ出で来たる」と描写される、非常に年老いた門守の翁を思い寄せた句だからである。「小御門」「かぎ」といったキーワードから『源氏物語』末摘花巻を意識した句であることは明らかだが、状況としては見送る場面から迎え入れる場面へと変えられており、先の「命嬉しき」の句と同様、表現としても典拠のあらわでない詠みぶりとなっているのがわかる。

続く「「粽ゆふ」との句」は、「粽結ふかた手にはさむ額髪」（『猿蓑』）という芭蕉の発句を指し、先の「待人入し」の句が末摘花巻をふまえることと合わせて「此《これ》も『源氏』の内よりおもひよられ候」と記した浪化宛去来書簡が残っている。この句が『源氏物語』によって作られた句であるというのは、「額髪」（額から両頬と両肩にかけて垂らした髪）の語が、『源氏物語』をはじめとする物語類にしばしば出てくる王朝時代の女性の髪型をイメージさせるからである。しかし、王朝女性の面影であるという以上には、具体的に『源氏物語』のどこをふまえるかといったことを特定することはできない。何となく王朝物語風の情趣が感じられればよい、というのが作者芭蕉の意図するところであろう。一句は、五月の節句に粽を葉で包みながら、落ちかかってくる額の髪を片手で耳の後ろにはさみ込む女性の姿を詠んでいる。芭蕉は典拠をもとに古典的な世界を卑俗化するのではなく、典拠から離れていくことで、かえって近世庶民の日常生活の中に優美さを見いだしている。卑近な現実そのものの中に、和歌や連歌と同じ風雅を見い出そうとした蕉風俳諧のあり方をよく示す句といえよう。

話は少しそれるが、芭蕉は元禄四年四月から五月にかけて洛西の嵯峨にあった去来の別荘に滞在し、その折のことをつづった『嵯峨日記』の中に、座右に『源氏物語』を置いていたことを記している。しかし、非常に冊数の多い『源氏物語』をいつも手元に置いておけたとは考えにくい。そこで、芭蕉も源氏梗概書を参照していたと考えられるが、具体的にどの書を読んでいたかはいまだ特定されていない。たとえば『おくのほそ道』の旅立ちの場面「弥生も末の七日、明ぼのの空朧々として、月は在明《ありあけ》にて光おさまれる物から」という箇所は、帚木巻の「月は有明にて光をさまれるものから、かげさやかに見えて、なかなかをかしきあけぼのなり」の一節をふまえていることが諸書に指摘されているが、帚木巻のこの箇所は近世前期の梗概書の類にはほとんど取り上げられていないようである(4)。ここには、さらに別の作品が典拠として介在する可能性を考えてみる必要があり、芭蕉の『源氏物語』利用の複雑さがうかがえる。

五　雑俳における『源氏物語』の表現

以上のように、貞門・談林俳諧の古典にすがった典拠利用の限界は乗り越えられていったが、元禄期の作者たちがみな芭蕉たちと同じレベルで『源氏物語』を受容し、作品に生かしていたわけではない。最後に俳諧から派生した文芸として、雑俳における『源氏物語』の句を見ておきたい。

ここでいったん視点を貞徳の時代に戻す。貞門俳諧の時代、まだ連句一巻を巻く段階には達していない初心者には句を付ける練習として、また既にそれなりの力量を備えた作者には娯楽として、前句付俳諧というものが楽しまれていた。これは宗匠（俳諧の師匠）から題として出された五・七・五、または七・七の前句に、七・七あるいは五・七・五の付句を試みて評を仰ぐものである。この前句付俳諧であるが、次第に連句一巻の中の付合であるという意識が薄れ、前句との関連は重視されずに付句単独の面白さに重点がおかれるようになっていく。すると本来の俳諧から離れて競技化し、元禄頃には締切日を定めて投句を募り、点者が選んだ勝句《かちく》（優秀作品）を刷り物にして賞品とともに投句者に配る万句合とよばれる興行の形態が整った。これを貞徳以来の前句付俳諧と区別する意識から、雑俳の前句付と呼んだりもする。雑俳とは、俳諧から派生した発句や連句以外の雑多な形式・内容のものの総称で、本格的な俳諧より通俗的・遊戯的な性格が強いものをいう。この雑俳化した前句付は庶民の間で大流行し、俳諧と前句付を並行して行う者も多かった。

雑俳の種目として現在最もよく知られているのは川柳であろう。川柳は、十八世紀後半に活躍した柄井川柳という人物の前句付興行が大変人気を博した結果、点者名がそのまま文芸ジャンル名として通用するようになったものである。川柳といえば、俳句と同じく五・七・五の十七音を基本形としつつ季語や切字を必要としないものという認識が一般的かと思われるが、本来は一句単独で詠まれたものではなく、前句付の付句が独立したものである。季語や切字といった制約がなく、人情や風俗、世相を機知的にとらえて軽妙洒脱に表現するのが特徴となっているのはこの点に由来する。こうした前句付独詠化の道を開いたのが、『誹風柳多留《はいふうやなぎだる》』という作品である。本書は編者呉陵軒可有《ごりょうけんあるべし》が、川柳評万句合の勝句を集めた刷り物から、前句なしで句意の通りやすいものを選んで手を加えて刊行したもので、明和二年（一七六五）七月に初篇、同四年七月に二篇が出されている。以後、しばらくは年一冊ずつのペースで刊行され、二十四篇までは初代川柳評、二十五篇以下は編者と点者を変えながら天保十一年（一八四〇）の一六七編まで続刊される。次に初代川柳が選句に関わった『柳多留』二十四篇までに載る『源氏物語』の句を挙げていく。

まず目を引くのは、紫式部が滋賀県大津市にある石山寺に参籠して観音に祈り、琵琶湖の水面に映る八月十五夜の月を眺めながら『源氏物語』を書き始めたという伝説によった句である。

　紫は石のうへにも居た女（四篇）
　大こくのやうに紫式部見へ（六篇）
　我内のやうに式部は明ヶはだけ（九篇）

一句目は「紫」で紫式部、「石」で石山寺を暗示し、「石の上にも三年」の諺をきかせて辛抱強く長編物語を書き上げたことを賞した句、二句目は石山寺に籠もった紫式部は、まるで住持の妻（大黒）のように見えたことだろうと滑稽化した句、三句目は、紫式部は月を眺めながら『源氏物語』を書き始めたということだから、きっと自室にいるような具合に窓を開け放っていたに違いないと親しく想像した句である。また一句が十七音に限られる川柳においては、「物語」といえば『源氏物語』を指す例が多く出てくるが、ほかに「五十四帖」や「六十帖」（『源氏物語』は五十四帖から成るが、江戸時代には六十帖説が広く行われた）とも表現され、巻数を趣向とした句も詠まれる。

　いし山で一わり引ヶの書物出来（二十二篇）

六十帖といわれる『源氏物語』だが、実際には五十四帖であることを一割引と機知的に表現している。『源氏物語』の巻名を詠み込んだ句も多く、次のように源氏の巻名に普通名詞としての意味を含ませた詠み方がなされる。

　御法《みのり》から花ちる里で大一座（二十四篇）

川柳には、山谷あたりの寺の葬儀に参加した者が一団となって吉原に繰り込むさまを詠んだ句が頻出するが、この句では「御法」に葬式、「花ちる里」に吉原の意をきかせ、『源氏物語』の巻名を二つ詠み込む趣向となっている。

　右に挙げた句は、いずれも『源氏物語』の内容に踏み込むことなく、理知的な滑稽を主としている。光源氏を詠んだ句も見えるが、「又文かそこらへおけとひかる君」（十七篇）など、王朝風の雅な情調を取り込もうとするのではなく、光源氏の色好みのさまを当世風俗の側に引き付けて面白おかしく表現したものとなっている。こうした傾向は、一見すると貞門・談林俳諧のリバイバルのようでもあるが、啓蒙的性格や古典という権威へのこだわりは認めがたい。高雅な『源氏物語』の世界と日常卑近な現実をぶつけておかしみを生み出そうというよりは、「ネタ」になりそうなものは何でも使って作品にしていこうという投句者の旺盛な創作意欲を反映しているように思われる。内容も一般庶民の教養の範囲内で十分理解可能なものであり、作者にとっては面白い話題の一つのような感覚で『源氏物語』が取り入れられたのではないだろうか。

以上、俳諧史の点と点をつなぐような非常に乱暴な形ではあるが、俳諧における『源氏物語』の受容の様相を時代順に追ってきた。俳諧が全国規模で広まった貞門俳諧の時代、俳諧の文芸ジャンルとしての確立とともに『源氏物語』が庶民の間に普及し、続く談林俳諧においても『源氏物語』は古典の代表作としてその滑稽性を支えた。元禄期に入ると、連句における疎句化を背景に古典のふまえ方にも変化がみられ、蕉風俳諧では『源氏物語』を高度に「すり上げる」形で作品に生かしていた。一方、前句付から派生した雑俳の一形式である川柳においては、真に庶民化した文芸らしく、作者の創作意欲を刺激する素材の一つとして『源氏物語』が取り込まれていた。このように『源氏物語』はその時々の俳諧を取り巻く状況や作者層に応じた形で受容されており、それぞれの時代の『源氏物語』をふまえた句の特徴は、俳諧という文芸そのものの変遷をよく反映しているといえよう。

注

（1）似船は延宝期に宗因の談林風に転じており、また本書の刊行時も貞門俳諧の頃より時代が下るが、似船の評のスタイルは当代の点者と比べて古風であるとの前提で提示されていると考えられるためここで取り上げる。

（2）本文は「すだれのはざまに入給ひぬ」と「碁うちつるきみ」の間が省略され、漢字・平仮名の用字は異なるものの『湖月抄』と完全に一致し、傍注も「細」（『細流抄』の注であることを示す）などの出典注記の省略、「源氏」が「源」、「なるべし」が「也」などとなっている等の異同はあるがほぼ一致することから、似船は『湖月抄』を傍らに置いてこの注を執筆したと推定される。なお「木丁」は「几帳」のことで、『湖月抄』でも「木丁」と表記される。

（3）土芳著『三冊子《さんぞうし》』（元禄十五年成）にも、『猿蓑』編集時、芭蕉が去来に「物語りの姿も一集にはあるべきもの」といって「粽ゆふ」の句を送ったという同様の逸話が載る。

（4）金田房子氏「『おくのほそ道』」（鈴木健一編『源氏物語の変奏曲―江戸の調べ―』三弥井書店、二〇〇三年）に「芭蕉たちが比較的に手に入れやすかったと考えられる梗概書の類で、冒頭部の典拠「月は有明にて」に注目したものは少ない。（中略）わずかに『十帖源氏』に「月は有明なるに西おもてのかうしより人々のぞく」と記されているにすぎない。」とされる。

本文の引用に際しては読みやすさを考慮し、踊り字を改め、濁点、句読点、振り仮名を私に補うなど、原文の表記を改めた箇所がある。

第九章　『源氏物語』と占い
――平安・江戸・明治・平成――

平野多恵

一　はじめに

「源氏物語と占い」と聞いて、どのようなことを思い浮かべるだろうか。『源氏物語』のストーリーを知っている人なら、光源氏の人生に占いがかかわっていたことを思い浮かべるかもしれない。その占いは人相・夢占・宿曜（占星術）である。本章では、まず『源氏物語』において光源氏の一生と占いがどうかかわるかをたどりたい。

その上で、これまでほとんど取り上げられたことのない、江戸時代・明治時代につくられた「源氏」の名がつく占いを紹介する。光源氏の生涯に占いがかかわるのだから、後の源氏の占いも、物語に登場する人相・夢占・宿曜と関わるのではないかと思いたくなる。しかし、実際はそうではない。では、それはいったいどのようなものだったのだろうか。

「源氏」の名がつく占い本は、『源氏物語』が書かれてから八〇〇年ほど後、江戸後期に登場した。江戸時代には、易占やおみくじをはじめ、さまざまな占いが流行した。いつの時代も、占いは当時流行していたものと結びつきやすい。その代表例が、百人一首の和歌占いである。そして『源氏物語』も、百人一首と同じように和歌占いになった。その一つが、これから紹介する『源氏歌占』である。

さらに現代になると、『源氏物語』の占いは新たな展開をとげる。二〇〇〇年前後に、雑誌や書籍、インターネットなどで「源氏物語占い」が多く作られた。それらを取り上げながら、現代の源氏物語占いの特徴を考えていきたい。

いうまでもなく、『源氏物語』は千年前から絶えることなく読み続けられている。その中で、『源氏物語』は占いと結びついて、どのように享受されたのだろうか。『源氏物語』と占いのコラボレーションのあり方を江戸・明治・現代と見ていこう。

二　占いにふちどられた光源氏——人相・夢・占星術

光源氏の人生は占いに宿命づけられていた。その占いとは、すでに触れたように、人相、夢占、宿曜（占星術）の三つである。

まず「光源氏」の誕生に深くかかわるのが「人相見」だ。『源氏物語』桐壺巻で、帝から寵愛された桐壺の更衣は、後宮の妬みをうけながら、帝の子を産み、やがて命を落とした。その忘形見は輝くほど美しい貴公子に成長したが、父帝は、母を亡くして一族の後ろ盾もない子をどう処遇すべきか頭を悩ませていた。折しも朝廷を訪れていた異国高麗の人相見に臣下の子と偽って会わせたところ、人相見はその顔を見て首をかしげ、次のように告げた。(1)

帝王の上なき位にのぼるべき相おはします人の、そなたにて見れば乱れ憂ふることやあらむ。おほやけの固めとなりて、天の下をたすくる方にて見れば、またその相、違ふべし。
（帝王の位にのぼる人相をお持ちだが、臣下の子として見ると、将来、乱れ嘆くことがあるかもしれない。とはいえ、朝廷を支える臣下の相かといえば、それも違うだろう。）

帝王の相をもっているが、このままでは将来よくないことが起こる可能性があり、かといって臣下として帝を補佐する相でもないという。日本の人相見（倭相）と宿曜道の達人にもたずねたが同様の答えであった。

後見を持たない子を親王にすれば、いずれ皇位継承をめぐって問題が生じるにちがいない。そう考えた帝は、臣下の相ではないと言われたものの、その子を臣籍にうつし、「源氏」姓を与えた。このとき、光り輝く魅力にあふれる「光源氏」が誕生したのだった。

二つ目は若紫巻の「夢占」である。十八歳になった光源氏は桐壺帝の寵妃である藤壺の宮と密通してしまう。禁断の恋に苦悩する中、光源氏はただごとではない異様な夢を見た。夢解きをする者を呼んでたずねたところ、想像を絶するような解釈をされた上、意に沿わないことがあって慎むことになるだろうと予言された。

夢解きの予言は現実のものとなった。光源氏は政敵である右大臣家の朧月夜との密通が露見し、都を離れて須磨へ移り住むことを余儀なくされる。だが、この須磨で、住吉の神の夢告を受けた明石の入道と出会い、明石へ移り住むことになった。源氏は明石で入道の娘である明石の君と結ばれる。

その後、都へ戻った光源氏は、明石の君が明石で姫君を出産したことを知る。そのとき、かつて宿曜の占いで「御子三人。帝、后かならず並びて生まれたまふべし。中の劣りは、太政大臣にて位を極むべし（御子は三人です。帝、皇后が必ずどちらもお生まれになるでしょう。その中で低い身分の人は太政大臣として人臣の位を極めるでしょう）」と予言されたことを思い出していた。

藤壺が産んだ不義の子は桐壺帝の東宮として育てられ、冷泉帝として即位した。光源氏はその後見役として内大臣となり、朝廷の権力者となっていた。そして、明石の君が産んだ姫君も入内して皇后となるにちがいない。源氏は、この予言がぴたりと叶うように感じた。そして、かつての人相見たちの予言にも思いをいたし、冷泉帝の即位と重ね合わせて嬉しく思うのだった。

この宿曜、密教占星術が三つ目の占いである。宿曜は、中国から請来された「符天暦」に基づいて、個人の誕生時刻の九曜星（日・月と水・金・火・木・土の五星、インドの想像上の星である羅睺・計都）の位置を計算し、十二宮・二十八宿を記した図（ホロスコープ）を作成して、一生や一年の運勢を占う(2)。

空海や円珍らが宿曜経を日本に伝えた後、この経典に依拠して宿曜の星占いを行う僧侶が生まれた。宿曜師である。宿曜師は十世紀末頃から興福寺を中心に活動をはじめていたとされる(3)。『源氏物語』が書かれた十一世紀初頭、宿曜は、まだ一部の知識人が知る程度の進歩的な占いであったという(4)。その中で、宿曜が光源氏の一生を運命づける占いとして登場するのは、この占いが陰陽道等の国家的な占いとは異なり、あくまでも「個人」の一生を占うものであったからとされる(5)。その後、宿曜は日蝕や月食の予測において陰陽道の暦博士や天文博士より的中することもあった。そのようなことから宿曜の評価が高まり、陰陽道と並んで、朝廷や貴族社会で流行するようになった。

このように、『源氏物語』において、人相・夢・宿曜の占いは光源氏の一生を予言する重要な役割を担っている。

しかし、後に作られた『源氏物語』の占いは、この三種に直接関わるものではない。光源氏の一生が宿曜で占われたのだから、『源氏物語』の宿曜占い本が作られてもよさそうだが、後で紹介するように、現代のインターネット上の占い以外は今のところ見い出せない。宿曜師による占い自体、室町初期の応永年間(一三九四〜一四二八)を最後に活動が見られなくなったとされる(6)。夢や人相についても、江戸時代に多くの本が刊行されたが(7)、源氏の名を持つ本は見あたらない。

では、後に作られた『源氏物語』の占い本は、どのようなものだったのだろうか。

三　江戸時代の『源氏歌占』——和歌・源氏香図・易占の結びつき

『源氏物語』が占い本と結びついたのは、江戸時代である。十七世紀半ば頃から、おみくじや易占、人相など、様々な占いが流行した。(8) そのなかに、歌占、いわゆる和歌占いがある。十八世紀の半ば頃から幕末にかけて、当時の流行と結びついて、安倍晴明、弘法大師、天神、神話、百人一首、都々逸など、多くの和歌占い本が作られた。その一つが『源氏歌占』（早稲田大学図書館九曜文庫蔵）(9) である。

『源氏歌占』は『源氏物語』五十四帖所収の和歌による占いで、嘉永六年（一八五三）、素鵞川照信の序文がある。(10) 序文によれば、土佐国佐川の遊甫という翁が都に上り、『源氏物語』による占いの方法を考案して人々の吉凶を占ったところ、まったく外れることがなかったという。国の宝となるにちがいないから、それを撰述・校訂して「源氏歌占」と題したと書かれている。

内容は二部構成で、前半は、『源氏物語』各巻の源氏香の図と挿絵、和歌二首、歌の意味と各巻の概要を記す（図1）。後半は易占の六十四卦に『源氏物語』五十四帖と巻名のみ伝わる雲隠巻を加えた五十五帖の巻名を重ねあわせて結果を示している。易の六十四卦と源氏の五十五帖では数が一致しないが、帚木巻と手習巻を何度も用いることで辻褄をあわせている。

「易占」に「源氏香図」（図2）が重ねられたのは、香の図形と卦の形が類似しているからだろう。線の縦横や本数に違いはあるが、易の「乾」卦は源氏香の「箒木」図と似ている（図3）。

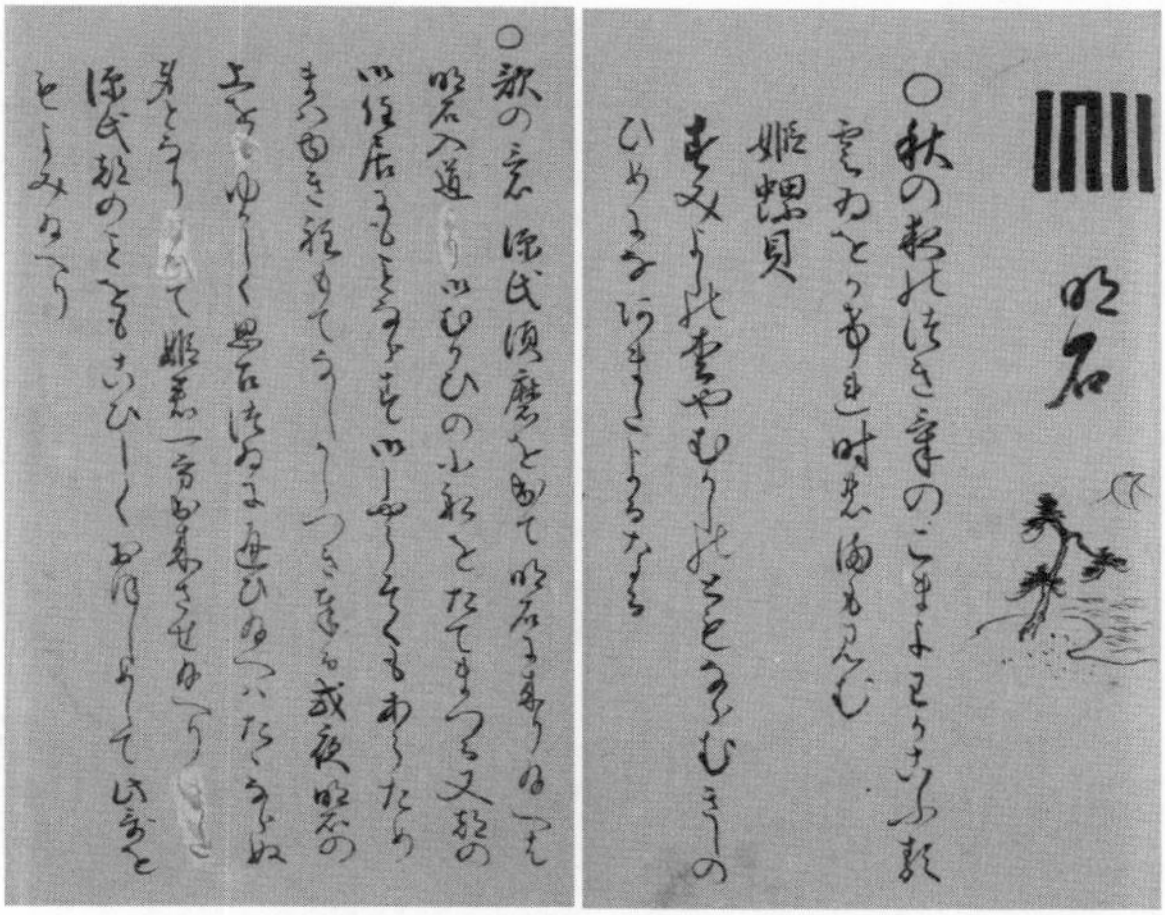

図１：『源氏歌占』（前半）（早稲田大学図書館九曜文庫蔵　文庫30 a0271）

「源氏香」は組香の一種である。「組香」とは和歌や物語を主題として複数の香木を組み合わせ、その組み合わせを当てる遊びである。源氏香では、五種の香木を各五包、合計二十五包用意して、ここから五包を順不同に選び、五回焚いてかぎわける。五回すべて同じ香となる場合から全部異なる香となる場合まで、組み合わせは五十二種類の可能性があり、それを五本の縦線に横線を組み合わせた図で示す。図２の「源氏香の見方」が示すように[11]、五本の線は右端の一回目からはじまり、左端が五回目を意味する。同じ香は横線で連結し、あわせて五十二の図形ができる。この五十二通りから『源氏物語』五十四帖を連想してできたのが源氏香図である。五十四帖から初巻「桐壺」と最終巻「夢浮橋」を除いた五十二の名前がつけられている。

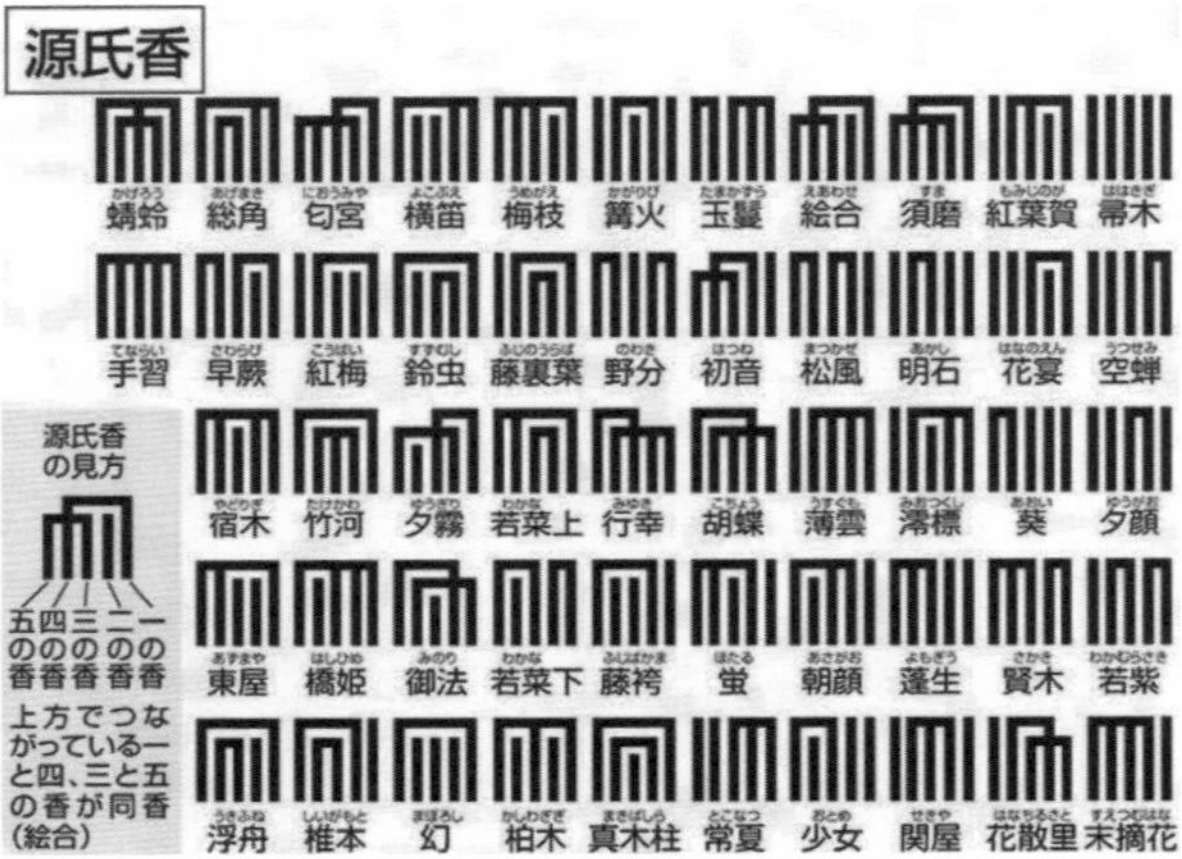

図２：源氏香

図３：「乾」卦（左）
源氏香図「箒木」（右）

明石巻を例に『源氏歌占』の内容を見ていこう（図１）。源氏香図・巻名の「明石」・明石の浜の絵が添えられている。続いて、和歌が二首。○印に続く一首目は明石巻に見え、二首目は「姫螺貝」を題とする。

○秋の夜の月毛《つきげ》の駒《こま》よわが恋《こ》ふる雲居をかけれ時の間《ま》も見む

姫螺貝
住吉《すみよし》の松や昔《むかし》の友《とも》ならむ岸《きし》の姫《ひめ》になあまた寄《よ》るなる

一首目は、月の美しい夜に光源氏が月毛の馬に乗って明石の君をはじめて訪れるとき、入江の月を見て都を恋しく思い詠んだ歌である。次ページは「○歌の意」に続けて、明石巻の概要とこの歌が詠まれた状況の説明がある。

組香の主題には和歌が用いられることが多い。図4[12]のように、源氏香図は和歌を伴って浮世絵の題材にもなった。『源氏歌占』が書かれた江戸末期、『源氏物語』のカルタや双六がつくられた。図5[13]のように、それらに源氏香図と歌が添えられることもあった。『源氏歌占』の歌は、これらのかるた（図6[14]）や双六の各帖に一首ずつ用いられたものと共通しており、その影響が見てとれる[15]。

二首目を見よう。貝の歌である。「姫螺貝」の題は明石の姫君にちなむ。歌は、岸の姫螺貝が多く寄るという住吉の松は昔からの友だろうという意味。明石巻で住吉の神の導きによって明石との縁が結ばれたことから「住吉の松」が詠まれている。

この歌の「住吉の松」「昔の友」「岸の姫にな」から想起されるのは、次にあげる『古今和歌集』の歌である。

我見ても久しくなりぬ住の江の岸の姫松いくよ経ぬらむ（よみ人しらず・雑歌上・九〇五）

図４：「源氏香の図　明石」一陽斎豊国画
江戸末期（国立国会図書館蔵）

図６：源氏かるた「明石」札、江戸末期（早稲田大学図書館九曜文庫蔵　文庫30 a0339）

図５：「（源氏双六）俳優似顔東錦絵　一」（抜粋）、江戸末期（国立国会図書館蔵）

誰をかも知る人にせむ高砂の松も昔の友ならなくに　（藤原興風・同・九〇九／百人一首）

「姫螺貝」の歌に、右の二首の「住の江の岸の姫松」「松も昔の友」が意識されているのは明らかで、「姫松」を巻き貝の「姫にな」としたところが歌の要である。

他の巻についても、二首目はすべて「貝」にまつわる。夕顔巻は「夕顔貝」、末摘花は「紅粉貝」、須磨巻は「千鳥貝」など、各巻とイメージを共有する貝が題となっている。

では、なぜ貝の歌なのか。その理由は本書に言及されていないが、『源氏物語』のカルタや双六にも貝合わせの貝が描かれる例があり[16]、『源氏物語』といえば「貝」というイメージがあったのだろう。

さらに本書の末尾には、この書が「男女会合を以て体と為」し、天地の陰陽の働きを示し、日本の「易」というべきものだとある。二枚貝はぴたりと合わさって対になることから夫婦和合の象徴とされてきた。「貝」の歌が添えられているのは、貝が「男女会合」に関わる縁起物だからでもあるのだろう。

本書の後半は、源氏香図と巻名に易占の卦があてはめられている。占いの結果を示す易経の卦辞と『源氏物語』の歌が載る。「明石」の場合、「晋」の卦である（図7）。『易経』にある「晋」の卦辞「明出㆓地上㆒晋。君子以自昭㆓明徳㆒」と明石巻で光源氏が詠んだ「みやこ出でし春の嘆きに劣らめや年ふる浦をわかれぬる秋」が記されている。この歌は、源氏が帰京に際して明石の入道との別れを惜しみ、都を離れた春の嘆きにも劣らないと詠んだものである。

「晋」卦は「火地晋」とも言われ、火（太陽）の卦が地の卦の上にある形である（図8）。その解釈を示す卦辞「明、地上に出ずるは晋なり。君子以て自ら明徳を昭《あきら》かにす」は、明るいものが地上に出たことを示すのが「晋」で、君子は自分の明らかな徳をさらに昭らかなものにするという意味である。「晋」卦は、「明」が「明石」に通じ、明石から帰京した光源氏の華やかな未来に

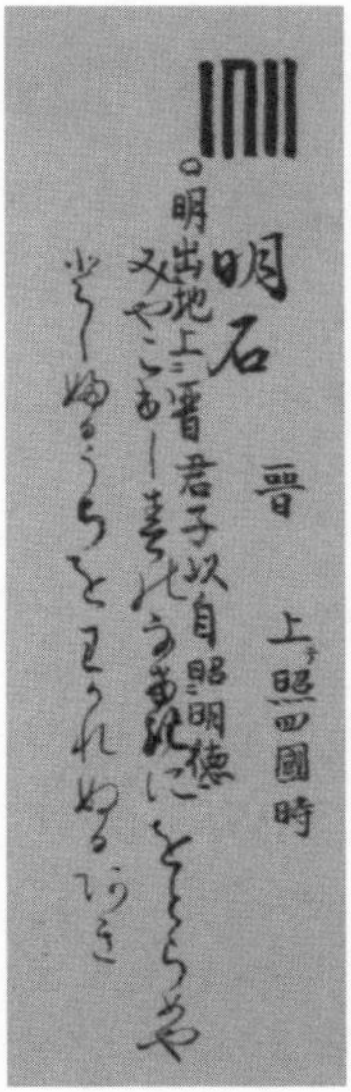

図7：『源氏歌占』明石・晋

図8：「晋」卦

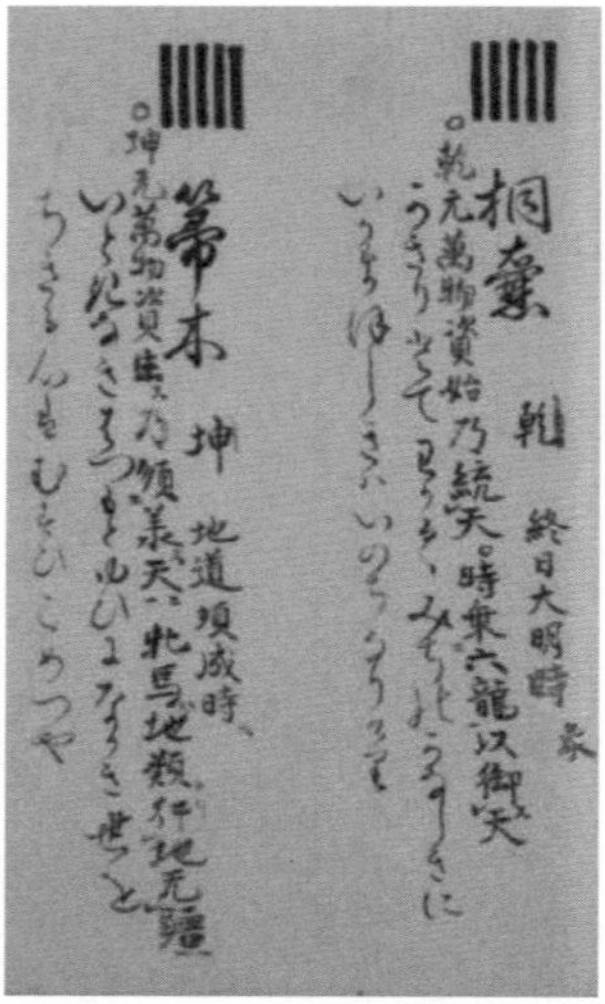

図９：『源氏歌占』桐壺・帚木

もふさわしい。

先に触れたように、源氏香図は桐壺と夢浮橋の巻を除いた五十二種の図である。一方、それに当てはめられる『源氏物語』は、桐壺・夢浮橋・雲隠の巻を加えた五十五帖。数が違うものを、いったいどう配当しているのだろうか。図9を見ると、その謎が解ける。桐壺と箒木が同じ図となっている他、手習巻と夢浮橋巻にも同図が用いられている。

なお、本文のない雲隠巻の和歌に何が選ばれているのかも気になるところだろう。雲隠巻では『源氏物語』内の歌ではなく、百人一首所収の紫式部の歌が引かれている。雲隠れした月に慌ただしく再会して別れた友をたとえた「めぐり逢ひて見しやそれともわかぬ間に雲隠れにし夜半の月かな」（新古今集・雑上・一四九九／百人一首）である。

では、この五十五帖の歌や卦を、どのような方法で選び出して占ったのだろう。本書の「凡例」によれば、五行の「木・火・土・金・水」とそれに対応する四神と中央（青龍・朱雀・中央・白虎・玄武）、五季（春・夏・土公・秋・冬）・五常（仁・義・信・礼・智）・五色（青・赤・黄・白・黒）・五大（地・水・火・風・空）を並べる。それを二十五本にして竈の中に入れ、誠心を神に告げてから、五本を選び出して机の上に順に並べ、五行の順逆や異同連続の組み合わせの形から源氏香図をあらわし、それに該当する『源氏物語』の巻の歌を選び出して吉凶を知るのだという。

このように、『源氏歌占』は、中国伝来の陰陽五行説に基づく易占と結びつくことで占いとして成立している。江戸時代の占い本には易占の影響が大きい。男女の恋愛を描いた『源氏物語』も、男を「陽」、女を「陰」とする易の思想と関連づけられたのである。

『源氏歌占』の前半は、源氏の巻々に収められた歌とその解説である。この部分だけ見ると、占書というよりは、江戸時代に何度も版を重ねた『源氏小鏡』などの『源氏物語』の梗概書を簡略にしたような趣がある。こうした特徴からすると、『源氏歌占』は、当時流布していた『源氏物語』のカルタや双六と同様、遊びながら『源氏物語』の世界を楽しめる占い本といってよいだろう。

今のところ、『源氏歌占』は、この一冊以外に伝本が見いだせない。(17) 当時、どのくらい享受されたかは不明だが、明治時代にも『源氏物語』の和歌と源氏香図に陰陽五行を結びつけた占い本が刊行されている。続いて、それを見ていこう。

四　明治時代の『源氏遊びうた占』

富井楠次郎編『源氏遊びうた占』（明治二十六年（一八九三）六月刊）は、『源氏物語』の和歌による遊戯的な占いである。国立国会図書館デジタルライブラリで小冊子（全三十六頁）の画像を見ることができる。(18) 残念ながら原本は未調査だが、同志社女子大学の今出川図書館には、同じ冊子が一枚の摺物（画工：川井四郎）と遊戯用の駒札とともに蔵されている。五行の構成要素である「木・火・土・金・水」を記した駒札が各五枚、合わせて二十五枚付属する。一枚の摺物は絵双六のような大判の紙で、そこに源氏香図と挿絵・和歌が一枚に刷られたものと推察される。

小冊子によれば、五本の線で構成される源氏香の図から陰陽五行との結びつきを着想して考案されたものという。五行の「木・火・土・金・水」を記した二十五枚の札を五人に配り、手元に回ってきた札の組み合わせで『源氏物語』のどの巻に相当するかを知る。

明石巻の結果を次にあげる。引用にあたって濁点・句読点をふり、漢字をあてるなどして読みやすい表記に改めた。

明石　　半吉　秋の夜の月毛の駒よわが恋ふる雲居をかけれ時の間も見む

心ばかり思ひあがりて、その身の及ばざる御くじなり。しかしながら、心ざし秋の夜のごとく冴えわたりて、曇りなくつとむれば、一時世に出る事あるべし。油断すべからず。待人は一寸あふ事あれども、物語る暇なし。悦び事はあれども遅し。思ひ事は月半ばに叶ふ。争ひ事は長くなれども夜の明くるごとくあかりたつ事あり。嫁取り婿とり半吉。旅立にはよし。

内容は、巻名・吉凶・該当巻の和歌・運勢の説明で構成されている。「半吉」「大吉」のように吉凶があり、「その身の及ばざる御くじなり」という説明からわかるように、「おみくじ」としての特徴が強い。「悦事」「思い事」「争ひ事」「嫁取り婿取り」「旅立」の項目もある。このような項目ごとの解説は江戸時代に流行して現代まで継承されている仏教系のみくじ本、観音籤（元三大師御籤）にルーツがある。一ページ目の冒頭にも「御鬮うた占」という題名があるから、「御《み》鬮《くじ》」を意識したものだろう。

　和歌占いの歴史をたどると、当初は吉凶がなく、和歌だけで結果を示すものだったが、時代が下ると吉凶が加えられる傾向がある。これは江戸の吉凶のない『源氏歌占』と明治の吉凶つきの『源氏遊びうた占』にも当てはまる。

　和歌は『源氏歌占』の明石巻と同じだが、解説の「心ばかり思ひあがりて、その身の及ばざる御くじなり。……油断すべからず」は、心ばかりが思い上がって立身に及ばないが、秋の月のように心ざしが冴えわたって曇りなく努めれば、やがて世に出ることになるだろう、油断してはいけないと説く。「秋の夜の月」は歌の表現に基づくが、解説の内容は、歌の意味ではなく、明石に流離した光源氏の状況をふまえている。

　他の巻を見ても、この占書の解説は、各巻あるいは『源氏物語』全体のストーリーをふまえた内容となっている。それがよく読み取れるのが、次にあげる桐壺巻である。

　桐壺　大吉　いときなき初もとゆひの長き世をちぎる心は結びそめつや

万人に敬はれ、尊とき人にもとり用いられ、立身出世するみくじなり。しかしながら、身の慎しみよろしからざれば、かへって身を滅ぼすもとひとなる。よくよく慎しむべし。

この「いときなき」の歌は、光源氏が元服して左大臣家の婿になるときに、父帝が左大臣におくったものである。幼い光源氏が元服してはじめて髻を結ぶとき、その組紐の元結に、左大臣家の娘との縁を末永く結ぶ意味が込められている。和歌は祝意に満ちているが、その後に続く解説は、万人に敬われて尊い人に取り立てられて立身出世するものの、慎まないと身を滅ぼす元凶となるという内容で、歌と解説が一致しない。この解説は、『源氏物語』のストーリーに依拠するもので、源氏が元服して左大臣家の婿となって将来の立身出世が期待される様子と、その後の恋愛に端を発する波乱の人生の双方をふまえている。

以上、江戸時代と明治時代の『源氏物語』の占い本の内容と特徴を見てきた。最後に、現代の源氏物語占いを紹介しよう。

五　平成の源氏物語占い――キャラクター占いの流行

現代の『源氏物語』にまつわる占いは、二〇〇〇年以降に作られるようになった。占いの結果を登場人物で示すキャラクター占いがほとんどである。その背景にあるのが、一九九九年から二〇〇〇年頃に大流行した「動物占い」だ。生年月日で導きだす四柱推命の十二運星をサルやライオンなど十二種類の動物になぞらえた占いである。そのわかりやすさから、以後、特徴的なキャラクターで結果を示す占いが人気を博すようになった。

二〇〇〇年四月には、宝塚歌劇花組で愛華みれ主演「源氏物語　あさきゆめみし」（二〇〇〇年、脚本・演出：草野旦）が上演された。現代の源氏ブームのきっかけとなった大和和紀の漫画『あさきゆめみし』を原作とした公演で話題となった。[19] 同年にビデオ版「源氏物語　あさきゆめみし　Ｌｉｖｅｄ　ｉｎ　Ａ　Ｄｒｅａｍ」（監督：三枝健起、脚本：唐十郎、主演：愛華みれ）や『宝塚写真絵巻　源氏物語あさきゆめみし』（講談社、二〇〇〇）も発売されている。同じ時期に映画「千年の恋　ひかる源氏物語」（二〇〇一年一二月公開、東宝、監督：堀川とんこう、主演：吉永小百合［紫式部］、天海祐希［光源氏］）の公開もあった。

ちょうどこの時期、『源氏物語』の占い本が立て続けに三冊出版されている。次の（1）〜（3）である。一般向けの源氏物語占いはこの時期に集中しているから、動物占いと宝塚の舞台の人気にあやかって作られたものだろう。

（1）真木澪『あなたの姓名でわかる！源氏占い』（王様文庫、三笠書房、二〇〇〇年一〇月）
（2）小野十傅『千年を経て甦る愛と官能　決定版　源氏物語占い』（講談社、二〇〇一年五月）
（3）岡野猛『源氏物語　数秘学うらなひ』（小学館文庫、二〇〇二年三月）

どの占いも『源氏物語』の登場人物によるキャラクター占いで、名前や生年月日から特定の数やアルファベットを導いてキャラクターを特定する。（1）『あなたの姓名でわかる！源氏占い』と（3）『源氏物語 数秘学うらなひ』は、どちらも名前から特定の数字を導き出して占う姓名判断で、（2）『千年を経て甦る愛と官能 決定版 源氏物語占い』は生年月日に基づいて占う。

（1）は名前には人間の運を象徴する神秘的な力＝「数」が秘められていると考え、自分の名前［ひらがな］を九つの数字に置き換えて占う。そうして得られた運命数から、男女九人の守護姫（朧月夜、明石の上、紫の上、葵の上、夕顔、花散里、六条御息所、藤壺、末摘花）・守護人（光源氏、桐壺帝、頭の中将、髭黒の大将、匂宮、惟光、夕霧、薫の君、朱雀帝）を知る。

（3）は、数秘学研究家の岡野猛によるオリジナル占いである。名前に宿る言霊のパワーを数値に置き換えるという古代ギリシャの数秘学を、日本の万葉仮名で実現したものという。自分の名前を万葉仮名に与えられた数値にあてはめて計算すると、『源氏物語』に登場する個性豊かな十人の女性（紫の上・夕顔・六条御息所・朧月夜の君・空蝉・葵の上・西の御方・明石の女・女三の宮・薄雲）のタイプに分類され、性格や運勢、相性などがわかるようになっている。

（2）は、天文占術研究家の小野十傅による占い本である。「決定版」とあるように、（1）（3）に比べて占法も内容も凝っている。占い方は、まず「源氏物語暦」で自分の生まれ年と生まれ月に対応する数字とアルファベットを探し、その数字に自分の誕生日の数を足して特定の数を導きだす。さらに、その数とアルファベットが交わるところを「貴人対応表」で見ると、当てはまるタイプがわかる。

この占いのベースになっているのは中国の五行説だという。万物を木火土金水の5つのエレメントに分類する五行説に重ね合わせ、どのタイプの姫君かを導き出すとされる。

さらに、『源氏物語』に登場する十四人の姫君の性格、背景、恋の足跡の分析により、占う人の性格や恋のスタイルをはじめ、ハマりやすい恋の罠、フェロモン指数、フェティッシュや性倒錯の傾向をも明らかにする「究極の」恋愛占いだという。女性は十四人の姫君（藤壺・空蝉・葵の上・紫の上・朧月夜・花散里・夕顔・女三ノ宮・明石の君・玉鬘・雲居の雁・宇治の大君・浮舟・六条の御息所）、男性は光源氏の性格を登場場面ごとの特徴で分類した十四タイプの源氏（百道・白玉・葡萄・瑠璃・夏草・枯葉・若竹・篝火・紺碧・山吹・春空・冬海・桃爪・墨染）に分けられている。

『源氏物語』における各キャラクターの性格や人間関係図を紹介するのは三冊に共通だ。（2）は、それらに加えて、平安時代年表と『源氏物語』との関わり、各姫君のタイプに関連する『源氏物語』の概要、おすすめの帖、恋文と歌が紹介されている点に特徴がある。江戸の『源氏歌占』のように、『源氏物語』の入門書としての性格も備えているといってよいだろう。なお、この占いには、生年月日を入力すると占えるインターネット版もあったが、すでに存在しない。

この本の刊行に先立って、小野十傳による源氏物語占いは女性誌の特集で注目を集めていた。十代・二十代向けの女性誌『non-no』（集英社、二〇〇〇年九月二十日号）の「占スペシャル「一四名の姫君占い」私いったい誰?」である。書籍刊行後にも『With』（講談社、二〇〇一年九月号）

がうかがえる。

「話題の「源氏物語占い」で知る、恋の宿命（さだめ）」の特集があり、当時、話題となったこと

このように、当時ある程度の関心を集めたものの、源氏物語占いの書籍は現在いずれも絶版である。一時的な流行で出版されたが、ロングセラーになることはなかった。

以後はインターネットの占いが主流となり、現在、さまざまな『源氏物語』の占いがある。このうち『源氏物語』に登場する宿曜占星術や源氏香図をふまえるのが、占い総合サイト占い@Niftyの「源氏秘占抄　六十八の星と物語でつづるあなたの運命」［占者：佳井宏樹、二〇〇八年開始］(20)である。占法はカード占いの「源氏物語でひもとくあなたの今」と宿曜占星術「月と星で読み解くあなたの運命」の二種類。一回三百円〜五百円の有料とあって、メニューは豊富で、「怖いけれど…やっぱり知りたい恋の結末」「星に刻まれた愛のさだめ　あなたとあの人、二人はどんな宿縁で結ばれている？」をはじめ四二種類ある。

カード占い「源氏物語でひもとくあなたの今」は、源氏香図の意匠をもちいたカードを直感で二枚引くと、『源氏物語』の四十場面から一つが選ばれる。その場面を自分の現状や未来を知る象徴として読み解いていく。源氏香図をあしらう点で、先に紹介した江戸時代の源氏文化をふまえたものといえる。

試しに「まだ見えぬ先の未来　もうすぐあなたに何が起こる？」というテーマで占ってみると、まず「現状」として「花散里」の札が出た。これは、浮名を流してきた源氏が不遇の身の上

となったとき、その心が求めたのは花散里の物静かな温かさであったことから、その札を引いた人が本当に求めているのも、ほっと一息つける場所、そして、信頼できる環境と仲間だという。

少し先の「未来」として引いたのは「常夏」。「常夏」には、おてんばな近江《おうみ》の君が囲碁を打つ様子が描かれている。この札を引いた人は、そんな近江の君と同様、無理に自分の個性を殺しても裏目に出るのがおちで、誰かに闘争心を燃やすのは悪いことではないけれど、相手と自分を比較して自分を卑下したりすれば、かえってあなたの株を落とすことになりかねないという。このように、どちらの札も、各巻の内容になぞらえて結果が書かれている。

「月と星で読み解くあなたの運命」は「宿曜占星術」に基づく占いだという。占術説明に「この占いは、源氏物語が成立した平安時代から使用されてきました。源氏物語のなかでも、父帝が宿曜師に光源氏の運命を見定めさせる場面が登場します」とあるから、『源氏物語』ゆかりの占いとして宿曜占星術が選ばれたものだろう。さらにこの占いは「当時使用されていた『十二宮立成図（西洋占星術でいうホロスコープ）』を再現し」、「現在の計算方法を加え、的中率を高めているのだという。ここで書かれる「再現」がどのようなものかは明らかでない。研究上は、『源氏物語』の時代におこなわれていた宿曜道は南北朝か室町時代初期には衰退したと考えられている。(21)

ここまで紹介したのは、ほとんどが占術研究家やベテラン占い師が作成した占いである。一方、現在インターネット上で試すことのできる源氏物語占いは、専門家が作成しておらず、手軽で無料のものが多い。

①「あなたの恋の本性を暴く！源氏の女たち占い」［監修：堀江宏樹、占い：koiunreki 編集部］
②「源氏物語　お姫様診断」（シナリオライター・占い師　浦井アンナ、二〇〇六〜）
③「源氏物語診断」（「診断メーカー」サービスで作成）
④「源氏物語人物診断」（同右）
⑤「源氏物語占い」（「占いメーカー」サイト「キャラクター占い」で作成）
⑥「源氏物語成分　占い」（「占いメーカー」サイト「キャラクター成分分析占い」で作成）
⑦「源氏物語相関図占い」（「占いメーカー」サイト「キャラクター相関図」で作成）

①「あなたの恋の本性を暴く！源氏の女たち占い」(22)は、女性向けの無料占いサイト・プルモア上にある。名前をローマ字表記して母音を抜き出し、それを数字に置きかえて占う。姫君タイプは、1葵の上、2女三宮、3夕顔、4末摘花、5朧月夜、6紫の上、7明石の上、8六条御息所、9藤壺の九人。歴史エッセイストの堀江宏樹が監修し、開運占い雑誌『Koiunreki（恋運暦）』（イースト・プレス刊）の編集部が占いを作成している。

②「源氏物語　お姫様診断」(23)は占いというよりキャラクター判断チャートだ。四つの質問にイエス・ノーで答えていくと、『源氏物語』に登場する姫君タイプがわかる。女性向けのウェブメディア「OTONA SALONE」のサイト内で提供されており、シナリオライターで占い師の浦井アンナにより作成されたものである。

二〇〇七年以後、インターネット占いがさらに簡略化していく。そのきっかけは「脳内メーカー[24]」の流行だろう。「脳内メーカー」は名前を入力してクリックすると脳内を表現したという図を表示するウェブ上の無料サービスである。二〇〇七年六月に公開され、同年十月までに5億アクセスを突破したという[25]。第12回「Web of the Year 2007」の話題賞を受賞し、JKチョリソー『脳内メーカー　オフィシャル・ハンドブック』（ワニブックス、二〇〇七）も出版された。公式サイトに「脳内メーカーは占いでも診断でも無く、あくまでお遊びのジョークツール」とあるが、占い的に享受されることも多く、以後、「診断メーカー」や「占いメーカー」など、ワンクリックで結果がわかる無料のウェブサービスが流行する。

「診断メーカー」は、名前を入力すると結果が出るおもしろ診断を簡単に作成できるサービスである。公式サイトの説明によれば、診断結果は入力された名前に応じてランダムに結果を割り当てる仕組みで、神社で引くおみくじのようなものという[26]。このサイトで作られたのが③「源氏物語診断[27]」や④「源氏物語人物診断[28]」だ。

③「源氏物語診断」は、あなたが『源氏物語』の登場人物になったら、どんな運命が待ち受けているかを診断するもので、名前を入れて「診断する」ボタンを押すと、結果パターン3,833,856通りから文章が作成される。名前の文字列から『源氏物語』のストーリーの要素を組み合わせて診断結果の文章が作られる。たとえば、「ひらの」という名前を入れて入力すると、診断結果は「ひらのは『紫の上です。朧月夜に愛人になるよう迫られて困惑して失踪し左大

臣になり』ました。」となる。名前を漢字表記に変えたり、フルネームにしたりすると異なる結果が出る。いずれも、『源氏物語』のストーリーの一部が無作為に組み合わせられているため、実際の物語を知っていると、そのギャップが楽しめる。

④「源氏物語人物診断」は『源氏物語』の人物にたとえると誰になるかを診断する。結果パターンは二十五通りだが、結果の文章は簡略である。「かなりマイナーめの登場人物もいる」という説明の通り、自分の名前で占ってみると、「平野多恵を源氏物語の登場人物にあてはめると、伊予介（いよのすけ）です。」と出た。伊予介は空蝉の夫で、他の源氏物語占いには登場しない。たしかにマイナーな人物といってよいだろう。

「占いメーカー」は、オリジナル占いを簡単に作成できる無料のウェブサービスだ。いずれも名前を入力して「診断ボタン」を押すと結果がわかり、「診断メーカー」と同じくツイッターなどのソーシャルネットワークサービスで簡単にシェアできる。この「占いメーカー」サイト内には「キャラクター占い」「キャラ成分分析占い」「キャラクター相関図メーカー」などの姉妹サイトがある。それらを使って作られたのが、自分に似た『源氏物語』のキャラクターが分かる⑤「源氏物語占い」[29]、『源氏物語』のキャラクターで自分の成分を占う⑥「源氏物語成分分析」[30]、『源氏物語』のキャラクターと自分との関係を相関図であらわす⑦「源氏物語相関図メーカー」[31]である。

「源氏物語占い」で占ってみると、性格・外見・相性の結果が次のように示された。

性格：平野多恵さんの性格は右近にとても近いですが、一方で明石上的な面も持ち合わせているようです。平野多恵さんの右近度は80％です。

外見・ルックス：平野多恵さんの外見は弘徽殿女御と紫上のちょうど中間地点あたりのようです。平野多恵さんの弘徽殿女御度は62％です。

相性：宇治の大君が平野多恵さんに好印象を持っているようです。　素直な態度が鍵です。

平野多恵さんと宇治の大君との相性は81％です。

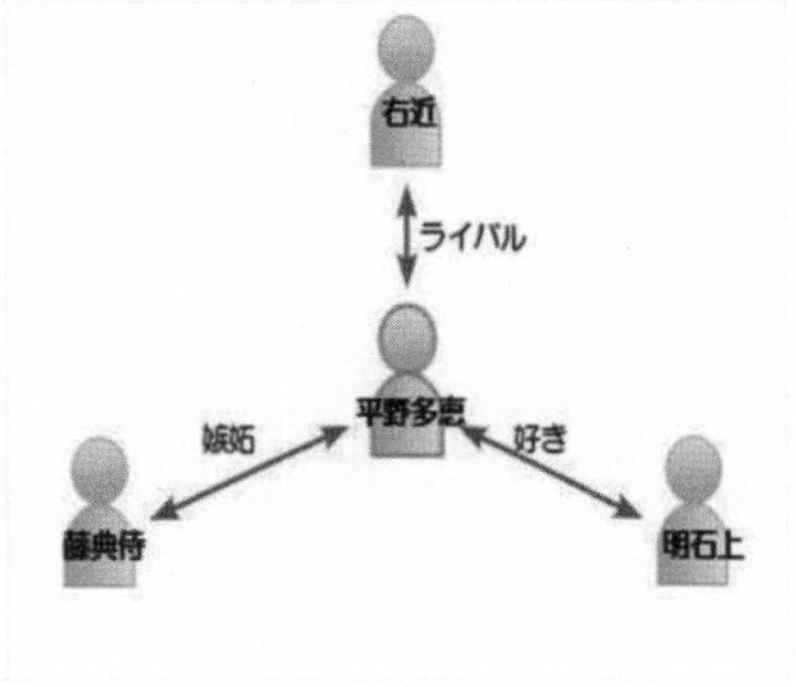

図10：源氏物語　相関図

姉妹サイトの「キャラクター相関図メーカー」で診断すると図10のようになった。もはや『源氏物語』のストーリーからまったく乖離している。「源氏物語占い」のアクセス数は11,203と注目を集めているが、その評価は5段階評価で2.9（18件の評価）と低い。自分の性格などが『源氏物語』の登場人物で示されるが、物語をふまえていていると思って占うと期待はずれだと感じてしまうだろう。

⑤⑥⑦のいずれも源氏物語千年紀（二〇〇八年）にちなんでつくったという説明がある。二〇〇八

年が源氏物語千年紀とされたのは、『紫式部日記』の寛弘五年(一〇〇八)十一月一日条に「若紫」や「源氏」の記述があり、『源氏物語』が読まれていたことが資料で確認されてから千年という区切りの年にあたることによる。この年に『源氏物語』にゆかりの京都府などや文化庁などを中心に源氏物語千年紀委員会がつくられ、講演や舞台、出版など、さまざまな行事が開催された。このような『源氏物語』の記念の年が、インターネット上の占いにも影響を与えたのである。

六　おわりに

以上、『源氏物語』における光源氏をめぐる占いから、江戸・明治・平成の『源氏物語』に関連する占いを追いかけてきた。

その過程で浮かび上がってきたのは、占いと『源氏物語』の流行が結びついて、その時代の源氏物語占いが生まれるということだ。江戸時代の『源氏歌占』の背景には、『源氏物語』の梗概書や源氏カルタ、源氏香図、易占の流行があった。現代の源氏物語占いには、キャラクター占いと漫画『あさきゆめみし』や宝塚の公演、そしてインターネットの影響がある。

それぞれの時代の風を受けて、その時代ならではの『源氏物語』の占いが生まれていく。令和の時代には、どのような源氏物語占いが生まれるだろうか。新たな源氏物語占いの誕生を楽しみに待ちたい。

注

（1）高麗の相人の言葉については、吉田幹生「高麗の相人の言葉について：光源氏論のために」（『国語国文』八五―一二、二〇一六年一二月）参照。

（2）以下、宿曜については次の研究によった。桃裕行「宿曜道と宿曜勘文」『桃裕行著作集第八巻　暦法の研究（下）』（思文閣出版、一九九〇年）、山下克明『平安時代の宗教文化と陰陽道』第三部第二章「宿曜道の形成と展開」（岩田書店、一九九六年）。

（3）注（2）山下論文。

（4）藤本勝義「源氏物語における宿曜の背景」『源氏物語の想像力』（笠間書院、二〇一四年）。史料における宿曜師の活動の初見は、『小右記』天元五年（九八二）五月十六日条で興福寺の仁宗が藤原実資のために宿曜を勘申したもの。

（5）中島和歌子「『源氏物語』『栄花物語』と宿曜道―附『浜松中納言物語』の宿曜道、厄年・観相」（『札幌国語研究』23号、二〇一八年三月）。

（6）注（2）山下論文。

（7）江戸時代には陰陽道に基づく暦と占いの生活百科、いわゆる「大雑書〈おおざっしょ〉」が出版されて普及し、そこに男女の相性や日取りの良し悪し、易の占いやおみくじ、夢占なども取り込まれた。

（8）易占の流行がおみくじ本に影響を与えたことについては、拙稿「〈予言文学〉としてのおみくじ」（『〈予言文学〉の世界：過去と未来を繋ぐ言説』アジア遊学一五九号、勉誠出版、二〇一二年一二月）。

（9）『源氏歌占』早稲田大学図書館古典籍総合データベース所収。
https://www.wul.waseda.ac.jp/kotenseki/html/bunko30/bunko30_a0271/index.html

（10）素鵞川照信は未詳。本文中に朱や墨の書き入れや白墨による訂正が多く見られるため、草稿本の可能性が高い。

（11）『デジタル大辞泉』「源氏香」ジャパンナレッジより転載。

（12）「源氏香の図　明石」国立国会図書館デジタルコレクション所収。https://dl.ndl.go.jp/info:ndljp/pid/1305946

（13）「（源氏双六）俳優似顔東錦絵　二」（抜粋）国立国会図書館デジタルコレクション所収。https://dl.ndl.go.jp/info:ndljp/pid/1311256

（14）源氏かるた「明石」札（江戸末期）早稲田大学図書館九曜文庫、古典籍総合データベース所収。https://www.wul.waseda.ac.jp/kotenseki/html/bunko30/bunko30_a0339/index.html

（15）源氏物語かるたに用いられた「一帖一首一図」は『源氏物語』の梗概書に基づくことが明らかにされている。上野英子「文芸資料研究所蔵『源氏カルタ』について―源氏物語における〈一帖一首一図〉資料との関係を中心に―（調査報告八六）」（『（実践女子大学）年報』二七、二〇〇八年三月）、塩出貴美子「「源氏物語かるた」考―源氏絵の簡略化・抽象化・象徴化―」（『奈良大学紀要』四一号、二〇一三年三月）参照。

（16）貝の図柄の源氏カルタについては注（15）塩出論文参照。時代は下るが絵双六の例に三宅半四郎編「源氏五十四帖双六」明治三三年（一九〇〇）がある。早稲田大学図書館九曜文庫、古典籍総合データベース所収。https://www.wul.waseda.ac.jp/kotenseki/html/bunko30/bunko30_b0333/index.html

（17）同一本ではないが、源氏の和歌占いとして他に以下の二冊の存在が知られる。一点は江戸後期写本『源氏歌占』（『研優社　平成二十六年秋期古書目録』１２５掲載）。現在は所在不明だが、『源氏物語』の各巻の和歌と易卦を重ねたもので、写真から判断するに本書と内容は異なるようである。もう一点は立正大学所蔵の奈良絵本仕立ての『源氏物語占ひ』。源氏香図が記されているようだが詳細は不明。

(18) 富井楠次郎編『源氏遊びうた占』国立国会図書館デジタルコレクション所収。
https://dl.ndl.go.jp/info:ndljp/pid/861426

(19) 現代の源氏文化や『源氏物語』関連の出版物については小町谷照彦「源氏文化の現在」や立石和弘「『源氏物語』関連出版と解釈共同体―婦人雑誌・本質主義・レイプ・光源氏計画―」（倉田実編『講座源氏物語研究第九巻　現代文化と源氏物語』おうふう、二〇〇七年）で概観されている。

(20) 「源氏秘占抄　六十八の星と物語でつづるあなたの運命　http://www.nifty.com/genzi/

(21) 注（2）桃論文・山下論文。

(22) 「あなたの恋の本性を暴く！源氏の女たち占い」https://www.plumoi.jp/fc/kininaru/sp06/

(23) 「源氏物語お姫様診断」https://otonasalone.jp/5830/

(24) 脳内メーカー　https://maker.usoko.net/nounai/

(25) Ｗｉｋｉｐｅｄｉａ「脳内メーカー」参照。https://ja.wikipedia.org/wiki/%E8%84%B3%E5%86%85%E3%83%A1%E3%83%BC%E3%82%AB%E3%83%BC

(26) 診断メーカー公式サイト「診断メーカーとは」https://shindanmaker.com/c/about#2

(27) 源氏物語診断　https://shindanmaker.com/74693

(28) 源氏物語人物診断　https://shindanmaker.com/479672

(29) 源氏物語占い　http://bluesnap.net/character/ncp8p9.htm

(30) 源氏物語成分分析占い　http://bluesnap.net/charaseibun/ncp8p9.htm

（31）源氏物語相関図占い http://bluesnap.net/soukan/ncp8p9.htm

＊本稿の執筆にあたり、久保田篤氏から『源氏歌占』の解読に関してご教示たまわった。また、国立国会図書館デジタルコレクション、早稲田大学図書館の古典籍総合データベースより貴重な資料を掲載させていただいた。この場を借りて御礼申し上げる。
＊本稿は科学研究費補助金 基盤研究（c）課題番号 K02226 による成果の一部である。
＊ウェブサイトはすべて二〇二〇年一二月一九日最終閲覧。

第十章　近代演劇と『源氏物語』

——受容小史稿　山田美妙から唐十郎まで——

林　廣親

一　はじめに

講談社の『日本近代文学大事典』には、「近代文学と源氏物語」（竹西寛子）の項目があるが、扱われているのは現代語訳と小説だけで戯曲は視野に入っていない。文学研究と演劇研究の棲み分け意識をそこに見ればそれまでだが、かと言って「近代演劇と源氏物語」が演劇関係の事典に立項されるようなことは起こっていない。

もとより戯曲と舞台と俳優からなる演劇では、源氏受容史の広がりと奥行きの全体を見渡すことは容易でない。近代演劇の舞台は、歌舞伎、新派、新劇、さらに小劇場演劇、宝塚歌劇など多様であり、さらに放送劇としてラジオ、テレビのドラマに一人舞台の朗読、そして映画もある。劇場史や劇団史、それに番組の記録などはあっても、たまたま見たもの以外は具体的な中身の知れにくい世界である。

管見では演劇分野の源氏受容史研究としては、上坂信夫の『源氏物語転生―演劇史にみる―』(1)が、まとまった唯一のものかと思われる。ただし、著者は源氏研究の専門家でもあることから、近代演劇だけを対象としたものではない。「まえがき」には「わが国の演劇史に、「源氏物」と称すべき一群の作品があり、これからも作り続けられるであろうけれど、この書物では、現時点で扱える限りでそれらを整理し、『源氏物語』転生のあと―どういう所を、どういう風に演劇化したかを辿ってみる」とあり、Ⅰ　古典演劇（能楽・浄瑠璃）、Ⅱ　現代演劇（現代歌舞伎・文楽・新劇　その他）、Ⅲ　放送・映画（ラジオ放送・テレビドラマ・映画）の多岐にわたり、台本等の資料引用による作品紹介と附説を試みた労作である。

こうした仕事に接すると、データベース的な資料構築の労苦と愉楽や、その成果の貴重さを思わざるを得ない。しかし上坂の場合作品紹介に主眼があり、また対象が多様であるために、歴史的なパースペクティブの概念を提案するには至っていないうらみがある。それゆえ拙稿では、対象を明治以降の演劇、それも戯曲に見られる『源氏物語』受容に的をしぼった史的展望を試みたい。未だそれを一覧できるような年表も無いため、まずリストアップからはじめたが、諸般の事情から未見のテクストもあり、画像によらざるを得ないものもある。たたき台のレベルを出ないのが残念だが、虫食いや臆断のそしりを覚悟しながら展望してみよう。

二　年表について

次の年表は管見に入った書物から材料を拾い上げて突き合せる方法に拠っている。[2] 前述の『源氏物語転生』その他の関連書籍、ネット上の記事等とも照合しながら収集した。上限は明治二十年代になったが、下限はドラマ化に新しい傾向が出現した一九七〇年代までとした。おそらく遺漏はあるにしても、明治以降の演劇における『源氏物語』の受容動向を考える目安として、とりあえずはこれで事足りると考えている。

『源氏物語』関連作品年表

明治二十七年（一八九四）五月　山田美妙「光源氏寝覚睦言」、「夕涼み」『春夏秋冬』（博文館）。

四十年（一九〇七）十月　榎本虎彦「葵の上」（二幕）、歌舞伎座で上演。

＊

昭和五年（一九三〇）三月　岡鬼太郎「源氏物語葵之巻」（一幕二場）、『歌舞伎』、同月歌舞伎座で初演。

八年（一九三三）八月　瀬戸栄一「花柳怪談葵の上」、『劇と評論』、同月東京劇場で初演。

十二月　番匠谷英一「源氏物語」、『文芸』。

九年（一九三四）八月　葉山照子「源氏物語」、『舞台』。

十年（一九三五）六月　番匠谷英一『戯曲　源氏物語　二部曲』（河出書房）。

十一年（一九三六）四月　番匠谷英一『宇治十帖』（河出書房）。

十二年（一九三七）十一月　大村嘉代子「葵の上」、『舞台』。

十四年（一九三九）五月　木村富子「源氏物語　葵より賢木へ」、『草市　戯曲集〔他八篇〕』（中央演劇社）。

*

二十六年（一九五一）二月　榊原政常「しんしゃく源氏物語（末摘花の巻）Farce sentimental」（一幕四場）、『悲劇喜劇』。

四月　舟橋聖一「源氏物語　第一部」（七幕十四場）、『婦人公論』。

九月　北條秀司「浮舟」（七景）、『婦人公論』。

二十七年（一九五二）六月　舟橋聖一「源氏物語　第二部」（八幕九場）、『婦人公論』。

二十九年（一九五四）一月　三島由紀夫「葵の上　―近代能楽集の内―」、『新潮』。

六月　舟橋聖一「源氏物語　第三部」（六幕十二場）、『婦人公論』。

三十七年（一九六二）三月　三島由紀夫「源氏供養　―近代能楽集ノ内―」、『文藝』。

四十九年（一九七四）五月　舟橋聖一「朧月夜かんの君」、『文藝』。

五十年（一九七五）四月　秋元松代「七人みさき」（四幕六場）、『文藝』。

五十一年（一九七六）五月　　円地文子「源氏物語　葵の巻」（五幕七場）、『海』。
五十三年（一九七八）二月　　唐十郎「六号室　―源氏物語「葵」より―」、『新劇』。
五十五年（一九八〇）十一月　唐十郎「ふたりの女」、『沼　ふたりの女』（漂流堂）。

全体の推移を見ると、明治期は二作品のみで大正期には見当たらず、昭和戦前が八作品（番匠谷英一の「源氏物語」は雑誌発表と刊行を仮に区別した）である。戦後しばらくすると急に増えだして、ピークは昭和二十年代後半と五十年代前半に認められる。三、四十年代が少ないのは、商業演劇の場合、舞台化の時点では活字で発表されない作品も多いためで、右表では一作に止まる北條秀司の場合、実際は三、四十年代の活動が極めて旺盛であって、ほとんど一人舞台である。次はその初演年表で、戯曲として選集に入れられたものもある（＊印はのちに『北條秀司戯曲選集』（青蛙房、昭和三十七～三十九年）に戯曲として収められたもの）。

二十七年七月　「空蝉」（三幕六場）明治座。＊　選集Ⅰに収録
三十年　二月　「妄執」（三幕七場）歌舞伎座。＊　選集Ⅶ
　　　十一月　「末摘花」（一幕三場）歌舞伎座。＊　選集Ⅷ
三十二年二月　「明石の君」（八場）新橋演芸場。＊　選集Ⅲ
　　　十月　「続明石の君」（四幕九場）新橋演舞場。

三十三年四月　「うきくさ草子」（舞踊劇）歌舞伎座。「うきくさ源氏」＊　選集Ⅵ
三十四年六月　「落葉の宮」（三幕六場）歌舞伎座。＊　選集Ⅵ
三十六年九月　「光源氏と藤壺」（五景）歌舞伎座。＊　「藤壺　五場」選集Ⅱ
四十一年五月　「源氏絵巻」『舞台劇』。
四十二年五月　「若葉源氏　ミュージカル」（十八景）東宝演芸場。
四十四年四月　「源氏物語匂宮の巻」（舞踊劇十場）新橋演芸場で初演。
四十六年十月　「源氏物語」（三部二十五場）

これを先の年表に重ねてみると、戦後は昭和二十六年以降ほとんど連続して源氏劇の新作が生まれていることが分かるのだが、作家の顔触れは先の年表の方が見やすい。

なお、仮にこの表以後今日までを視野に入れたならば、田辺聖子や瀬戸内寂聴などの新訳が歌舞伎や宝塚歌劇で舞台化され、宝塚では大和和紀の「源氏物語　あさきゆめみし」を脚色した劇がレパートリー化するなど源氏劇の上演は衰えることを知らない。ごく最近では野田秀樹が「The Diver」でお得意のパロデイを上演しているが、本稿ではそれらは取り上げない。筆者の臆断ながら、近代演劇の源氏受容史はこの表の範囲で歴史の一廻りを終えた感があるからだ。

森鷗外の「歴史其儘と歴史離れ」（大正四年）という有名なエッセーがある。「歴史」ではないものの『源氏物語』ほどの古典に取材した場合、作品の興味は原典からの距離の取りようにこそあるだろう。その点小説でも同じように思えるが実はそうではない。小説と決定的に違うのは視覚性と聴覚性であって、衣装一つでも〈付く〉と〈離れる〉の選択問題になる。またセリフの文体をどうするかも難題だ。いわば〈源氏其儘〉から〈源氏離れ〉まで作者のモチーフは一様ではない。

三　明治期の源氏劇

ではそろそろ具体的な展望に入ろう。明治期では二十七年刊行の山田美妙「光源氏寝覚睦言」(3)がまず目を引く。劇界が新派の台頭で大きく動き出した当時に当たる。秋葉太郎は「二十七年頃よりする彼の劇界進出の抱負は随分と野心的なものであり、熱中的であった」としながら、「旧劇(歌舞伎)作法」の習得に努力するという「混迷錯誤」のために劇作家としては成功しなかった」(『日本新劇史　上巻』理想社、昭和三十年)と評している。この戯曲の場合上下二巻からなるセリフ劇で、歌舞伎のスタイルではないが、やりとりは次のようなものである。(句点の有無はママ)

光「ははあ流石は高位の御血筋……あッぱれの御心根。それ故に此の光氏《みつうじ》恥づかしながら疾くより貴方《あなた》に……」

藤「何みづからに……」

光「迷ふて居ります」。

藤「え」。

光「惚れました」。

藤「ええええ」。

トびックリ挙動《こなし》。

「惚れました」のセリフはいかにも美妙らしく新しいが、「光氏」で分かるように基になった作品は『源氏物語』そのものではない。そのパロディとして知られる柳亭種彦の『偐紫田舎源氏』なのである。

義「予《われかね》て予豫てより義尚を差し置き光氏を以ッて足利の家督となさん心を察し、藤の方《ふじのかた》と心を協せ不義者となり予に疎まれ、本妻富徽《とよし》が生み落とせし義尚を世嗣となすべき其魂胆」。

右のセリフは、亡き母「桐」に似た、父足利義政の妾「藤の方」との不義密通が、実は忠孝のためであったという光氏の心底を義政に見ぬかれる場面だが、「藤の方」つまり「藤壺」との密通自体が無かったとする点で、これ以上の〈源氏離れ〉は考えられない劇になっている。内容は『偐紫田舎源氏』の第二編に取材したもの。ただし先に引いた「惚れました」の口説き場面は美妙の創作である。大詰めをふくめて、種彦によるパロディの要に焦点を当てて戯曲化を試みた作品と考えられる。

ところで『湖月抄』などは知っていたはずの美妙(4)が、なぜ『源氏物語』を直接の典拠としなかったのか、というのは愚問かもしれない。要するに当時の一般の観客には「田舎源氏」が、すなわち芝居の源氏であったのだろう。先掲秋葉太郎の評価のように美妙の頭にあった演劇が近世以来の歌舞伎劇だったとすれば、『修紫田舎源氏』からの取材は当然のこととしなければなるまい。

＊

次は、明治四十年十月に歌舞伎座で上演された榎本虎彦の「葵の上」(二幕)である。榎本は、福地桜痴の後を継いだ歌舞伎座の座付き作者であった。利倉幸一編著『続々歌舞伎年代記 坤』(5)に記事がある。配役は六条御息所と生霊が(芝翫)、葵の上(梅幸)、源氏(羽左衛門)というもの。

『総合日本戯曲事典』(6)(「あおいのうえ」の項、菊地明)によれば、この劇は原典から脚色されたものとされており、未確認ながらそれが事実なら最初の例になる。近代の劇は明治もようやく終わり方になってようやく『源氏物語』と直接向き合ったわけである。

戯曲(脚本)は未見だが、幸いなことに長谷川時雨の劇評(7)がある。「―幕があくと、被衣や市女笠の都女と田舎女が立並んで、光君と御息所の御仲を語って入りますと、幕をきって落とし、実に目の覚めるような美しい場面になります。」という幕開きの場はいかにも歌舞伎舞台の定石。車争いから野々宮御所まで六条御息所をめぐるエピソードを一通り押さえて、二幕にまとめた内容だったことが分かる。典拠と比較した個所もあり「原典からの脚色」というのも事実らしい。

それにしても、なぜこの時期に『源氏物語』に直接取材した劇が企てられたのだろうか。年表に見られるとおり昭和五年以降は源氏劇が連続しているが、その先駆というには、間隔が空きすぎている。時期から見てこの劇が出現した背景については論文が一本書けそうだ。というのは当時は近代文学と演劇にとって最も大きな変化の時期だからである。

周知のように、日清戦争から日露戦後にかけては、社会の各方面において近代化が急速に進んだ時代である。明治四十年頃には文壇では自然主義（リアリズム）が勢力になりつつあり、劇界でも新派に続いて新劇の季節がようやく始まろうとしていた。荒唐無稽な趣向がよろこばれた時代は過去のものとなり、「田舎源氏」は舞踊劇として命脈をつなぐばかりとなった(8)。

当時の歌舞伎や新派は、ようやくその季節を迎えた新劇の運動に刺激され、新しい時代にふさわしい脚本を求めていた。各種の演劇に共通したその要求は〈劇作家〉の誕生を促したのである。歌舞伎劇の約束事に囚われなくてよいなら、新作をものするには現代劇より史劇（時代物）の方が実は容易である(9)。森鷗外、谷崎潤一郎、永井荷風らが古典文学に取材した劇を次々に発表し、岡本綺堂の「修禅寺物語」をはじめとする、いわゆる新歌舞伎というジャンルの誕生につながっていく（ちなみに昭和の戦後に源氏劇を最も多く書いた北條秀司は綺堂の弟子である）。とにかく明治末において史劇の新作は一つのブームであったといえる。虎彦の「葵の上」脚色もその流れの中に置けば分かりやすい。

ただ興味深いのは近代の源氏物の流れの中では、この作品が時期的に孤立していることである。なぜ大正期には源氏物が見当たらないのか。『平家物語』や『義経記』に取材した劇は、これ以後も引き続いて多い。

『源氏物語』に取材した劇が続かなかった理由は、『栄花物語』や『紫式部日記』に取材した谷崎潤一郎の「誕生」（『新思潮』明43・9）がほとんど話題にならなかったことから推測されるように、王朝時代の古典に対する一般のなじみや関心が比較的に薄かったことがまずあると考えられる。また『平家物語』などにくらべるとドラマチックな場面に乏しいことも関係しているのかも知れない。

もちろんドラマをどこに見いだすかの問題は単純ではない。しかし『源氏物語』に取材した最初のこの劇がそうであったように、舞台向きのエピソードは六条御息所をめぐる物語が唯一最大のものかも知れない。年表を見てもそれは明らかで、昭和に入って再び源氏劇が書かれ出した時、その最初を飾ったのも六条御息所の劇なのである。

四　昭和戦前の源氏劇

昭和五年三月に歌舞伎座で上演された岡鬼太郎の戯曲「源氏物語 葵之巻」は、明治四十年の榎本虎彦以来ほぼ十五年ぶりに書かれた源氏劇だが、能楽「葵上」のリライトと言うべき作品である。なお発表（『歌舞伎』昭5・3）誌でのタイトルは「――歌舞伎座三月興行中幕上演脚本――源氏物語葵之巻　一幕二場　岡鬼太郎脚色」[10]となっている。

ちなみに『歌舞伎座百年史』に「中幕の『葵の巻』は、梅幸扮する凄艶な六条御息所の嫉妬の件を、前を今井慶松一派の箏曲で、後を栄蔵・和風の長唄で、また舞台美術は松岡映丘と小村雪岱の両画伯で担当し、舞台に『源氏物語』の世界らしいムードが漂っていた」という記事がある。

「葵上寝所の場」と「六条御息所居間の場」との二場からなり、前半は琴唄、後半は長唄が御息所のセリフの心を補っている。以下、『歌舞伎』（昭5・3）より。

御息所。とどろ〳〵と、響くは車の大路を渡すか。

唄〽修法の芥子のいみじき薫りは。

光る君。葵上の物の気を、祈りの護摩の焚き物の、爰までも薫れるは、御息所の二つの身、宵に逢ふたる鬼形《きぎやう》こそ、正さしく人の生きすだまよ。

御息所。ヤ。

ト、袖にて顔を覆ひて避くるを、光る君附け廻す。

左近。あら恐ろしの挑み心。

ト、これにて左近は、上手元の処へ逃げて入る。

御息所。さりとては、強面《つれな》の君よ、男に増して年長けし、女子《をなご》の心の奥を発きて、尚も辱しめ給はんとや。

ト、屹となり、今度は光る君を追ひ廻して、几帳の後を通ると、バツタリ倒れ伏し、衣装は其の儘そこに見えて、又前の場の通りの鬼形の御息所、別に顕れる。

（中略）

光る君。　忍辱慈悲の姿にならせ給へや。

ト、舞台端へ出て合掌しながら、双方見合ふ。

唄〽我が名に報いや廻るらん。

ト、御息所は、魂の中有に浮ぶが如く、或は光る君に執着のあるが如く、舞台の方に心を残す科などいろ〳〵あり、鳴物凄く向ふへ入ると、幕。

引用は（其二）の後半である。（其一）では「六条御息所の生霊、能の面を着け、打杖《かせづえ》を持ちて迫り上が」って始まり、「これは六条御息所の怨霊なり」と名乗って「葵上」「光る君」と争い、（其二）は、御息所の邸に「光る君」が押しかけてきた場面になっている。

その後の攻守の動きが特徴の一つだが、歌舞伎らしく俳優の見せ場を工夫したものかも知れない。巫女が登場しないのも能とは異なる。「横川の小聖」は長唄にして声だけが舞台に流れるが、このやり方について「あの長唄の祈りは、本当は聞こえるのではなくて、感じるのです。だから『霊魂御息所』には聞こえても、光る君には聞こえないのです。（中略）あの祈りの長唄は、祈りの声ではなくて、祈りの法力なのです」（竹下英一「『葵之巻』の話」(11)）という解釈も可能な新しさがある。

この六条御息所劇は、能楽に基づいた近代最初の作品だが、近世では能楽「葵上」はいわゆる「嫐打物《うわなりうちもの》」の歌舞伎や、唄物や弾物の曲のかたちで広くなじまれてきた。それをもとに源氏劇の新作を試みたのは作者の見識であろう。年表が示すように、まもなく始まろうとしている源氏劇の季節の先駆けをなす作品であった。そしてその酣において、番匠谷英一の源氏劇上演が禁止されるという出来事が起こるのだが、この源氏劇ブームの背景には、『源氏物語』の原典自体をめぐる社会状況の大きな変化があった。

主に小説家に目を向けてのものだがそれについての先行研究も多い。(12) 千葉俊二は「近代文学のなかの『源氏物語』」(『講座物語研究第六巻』)で、「文壇が自然主義の文学に席巻されて以降、『源氏物語』は近代の文学者にはまったく忘れ去られ、近代文学にとっては無縁な古典として敬して遠ざけられる不遇な時代を迎え」いたが、Arther Waley による英訳の出現で事態は大きく変わったのだという。Walley の英訳の刊行は第一巻が大正十四年、完成が昭和八年である。千葉は正宗白鳥の文芸時評をはじめとして、谷崎潤一郎、折口信夫から川端康成、堀辰雄、中村真一郎に広がっていった『源氏物語』熱を跡付けている。

『源氏物語』に対する世間一般の関心が育つについては、『新訳源氏物語』(明治四十五年刊)以来の与謝野晶子の取り組みも力があったと考えられる。そして昭和七年の紫式部学会創立は『源氏物語』をめぐる社会的関心の高まりと軌を一にする出来事であったに相違ない。演劇との関係を考えた場合、興行的見地からそうした状況の変化の意味は当然に大きい。

＊

さて年表にもどると、次の作品は昭和八年、新派による源氏劇、瀬戸英一「花柳怪談葵の上」である。新派劇は〈大合同〉によって生き残りを図るまでに追い詰められていたが、昭和六年に瀬戸が書いた「二筋道」で起死回生した。瀬戸は新派作者として花柳界の人情劇を得意としており、「花柳怪談葵の上」も、やはり世界を花柳界に移した現代劇で、夏芝居らしい怪談に仕立てたものである。『喜多村緑郎日記』[13]では八月の東京劇場は連日大入りであったという。原典からほど遠い源氏物だが、新派が観客の受けを考えないで新作を出すはずはない。夏の〈際物〉であるが、この時代の『源氏物語』をめぐる状況に反応した際物性を思うべき作品である。

同じ昭和八年の暮れには番匠谷英一の戯曲「源氏物語」が発表されている。この作品は『源氏物語』のほぼ全体を劇化しようとした初の試みとして、源氏劇の史的パースペクティヴの大きな里程標であると同時に、警視庁の上演禁止命令によって、源氏劇の限界を関係者に知らしめるに至った作品であった。

番匠谷英一は独文学者で現代劇から時代劇まで多くの戯曲を発表した劇作家でもあったが、この源氏劇は歌舞伎の坂東蓑助（六代、後八代三津五郎）による〈劇団新劇場〉の演目として依頼されたものという。蓑助は小山内薫に演劇論を学んで、昭和七年に研究劇団として劇団新劇場を設立した。したがって歌舞伎劇とは区別される必要があり、戯曲も歌舞伎の様式に拠ったものではなかった。

まず上演禁止事件について、『新劇年代記〈戦前編〉』[14]の昭和八年十一月二十三日の記事を次に引いて、整理しておく。なおこの記事も『東京朝日新聞』からの引用が主である。それによれば上演は紫式部学会後援により十一月二十六日から四日間が予定されていた。

「『源氏物語』は過去において断片的に上演されたことはあるが「帚木から須磨まで」一貫した劇として上演されることは新劇場が初めてで、坪内逍遥、藤村作博士が顧問となり、脚色を番匠谷英一、演出を青柳信雄氏、舞台意匠を松岡映丘、安田靭彦両画伯、舞台装置を伊藤嘉朔氏、衣装考証を渡辺滋氏、作曲並びに式を小松清といった、まれに見る堂々たる顔ぶれで、六幕十七場より成り、光源氏を坂東蓑助、伊藤智子が夕顔に扮し、既にふすま、べうぶ等を松岡画伯が描き上げ、切符一万枚を売り尽くして今は上演の日を待つばかりとなってゐたものである」

上演禁止命令が出たのは二十二日であった。『朝日新聞』の記事には警視庁重田保安係長の談話が引かれているが、『源氏物語』自体は偉大な古典文学であるとしながら、問題は脚本であって「光源氏を中心とした当時の人達の姦通など徹頭徹尾恋愛物語に終始し風教上害あるから」と上演禁止の理由が説明されている。この禁止命令が出たタイミングが問題だが、ここでは踏み込む余裕がない。ただし関係の人々の顔触れからみれば、この時点での上演禁止の社会的インパクトは大きかったに違いない。

「新劇場上演台本」として『文芸』に掲載された作品は未見だが、十年六月に『戯曲　源氏物語　二部曲』が河出書房から出版されている。[15]「第一部　若き日の源氏」「第二部　玉鬘」の二部からなり、六幕と三幕の構成である。さらにそれぞれの幕は、第一部二十一景、第二部一四景の三十五景に分かたれている。第一幕第一景は「源氏十七歳の夏」、場面は源氏の君の御宿直所。つまりこの劇はいわゆる雨夜の品定めの場面から立ち上げられている。セリフは次のとおりの現代語である。

頭中将　概して上流階級の女は風韻が乏しいと思ひます。恋の相手としては、先ず中流の女でせうか。といふのはこの部類には、案外個性のはつきりした女や、趣味の豊かなのが多いですからね。……ところで、も一つ下つて下流の女になりますと――

源氏　（遮って）一寸お待ち下さい。一体その上中下の階級の区別をどこでおつけになるのです。例へば生れがよくて、現在落ちぶれて居る家庭があります。さうかと思ふと地下《ぢげ》の家柄に生れながら、近頃上達部などにへのぼつて威勢よくやつて居る向もあるやうです。とすれば――

頭中将　成程、これは問題ですね。

多数の「景」から成るだけにそれぞれの景（場面）は短く、物語のポイントポイントを綴って展開されて行く劇である。次は六条御息所の生霊が登場した場面。

葵上　（源氏の顔をしみじみ見つめながら、さめざめと泣く）

源氏　お、、お分かりになりましたか。……只今院の思召によりまして天台座主がお見え下さいました。あらたかな御法力によつて、今にきつとお楽になりますよ。

葵上　（じつと源氏を見つめる）

源氏　あまりお考へになつてはいけません。たとひどんなことがあらうと、二人は先の世までの夫婦です。父君や母君との深いご縁もこの世かぎりのものではないのですよ。またあえるものだと信じていらつしやい。

葵上　（俄かに半身を起して、なつかしげに、かつ怨めしげに、六条御息所の声にて）いえ、そんなことではございません。あまり御修法の苦しさに、暫くお祈りをゆるめて頂かうと存じまして。……私も、よもやこんなところへ参らうとは思ひませんでした。まこと物思ふ人の魂はかやうにあこがれ出づるものでございませうか。

源氏　（愕然として）お丶、では噂のごとくあの方の生霊であつたのか。……あ丶、何といふあさましいことだ。……

葵上　「なげきわび空にみだる丶我魂《たま》を結びとゞめよしたがひの棲」

源氏　お丶、その声は？　名をいへ、名をいへ。

葵上　（ぱたりと褥の上へ倒れる）

この場面はほとんど原典そのままという印象だが、六条御息所のエピソードはここまでで終わり、続いて朧月夜と出会いと、その後の密会が右大臣に露見した場面が二つの景をなしている。

＊

源氏　さあ愈々その時が来ました。いさぎよく運命の鞭《しもと》を受けませう。

朧月夜　ご安心遊ばせ。私も覚悟を決めて居ります。

源氏　（夢見るやうに）私たちの夢はあまりに美しかつた。私はあの夜以来の出来事をほのぼのとしたうれしさで思い出すことが出来ます。

朧月夜　……おうれしう存じます。……私達はたゞ一途に生きて来ました。これが過ちでせうか。罪でせうか。もしさうなら、何といふ美しい罪でせう。……

まるきりメロドラマのやり取りである。原典の「賢木」該当箇所は「大将殿も、いとほしう、つひに用なきふるまひのつもりて、人のもどきを負はむとすることと思せど、女君の心苦しき御気色をとかく慰めきこえたまふ。」[16]というもの。

朧月夜との密会の様を右大臣に見られてしまうという出来事はドラマチックで、劇作家としてはいかにも採りたい材料だが、物語ならぬ劇では原典には書かれていないセリフを案出しなければならない。それでこの場合、結果はひどく甘ったるくなった。考えてみれば当然のことながら、『源氏物語』劇化の根本にある難しさがよくわかる例である。そこにあるのは〈源氏其儘〉の劇であろうとすると、かえって〈源氏離れ〉になりかねないという問題である。戯曲はセリフがいのちだが、『源氏物語』は会話があるところを説明で済ますのが通例である。だからセリフの案出は原典に寄り添いながら、その行間を読むことを意味している。そこで違和感を来さないようなセリフが書ければ〈源氏其儘〉の劇になるが、物語と劇の文体の本質的違いはいかんともしがたい。

第二部「玉鬘」の第三景「三條宮」に次のような源氏と内大臣の対話がある。

源氏　（しみじみと）春ですね。

内大臣　今夜はごゆつくり遊ばしてください。男児達《をのこたち》も同座させて、久々に楽しい一夜を送りたく思ひます。

源氏　有難う。……かうしてぢつと眼をつむつて居りますと、二十年前の雨夜のお物語が、つい昨日の出来事のやうに思ひ出されて参ります。若き日の思ひ出は、いつまでもなつかしいものですね。

内大臣　（静かに昔の歌を口ずさむ）「山がつの垣ほ荒るともをり〳〵に哀れはかけよ撫子の露」……

（雨の音、次第にはつきりと聞こえて来る。二人はぢつとその音に耳をすまして居る）

原典の「行幸」では「かのいにしへの雨夜の物語に、いろいろなりし御睦言の定めを思し出て、泣きみ笑ひみ、みなうち乱れたまひぬ。夜いたう更けて、おのおのあかれたまふ」とあるあたりだが、和歌を「帚木」から持ってきた趣向は巧みである。番匠谷の源氏劇の構想が〈雨夜の品定め〉にはじまり「雨夜の物語」に終わる劇であったことが思われる。源氏の若い日の恋愛遍歴と時を隔てての感慨がそのテーマであろうか。中には源氏の感慨を吐露する独白で終始している一景もあり、源氏の心情に寄り添ったダイジェストとなっている。そうした行き方の評価は別として、『源氏物語』が初めて大きなスパンでドラマ化されたことは極めて大きな意味がある出来事だったといえる。

上演禁止事件は、その社会的な注目度によってかえって源氏劇の制作欲を刺激したのだろう。年表に見られるように翌年から昭和十四年にかけて三人の女性作家による戯曲が発表されている。いずれも作品は未見だが上演も記録されていない。葉山照子の「源氏物語」と大村嘉代子の「葵の上」は岡本綺堂が監修していた『舞台』に発表されているので、新劇系の戯曲ではない。また木村富子は松井松翁に師事して主に歌舞伎に脚本を提供してきた作家なので、これらはいずれも商業演劇に向けた新歌舞伎系列の作かととりあえずのところは考えられる。

五　戦後～現代　「しんしゃく源氏物語」に始まる

昭和二十六年といえば、太平洋戦争の敗戦による混乱が収まり始めた頃ということになるが、年表ではこの年の二月に榊原政常の「しんしゃく源氏物語（末摘花の巻）Farce sentimental」、四月に舟橋聖一の「源氏物語　第一部」、さらに九月には北條秀司の「浮舟」という、いずれも注目すべき作品が発表されている。それはいわゆる戦後の源氏ブームの幕開きを告げる出来事であった。

三作はそれぞれはっきりした個性を有している。中でも「しんしゃく源氏物語」は、いわゆる学校演劇のために演劇部の指導教員が書いた劇であった点で、他の二作とは性格を異にするもので、しかも昭和二十五年の東京都高等学校演劇研究会のコンクールにおいて〈毎日賞〉を受けた作である。一般には昭和二十七年の八月に文学座によって上演されたことで話題となったが、このコンクールを初演と見れば、戦後の源氏劇の先駆けに他ならなかった。

その特徴としては、題に「Farce sentimental」とあることがまず目を引く。「末摘花」と「蓬生」に取材したというより、直接的にはほとんど「蓬生」に取材した劇であり、これは作者が勤めていた学校の事情も関係していたに違いないが、[19]登場人物はすべて女性である。つまり源氏と末摘花の出会いも再会も劇の外にある劇であったことは極めて興味深い。つまり源氏が登場しなくても『源氏物語』劇になるという作者の着想は源氏劇の新生面を開いたものと言える。

劇は、源氏の再訪が唯一の希望である荒廃しきった常陸宮邸に起こる出来事を、笑いと涙で描き出しているが、末摘花をはじめ登場する老若の女性たちが、皆生き生きと自己主張しあっているところに新鮮な魅力があり、現在に至るまで上演が絶えないのも頷ける。

そうした劇が出来上がったのは、作者の思い切って意識的な〈源氏離れ〉によっている。原典の「蓬生」では亡くなった人とされている乳母の「少将」が生きており、娘である「侍従」と始終やりあうこと、末摘花と受領の妻である「叔母」との二人だけに関西弁のセリフを使わせることなどの他、構成にもそれがはっきり示されている。

劇のはじめのト書きに、人物のしぐさについて「あたかもリウリョウたる楽の音に送られているかの如く、いとも非人間的に取澄まして」という指示があり、最後の場面についてもそのまま繰り返されている。その間に展開される劇は、ト書きと対照的に人間味に富んだセリフのやり取りで終始する。いわば王朝物の額縁は古い革袋なので、そこに盛られているのはまるで新しい酒なのだ。

侍従　この邸には、色々古いお道具があるでしょう。売らないかしら、お姫さま。

少将　売る？　とんでもない。
侍従　いゝ値に売れるんですって。叔母さまの所でもぜひ欲しいものがあるし、お知り合いからも譲って貰うように話をしてくれないかって頼まれているんですってさ。
少将　お、お、……（感極まって涙である）常陸宮のお姫様がお道具の売喰いとは、まあまあ……。
侍従　泣くことはないわよ、お母さん、話は感情を交えないで、事務的に行きましょう。
少将　事務的？……お、お、……。
侍従　（もてあまして）とにかくあたし、直接お姫さまにうかゞって見るわ。大して役にも立たない骨とう品なんか売飛ばしちゃった方がいゝに決まってるわ。
少将　まあお待ち！そんなさもしい事をお姫さまの耳に入れないでおくれ。

（中略）

几帳の後ろから、その、氣高いお姫様の声がひびく。
姫　少将……！（のんびりとした、早くいえば間の抜けた調子である）
少将　はい！はい〲！
姫　何をウダ〲言うてなはるえ。
少将　はい、アノ、侍従と、一寸……。
侍従　はあ、一寸お姫様に申上げ……（言いかけると少将あわて、侍従の口を抑えようとする。二人争う。）

そこへぬうっとお姫様（即ち末摘花である）御出座。

姫　（きょとんとして）何してはるの？

原典に見られる「侍従」のアンビバレントな行動は、この劇では「少将」と「侍従」の二人に分与されて、この「少将」と、古い雇人で「宰相」と呼ばれる原典には見えない人物が、「侍従」および姫の邸を見限ろうとしている若い女房たちとやりあう対話は、王朝時代との距離を忘れさせるほど親しみやすい。そして末摘花の性格も原典のイメージとは相当に違ったものだ。次の引用は須磨の源氏が話題になる場面である。

少将　とんでもございません。源氏の君さまに限って、そんな情の薄いお方ではございません。

侍従　（やれ〳〵呆れたという顔）

姫　うちのこと、たまで忘れはったんと違うやろねえ。

姫　そう思う？

少将　はい、そう思います。

姫　うちもそう思う。――うちはほん信じよるのえ。今にきっと都へ戻らはって、うちのこと、よう待ってはったいうて褒めはる思うわ。

侍従　お姫様！

少将　〈それを打消すように〉そうでございますとも。人間は信じ合わなければいけません。

（中略）

姫　うちは源氏の君を信じ……。

少将　源氏の君はお姫様を信じ……。

姫　美しい愛情え！……からころも、君が心のつらければ、たもとはかくぞそぼちつゝのみ……。えゝ歌やないけど、信じてはいるけど、ちょっと皮肉いうて見る、うちの気持ち、よう出たるやない？からころも。……あゝ早う戻らはるとえゝわ！

この末摘花の造型には驚かされる。原典を取り込みながら囚われない自由さがある。「からころも」の歌の使い方にそれは明らかだ。同じく浮世離れしたお姫様でも、感情が豊かで自己主張がはっきりした性格が付与され、源氏の再訪に一縷の希望を繋ぎながらも、実現は不可能と感じている人々の中に在ることで、おのずとその心根のけなげさやいじらしさが焦点化されてくる。やがて彼女さえほとんど絶望しかかった時、源氏再訪を告げる声が響く。

信じて待つ身のつらさ切なさと、再会の歓喜がこの源氏劇のテーマであることは明らかだ。末摘花の物語でも「蓬生」に取材して、女たちだけの源氏劇を構想したのは思いがけない〈源氏離れ〉の仕方であるが、なぜそんなことができたのか。今日振り返ればやはり敗戦後の昭和二十年代の生活感情との関係を改めて思わざるを得ない。あえて臆断すれば、海外からの復員兵の帰国は、シベリア抑留者では昭和三十一年まで続いていた。この劇の演者や観客の中には、復員してきた家族を迎えた人、まだ帰国を待つ人もいたことだろう。末摘花の願いを他人事と思えないその心を、この「Farce sentimental」(感傷的な笑劇)がなぐさめ励ましたに違いない。(引用テクストは、『現代日本戯曲選集　第十二巻』(白水社、一九五六年二月)によった)

六　舟橋聖一の源氏劇について、およびその変容をめぐって

舟橋聖一の「源氏物語第一部」は昭和二十六年四月の『婦人公論』に発表された作品で、三月の歌舞伎座で初演されている。第二部、第三部と続く上演によって、『源氏物語』はその全体像を初めて舞台に現すことになるが、これは近代劇の源氏受容史にとって画期の出来事であった。『歌舞伎座百年史』には、次のようにある。

三月興行第一部で上演された『源氏物語』は、戦後、歌舞伎に、一つの新しい方向を与えた。思えば大胆な企画であった。紫式部の平安中期の長編物語『源氏物語』の劇化はすでに昭和十年に企画され、番匠谷英一の脚色で、坂東蓑助らによる上演が試みられようとしたが、宮廷生活を扱うこの物語は、軍国主義下の当時にあっては上演許可が下りずに戦後を迎えたのである。松竹の企画による新しい『源氏物語』の劇化は、昭和二十三年ごろから紫式部学会と部内とで検討され、二十五年四月には新装歌舞伎座落成の暁、上演しようという企画が具体化しつつあった。満を持してこの三月に上演されたのは、舟橋聖一の脚色によるもので、桐壺、空蝉、夕顔、若紫、紅葉賀、賢木の各巻からなる六幕であった。

引用中「部内」とあるのは「松竹企画部内」を指す。「しんしゃく源氏物語」の対極にある、商業演劇から生まれた源氏劇である。同書は監修谷崎潤一郎、演出久保田万太郎ほかの関係者の「錚々たる豪華な顔ぶれ」について述べ、尾上菊五郎劇団と市川猿之助劇団からの出演俳優によるこの「王朝絵巻」が、「異常なまでの大入り」となり、その結果同じ年の十月の再演では「須磨明石」も加えての上演となったと記している。関係者の豪華な顔ぶれは、戦前に坂東蓑助が企てながら上演中止になった「源氏物語」の弔い合戦の観もある。

とは言え「桐壺」の巻から始まるこの源氏劇の趣は、〈雨夜の品定め〉から幕が開く番匠谷英一の源氏劇とは明らかに違っている。劇の出だしから引用してみよう。

いつの世と、さだかには申せないが、仮りに桐壺の御門と申しあげるお方が在らせられた。女御、更衣あまたさぶろう中に、御門の寵愛を一身に鐘《あつ》められている更衣があった。即ち光君の御母である。お局が桐壺なので、桐壺の更衣と申上げる。

しんみりとした琴唄のきこえる中で、二つ柝を打って幕をあける。

舞台は御所のうち、弘徽殿のお局である。板付で弘徽殿女御（右大臣の娘、朱雀春宮の母）と後涼殿の更衣とが相対している。

後涼殿の更衣　何ぞお召しでございますか

弘徽殿女御　あなたのお局を桐壺の更衣の上局《うえつぼね》に遊ばしたという噂を聞きましたが、ほんとうですか

後涼　女御さまのお耳にまで達しましたか。実はだしぬけに局をかえるというご沙汰がございまして、びっくり仰天いたしました。只今仰せの通り、あの桐壺がわたくしの局へ入りまして、私は追払われたのでございます。こんなくやしいことはございません。一ト晩中まんじりともせず、泣きあかしてしまいました

弘徽　まあ、それはお気の毒に……お上ともあるお方が、いかに桐壺がお可愛いからといって、そんなことを遊ばしては片手落ちが過ぎるというものです。いったい、桐壺の更衣の素性は何者なのでしょう

後涼　あまたの更衣の中でも、ほんの名もなき按察《あぜち》大納言の娘で、しかも大納言はだいぶ前に亡くなっておりまして、女親の手で育った者でございます。それなのに、どこがお気に召したのかお上のご寵愛を一身に集めての高慢ちき。遠慮なく申せば、お上が何もご存知なく、あの腹黒い更衣にあざむかれていらっしゃるのでございますよ

弘徽　その上、身体が弱くて里帰りばかりしているそうじゃありませんか

後涼　はい少し寒いと咳をしたり、頭が痛いと言ったり、あれでまあよく皇子さまを生んだものでございます

弘徽　その皇子を生んでから、桐壺はいっそう増長しているということですね

引用は戯曲集『源氏物語　朧月夜かんの君』[20]収録の「戯曲　源氏物語」によった。はじめの部分はナレーションのイメージで受け取ればよい。現代語のセリフに、「柝」や浄瑠璃、長唄を組

み合わせた歌舞伎劇である。基本的に桐壺の巻の文脈を忠実になぞった脚色方法が採られ、『源氏物語』の初心者にも分かりやすく、啓蒙性が強い印象である。

次に引くのは、第一幕の終わり方にある「光君」と「源典侍」のやりとりである。

光君　典侍、それなら賭けをしよう、人間の心は、そんなに馴れるからといって変わるものではない。葵上は、品のいい磨きのかかった大家のお姫様ではある。でもあんな取りすました人情味のうすい人は、好きになれない。あの人だって、皆に押しつけられて、私の妻になるのだから、ほんとうに私が好きである筈がない。でも女は、和子でも生まれれば、仕方がないとあきらめて、一生私のそばにいる気になるかも知れないが、それでは形の上の妻で、心と心のぶつかり合う、血の通った夫婦ではないのだ。こういう夫婦の縁組こそ、大きな間違いではないのだろうか

典侍　（当惑して）光君様はいったい何を考えていられるのでしょう

光君　私の頭の中はね……（一寸考えるが）口外無用だよ。実は四の君のことで、いっぱいなのだ。どうせ一緒になるなら、ああいう方を妻にすればよかった。母恋しの一念が、私を四の宮に結びつけたとしても、それはもっとも自然のことだ。それなのに、私は全然別の人を妻にしなければならなかった――

舟橋聖一の源氏劇の特徴は、光源氏の雄弁さである。その思考はまるで現代人だが、求愛の行動は野性的で強引だ。「戯曲　源氏物語」は上下合わせて十三幕、三十場で構成されているが、

「上」は「桐壺から須磨明石まで、源氏の相手として登場するのは空蟬、夕顔、藤壺である。六条御息所は夕顔にとりついた生霊としてのみ登場する。「下」は「薄雲から雲隠まで」で、薄雲女院、玉鬘、女三の宮、それに端役として紫上と明石の君が登場する。

つまり、「上（七幕十九場）」は源氏と藤壺の密通を、「下（六幕十一場）」は柏木と女三宮の密通を柱とした脚色がなされているのである。作者は『源氏物語』の本筋を重視して、枝葉のエピソードを省いた劇の世界を目指したものかと考えられる。すなわちこの「三部作」での舟橋聖一は、光源氏が常に劇の中心にいる源氏劇を書こうとしたのである。女性は受け身で源氏の男性性が強調されている。「葵上」や「末摘花」の巻が無視されているのはその意味で興味深い。

それはともかく舟橋の「源氏物語」三部作は、観客に初めて宇治十帖を除く『源氏物語』のほぼ全体をダイジェストして見せた。それが歌舞伎のレパートリーとして定着するほどの興行成績を挙げたこと、そして原作の『源氏物語』自体への社会的関心を飛躍的に高めたことは疑いようがない。また『源氏物語』の世界を映し出すのに、歌舞伎はもっとも適した演劇であるかもしれず、豪華な道具や華美な衣装、浄瑠璃や長唄を随所に入れて物語を運ぶ歌舞伎的手法によった船橋の部作は、おのずと古典の趣を帯びている。

しかし舟橋源氏はそれだけでは終わらなかった。三部作が完成した二十年後の昭和四十九年に、彼は「源氏物語　朧月夜かんの君」を発表している。これも歌舞伎座で「紫式部学会協賛」をうたって上演されているが、五幕八場で登場人物は三十三人という大規模な劇である。この劇で眼立つのは「朧月夜の典侍」の積極性である。原典では初めての出会いの後は扇を交換して別れているのに対して、この劇の「朧月夜」は最初から名乗っている。また朱雀帝と次のようなやりとりをする女性になっている。

朱雀帝　（縁板に出て来て、ふと懐疑的になり）光が多情というだけではない。女という女が光をみるとみんな恋してしまう。あなたはさっきそう言った。それはたしかに面白い見方ですね。女御や世間の人の考え方とは反対だが、まさかあなたも、光に心を寄せた女のひとりではないのでしょうね

かんの君　まあ、そんなことはございません。姉が言いました通り、左大臣家は私たちの敵でございますもの

朱雀帝　少し心配になったものだから……

かんの君　いやでございますねえ。大事な初夜から、私を疑ったりなすっちゃあいけませんわ。

まことに品のない女性で、セリフもまるで江戸世話物の浮気な町娘のようだ。舟橋は幼時より芝居見物や花柳界に馴染みつつ成長した作家で、この作品ではその好尚にすっかり身をまかせた感がある。さらに引用してみる。

右大臣　薄雲女院も御座あったか。取り調べの結果、左大臣一家の陰謀はことごとく白日のもとにさらされました。

佐中弁　一人一人口書きも取揃えました
右大臣　まず左大臣は免官の上、財産没収とあいなります。光君はもっとも重罪。大将の任にありながら、叡慮にそむき、国家転覆の謀略を企てたる趣き、ちくいち白状に及びました
右中弁　すべての任を解き、須磨へ流人となることを認めております
右中弁　その救い難い身の果ては、まことに笑止千万でござる。
朱雀帝　して、光は服罪したのですか
右大臣　すでに事件は、解決いたしてござります
女院　（嗚咽する）
右大臣　かく相成るも娘のふしだらより出でたること。これより帰邸して、首打ち落し、お詫びの証と致すでござろう
朱雀帝　（激しく叱責して）右大臣、何を申さるる。かんの君は私の尚待なるぞ。親とはいえ、首にして侘びるなどは、越権ではないか。言葉をつつしまれよ
右大臣　（平伏して）恐れ入りましてござる
こうなるとセリフの文体がほとんど歌舞伎の時代物で、お家騒動が決着した場面のイメージである。舟橋はこの作では、朧月夜との出会いから須磨配流までを、宮中の政争をクローズアップするかたちで劇化しており、舟橋の源氏劇が行きついたところがよく見える点で興味深い。三部

作の上演から二十年を経て企てられた、舟橋流の思い切った〈源氏離れ〉である。「三部作」をもって舟橋源氏と称されることがあるが、舟橋源氏はそれで終わったのではない。この劇の行き方は、秋元松代など昭和五十年代の極めて個性的な源氏劇と歩調を並べるものと見てよい。舟橋の「源氏物語」劇については、三部作の画期性のみが記憶されているが、その変化も受容史の指標の一つに違いない。彼の源氏劇の行きついたところは、原典を忠実に再現するという発想が、劇作家にとっては本質的なものでないことを思わせるのである。

七　北條秀司における源氏物語受容

昭和二十六年の九月には、北條秀司も彼の最初の源氏物である「浮舟」を発表している。この劇は二十八年七月に吉右衛門劇団によって明治座で初演、三十一年九月には歌舞伎座で再演されている。

北條は、岡本綺堂に師事して戦前から「閣下」「丹那隧道」などを商業演劇に提供して来たが、二十六年に書いた「浮舟」以降、四十二年の「源氏物語」まで延べ十七年間に十四作の源氏劇を発表した。その分量や知名度から舟橋聖一と共に戦後源氏劇の両雄というべき存在だが、「舟橋源氏」、「北條源氏」という言い方があるように、彼が生み出したのは舟橋聖一とは多くの点でまったく対照的な劇であった。

北條源氏の舞台は、新劇以外の歌舞伎、新派、宝塚歌劇、さらに東踊りなど様々にわたっているが、早い時期の作ほどドラマ性が強く緊張感も高い、後半になるにしたがって、無邪気に楽しめる劇の印象が強くなる。最初の緊張感が薄れるにしたがって、商業演劇作家の源氏劇と呼ぶべきものが出来上がっていくのが興味深い。

最後の「源氏物語」は三部二十五場、長谷川一夫・京マチ子・春日野八千代・柳永二郎と、映画界をはじめ各界のスターを集めたもので、二条院と嵯峨山荘を舞台にして「長谷川の光君は次から次へと浮気をするが、原作と違って散々な目にあう——というのが北條源氏のアィディアである」(水落潔)と評されたものである。山口広一は「長谷川一夫に「源氏物語」を与える。なるほど客寄せのビラはこれで利くだろうけれど、この世にも著名な王朝文学の劇化もこうさいさいでは少々鼻につく感じで、今さらどうという新鮮味はない。」と切って捨てながら、「光源氏の好きごころを中心に展開されているにしても、「源氏物語」に内在するエロスは単に男女劣情の官能描写に終始するものではない。浄土信仰に束縛された王朝貴族の来世意識、好色の極みにふと感じるであろう現世輪廻の恐怖、そうした人間的なものとの対決の場における苦悩への課題こそ、この物語の根幹をなす精神ではなかったか、そこにこそドラマは発見されるのであって、それらの本質に微塵も触れようとしていない(略)」と評している。[21] 作者もこういわれては立つ瀬がないが、昭和四十年代には源氏の劇化が「少々鼻につ」きだしていたことが分かって面白い。

さて、例によって〈源氏其儘と源氏離れ〉を持ち出せば、山口の批判は、〈源氏其儘〉劇の一つの理想を知るには役に立つ。またこの北條の最後の源氏劇についてはこんな劇評もあってよい。しかし彼の源氏劇はもともと源氏を中心とする劇ではなかった。ただ、後半の作になるにしたがって、その本質が見えにくくなっていった気味はある。

年表にした各戯曲の題から推定されるように、北條は「源氏物語」に出てくる女性たちの劇を書いた。六条御息所は、いつの世にもと言ってよいくらい、源氏劇の題材にされるが、それに引き代え、他の女性の心と行動に焦点を当てた作は思えばまことに少ない。榊原政常の「しんしゃく源氏物語」は、おそらくそうした発想による劇の皮切りなのだが、北條ほど多くの女性を描いた劇作家は他にはいないのである。大木豊は北條の源氏劇について「いうところの「源氏物語」の脚色上演にあらずして、源氏物語に登場する人物に名を借りた、それこそトコトンまでの今日的な意味における「創作戯曲」である」としている(22)が、なるほど北條のドラマトゥルギーは、女性の内面にドラマの契機を見いだそうとするもので、しかもその思いに寄り添うことで想像力を働かせている。そのために、原典の物語の流れに沿いながら、それを大胆に書き変えてしまう源氏劇が生まれているのだ。

「末摘花」の場合、明石から戻った源氏の噂に心躍らせている彼女は、雅国という目の不自由な東国の受領に求婚されていたというプロットが創作され、源氏との再会を果たしながらも、二条院への招きは断って雅国と共に東国に下ることを選ぶ。

末摘花　……侍従、ゆるしておくれ。……たとえ、一時のお情けで、おそばに住まわせていただいても、……これから先の長い行末、あれこれと心を痛め、自分をみじめにすることをかんがえると……わたしはとてもおそばに住まう自信はない。……日陰の女にも、女の悩みが、ないではないのじゃ。

侍従　（言葉なく、泣く）

北條の源氏劇では、源氏のセリフはしばしば好い気に過ぎて可笑しい。次は「明石の姫」で中将とかわす対話である。

中将　都に呼ぶのか。

源氏　もちろんじゃ。

中将　これは相当なノボセ方じゃ。……では、よい時期を見てそうするがよい。

源氏　いや、いますぐつれてゆく。たとえ一日と雖もそばをはなすことは出来ぬ。

中将　ほんとうなのか。おぬしいつでもはじめはそうじゃ。

源氏　いや今度はそうではない。正直に言って、はじめは花心がなかったとはいわぬ。……しかし、いまはもうぬきさしならぬものになっている。あの姫は、汐に浴《ゆあ》みして育った姫だけに、とても強靭なものを裡に持っている。都の女達とはこと変わり、一夫一妻の掟を固く持して譲らない女じゃった。

中将　そういう女がおもしろいのじゃ。

源氏　そのような強い女が、一夜、ものの紛れに身を許してからは、狂女のような乱れを見せる女になってしもうた。

中将　女の本能が目ざめたのじゃろう。浜の女は強いということじゃ。
源氏　強い。じつに強い。女というものがあのようにも変わるものか。
中将　羨ましいな。

この劇での明石の姫は、都に上らずに終わる。それは懐妊した結果である。「お父さまにはお気の毒だけれど、……わたしは一生明石で暮らす。……何処へも行かず、一生、和子と二人で」というセリフは、紫の上という妻を持つ源氏と契ったことをあやまちだったと信じる己が心に従って、生まれた子を源氏だと思って生きる明石の上の決意を告げている。

北條の源氏劇は、相手の女性の決意や感慨を告げるセリフで閉じるものがほとんどであるといってよい。「空蝉」でも、ドラマは空蝉と伊予介の心の葛藤にあり、空蝉を許す伊予介のセリフで結ばれている。その〈源氏離れ〉は、源氏を準主役として扱うことでなされている。

北條は「私はあえて苦しい弁証を避け、光源氏を女の諦観に乗じた愛すべきドンファン、多面性を持ちながら女人に敵意を表明されない美貌の人徳者として取り扱ってきた。そういう人物に設定しなくては、とても原典の多様性についてゆくことが出来なかった」(23)と述べて自らの源氏劇の「パロディ」性を強調している。また「私は色んな作品の中で、さまざまな、毛色の変わった光源氏を描いて来た。そして、そのどれもが、その時その時の光源氏に、ある程度まで迫ったものであったと自信している。光源氏はそのような多面性を持った人物であったと思う。そうかんがえなくては、私は原典の光源氏にとてもついて行けない。(24)」とも述べている。似たような発言だが一つの見識として受け取るべきものがある。『源氏物語』の難解さは光源氏の人物そのものにあるということであろうか。

八　三島由紀夫の「葵上」

三島由紀夫の「葵上」は昭和二十九年一月の『新潮』に発表され、翌三十年六月に劇団文学座で初演された。舟橋聖一の「源氏物語」第三部の上演も間近い頃で、源氏劇の舞台もそろそろ目新しいものではなくなっていた頃である。三島にとってこの作は、昭和二十五年の「邯鄲」をはじめとする能楽に取材した戯曲制作の一環をなすものだったが、当時の源氏劇への社会的関心は当然意識されていたことだろう。北條秀司の源氏劇のセリフはほとんど現代語であったが、この作は時代も現代に移すという思い切った〈源氏離れ〉の初めての試みである。

「―近代能楽集ノ内―」と副題される劇なので、直接的には能の「葵上」に取材したものと見られているが、必ずしもそう思えないところがある。登場人物は六條康子・若林光・葵と看護婦の四人。場所は夜の病院である。能楽で登場する朝臣や照日の巫女、それに小聖に当たる人物は登場しない。その代わりに光源氏に当たる人物が登場する。これは能楽「葵上」との決定的な違いではないか。

看護婦に「そりやああなたは好男子ですわ。光源氏みたいに。」とわざわざ言わせているのが気になる。成仏とか悟りとは無縁の劇で、能楽の影響が感じられるのは、六條康子と光による劇中劇を組み込んだことぐらいである。実態は、『源氏物語』自体に取材して能楽の形式を取り入れた作、と言うべきで、能の「葵上」のパロデイではない。

劇は夜の病室に旅先から光が駆けつけたところから始まるが、夜ごと夢にうなされるという葵の病気を、看護婦は「性的コムプレックス」によるものとこともなげに説明する。科学的な割り切りに馴染んだ女であるらしい。しかしそんな彼女も、夜ごと見舞いに訪れる「大ブルジョアつていふ感じの」「中年のご婦人」は、「なんだかお傍にゐると、へんに気が滅入つて来る」のだという。やがて「銀色の大型車。飛ぶやうにやつて来て、病院の前でピタリと止り」、看護婦がそさくさと退場すると、六條康子と光それにベッドで寝ている葵だけの舞台になる。

ト書きには「上手のドアより、六條康子の生霊があらはれる」とあるが、観客はそれを心得て見ているのに対して、舞台の光は彼女が去るまでそうと悟らない。源氏劇のパロディとしてのこの劇の面白さはその設定にこそあるのではないか。なんでも科学的説明がつくものと割り切っていた看護婦に現代人の誇張された性格を見るなら、この光（「光源氏」）もやはり現代人に違いないのである。生霊が去ってから、彼はさすがに気になって康子の家に電話をしてみる。

光　もしもし、もしもし……。康子さんですか？　え？　今までずつと家にいらした？　寝ていらした？　たしかにあなた、康子さんですね。（傍白）さうだ、声もたしかに。……さうすると、あれは生霊だつたんだ。……ええ、もしもし、もしもし……。（上手のドアがノックされる）。

六條康子の声　（はっきりした語調でドアの外から）光さん、あたくし忘れものをしてしまったの。手袋を忘れたの。電話のそばに、黒い手袋があるでせう。それをとつて頂戴な。(25)

光は「茫然と黒い手袋をとりあげ」ドアの外に出ていく。まだつながっている電話の向こうから康子が呼び掛ける声が続くなかで、葵が急にベッドから転がり落ちて、死んだところで幕となる。

この幕切れは「葵の上」の源氏劇としては全くユニークである。生霊であるとようやく悟りながら、しかも求めに応じて部屋から出た光はその後どうなったのだろうか。何となく『雨月物語』の「吉備津の釜」を連想させる劇である。

二人の対話の途中に舞台にヨットが辷り出してきて、葵のベッドが見えなくなったところから劇中劇が始まる。二人がまだ恋人同士の頃、ヨットに乗って康子の別荘に向かった、その華麗な航海の時が再現されるが、康子はその時、光がもし自分よりずっと若い女と結婚するようなことがあったら「あたくしの魂はあたくしの体を離れて」「あたくしの生霊は殺すまで手を緩めないでせう」という。六條の生霊は自ら正体を告げて光に対する執心を伝えているのだが、それが光に伝わらないところに六條康子の哀れさがあり、作者の六条御息所観をうかがわせる。

葵の死は幕を閉じるための付足しに過ぎない。能楽では御息所が牛車に乗って現れ、葵の上との車争いの事件が指示されるが、三島はそれも省いている。光（源氏）はこの劇では唯の不実な男としか見えない。三島由紀夫は『源氏物語』と能楽を自由にアレンジすることで〈源氏離れ〉

の劇を作ってみせた、その発想の自由さは三島ならではというべきか。
なお、ここでは取り上げないが、三島はこの後昭和三十七年にやはり能楽のパロディ「源氏供養」を書いている。発表時には「近代能楽集ノ内」と副題されながら、『近代能楽集』に収録されなかったのが気になるところではある。

九　おわりに　秋元松代・円地文子・唐十郎

当初のプランでは、年表にそって三島由紀夫の後に、秋元松代、円地文子、唐十郎と昭和五十年代前半に発表された源氏劇を順次論じるつもりであった。三島をふくめて一癖も二癖もある個性的な作品の連続である。しかしようやくそこに差し掛かろうとしたところで、紙数も超過し締め切りも過ぎてしまった。残念だがこのあたりで稿を閉じたい。

実のところ、『源氏物語』についてはまるで素人の私が、非才も省みずに本書に寄稿する気になったのは、かつてたまたま聴いたラジオドラマの声が耳に残っていたせいかとも思われる。それは中原中也の詩「サーカス」を歌う「サーカス小屋はたかいはりー、そこに一つのブランコだ見えるともないブランコだーゆやーんゆよーん、ゆやゆよんゆやーんゆよーん、ゆやゆよんー」という哀傷に満ちた声と、それを打ち切るように響く「さあーッ」という声だった。作者も題も忘れていたが、「アオイ」と呼び掛けられる登場人物がいたこと、緑魔子が出ていたこと、それにパットブーンの「砂に書いたラブレター」の甘い歌声のリフレーンを覚えていた。『源氏物語』

と演劇というテーマについてあちこち調べているうちに、その放送を聞いたのは昭和五十年（一九七五年）だったことが分かった。めぐりあわせというものだろうか。

『唐十郎全集第十巻　戯曲Ⅶ』の「六号室」解説に、「この一幕劇は、一九七五年十月十一日夜、NHK第一放送『文芸劇場』の「私の源氏物語」シリーズで放送された唐十郎のラジオドラマ『恋の鞘当て』（四十分間）を、作者自身の手で戯曲化したものである」と書かれてある。私が聞いたのはまさしくその番組らしい。戯曲年表では秋元松代に遅れているが、実は同じ年にラジオドラマとして初演されていたのである。この年は、大阪万博も終わって高度経済成長期が始まったころである。小劇場運動が新しい演劇の時代を予感させ、唐十郎や佐藤忠志の「紅テント」「黒テント」が評判を呼んでいた。

「六号室」を読むと「サーカスの歌」を歌うのは「六条」、「さあっ。」のセリフは「看護婦」である。「光一」「長光」「アオイ」という人物が出てくる。つまり「サーカスの歌」は六条御息所のテーマソングで、「砂に書いたラブレター」は葵の上のそれである。まことに奔放なパロデイだが、それだけではない。劇は「光一」が病院を訪ねる場面に始まる。ということは、この作品は『源氏物語』のパロディである、と同時に三島由紀夫の「葵上」のパロディなのである。

源氏劇の世代交代を告げるような作品がなぜ生まれたのか、作者の強烈な個性というものはあるが、それが自由に羽搏けたのは『源氏物語』受容の環境が成熟したからこそのことだろう。唐十郎の「恋の鞘当て」（「六号室」）は、そんな時期の到来を告げた作品だったのだ。その劇の切れ端を自分の耳が記憶していた偶然が今さらに興味深く思われることである。

＊

以下駆け足になるが秋元松代と円地文子の源氏劇に触れておく。

秋元松代の「七人みさき」（『文芸』昭和五十年四月）は、出稼ぎで男たちがいない「南国の草深い隔絶山村」を支配する男（光永健二）と、その妹で村の神社の巫女である（壺野藤）の禁断の恋をテーマにした現代劇である。光永が大山林地主で「関白」と呼ばれている。彼を補佐する男がいて通称は中納言。村の女の多くは皆、光永と関係があって「ろく　あおい　はな　すえ　うき　ゆう」と名がついている。苗字は皆「小松」で皆同じなのが面白い。、劇の行きつくところは禁忌を超えた恋の成就で、光永は生涯唯一人の女しか愛さず、藤もまたそうであったことが分かる。

秋元の源氏劇は王朝の物語を現代に移しながら、近親相姦を罪としなかった古代を夢見るという時空を超える劇的想像力による〈源氏離れ〉で、これも源氏受容の新しい段階を思わせるに十分だ。

円地文子と『源氏物語』の関係は改めて言うまでもないが、もとは岡本綺堂や小山内薫に学んだ劇作から出発した作家である。源氏に取材した劇は「源氏物語　葵の巻」（『海』昭和五十一年五月）一作に止まるものの、エッセーというには長大すぎる「六條御息所考」を読んでも、小説「なまみこ物語」にも現れていたこの女性への円地の強い思い入れは明らかで、昔取った杵柄の戯曲でその想像力を解き放したという印象である。六条御息所をもともと超常の能力を持つ女性としていることや、車争いの場面、伊勢に出立する間際に実現する別れの場面など思い切った創作となっている。セリフを現代語とし、歌を巧みに用いた新歌舞伎のスタイルはオーソドックスだが、原典のおよその筋には忠実であっても、その中身はやはり昭和五十年代の源氏劇ならではのものであった。

注

（1）右文書院、昭和六十二年十一月。

（2）『日本近代文学大事典』（講談社）・『日本現代文学大事典』（明治書院）・『演劇百科大事典』（平凡社）・『総合日本戯曲事典』（平凡社）・『日本戯曲大事典』（平凡社）・『日本演劇史年表』（八木書店）・加藤衛『日本戯曲総目録（一八八〇―一九八〇）』・『日本戯曲大事典』（白水社）・『演芸画報総索引　作品編』（平凡社）・利倉幸一編『続続歌舞伎年代記　坤』・倉林誠一郎『新劇年代記戦前編』・同『新劇年代記戦後編』・『新版　歌舞伎事典』（平凡社）・『歌舞伎座百年史　本文篇上巻』『同　本文篇下巻』・『宝塚演劇五十年史』・秋庭太郎『日本新劇史　上巻』・大笹吉雄『日本現代演劇史　昭和戦後編Ⅱ』・大木豊『戦後新作戯曲事典』等。

（3）テクストは国文学研究資料館近代書誌・近代画像データベースによった。

（4）当時『源氏物語』は一般にどの程度知られていたのか。上田敏「金色夜叉上中下篇合評」（『芸文』明35・8）に「むかし湖月抄を持て、嫁づいたのが、今では金色夜叉の美本を携へてゆく位」とあることから、ある階層以上には身近にあったものと推測される。

(5) 演劇出版社、昭和五十四年十二月。

(6) 河竹繁俊編『総合日本戯曲事典』平凡社、昭和三十九年二月。

(7)「十月三日初日一時　歌舞伎座　二十六日千秋楽」・「—御息所の車を掻除ぞかせ、車より立出葵の上（梅幸）よろず禁色をもちいて、思う事なげなる大臣の愛姫、源氏の配と、時の勢いのいみじき様が、御息所（芝翫）のうち忍びたる景色に照そうてよろしうございました。（中略）しかし芝翫の無精か時間の都合かわかりませんが、安近と葉末の物語で伊勢への発足を知らせるのは残念—これにお使いの所も抜いたので、惟光の役も悪くなり、光君の出も唐突になりました。—しかし品位は十分に、源氏の君との様もあわれに、言い得ぬ典雅な幽寂な趣にうたれて、ほろりと致しました。」初出は『歌舞伎』、引用は『続々歌舞伎年代記　坤』の記事より。

(8) 若狭万次郎「田舎源氏」（『演劇百科大事典』）によれば、「「修紫田舎源氏」に取材して江戸末期にできた舞踊劇は明治以降も「田舎源氏露東雲」の外題でたびたび上演されたという。なお安倍豊編『舞台のおもかげ　第七輯（尾上梅幸）』に大正六年六月帝劇での上演記録写真があり、『演芸画報総索引　作品編』に昭和8年7月の上演に関係した記事がある。

(9) 木下杢太郎は劇評「三新作脚本の実演」（『スバル』明治四十四年七月）で「現代物の困難」について次のように述べている。「「現代の生活」と名付けられる漠然たる事象は千言万言の文字、三五時間の演劇で現はし尽されぬ。而かも能くこれを一幕のうちに見るのは、見物の頭が、実演の戯曲の後ろに暗指せられたる世界を感ずるからである。で、同じ方面の弱さを持つてはゐたが、永井荷風氏の「平維盛」が、見物を一種の情調の世界に導いたのは、あれは平家の歴史といふ誰も一様に知つてゐる情的連想に縋つたからである。小唄の一曲で文化文政の気分になるのと同一の巧みである。所が、現代といふものはまだまとまつた Tradition にならないから、それがむづかしい。これ現代物の困難なる所以である」。（引用は『木下杢太郎全集　第七巻』岩波書店、一九八一年より）

（10）『歌舞伎座百年史　本文篇上巻』（松竹株式会社　株式会社歌舞伎座、平成五年七月）。

（11）『歌舞伎』（昭和五年三月）。

（12）管見に入った限りでは、坂根俊英「近代文学の「源氏物語」受容史―研究史概観を中心に―」（広島大学近代文学研究会『近代文学試論』二〇〇二年一二月）が、包括的な視界を展開していて参考になる。また、千葉俊二編『講座源氏物語研究　第六巻　近代文学における源氏物語』（おうふう、平成十九年八月）には、様々な観点からの興味深いアプローチが集成されている。また、川勝麻里『明治から昭和における『源氏物語』の受容―近代日本の文化的創造と古典―』（和泉書院、二〇〇八年三月）は、舟橋聖一と『源氏物語』について詳しく論じた章を含むもので興味深い。他に河添房江『源氏物語越境論―唐物表象と物語享受の諸相』（岩波書店、二〇一八年十二月）にも関連の論考が収められている。

（13）紅野謙介・森井マスミ編『新派名優　喜多村緑郎日記　第二巻』（八木書店、二〇一〇年一一月）、『同第三巻』（八木書店、二〇一一年三月）。

（14）倉林誠一郎『新劇年代記〈戦前編〉』（白水社、一九七二年七月）。

（15）テクスト引用は、国立国会図書館デジタルコレクションによる。

（16）原典の引用は他の箇所も含めて、阿部秋生・秋山虔・今井源衛・鈴木日出男校注・訳『完訳日本の古典源氏物語』（小学館、昭和五十八～六十年）より。

（17）学校に関係のある演劇の総称でもあるが、小中学校での演劇を学校劇、高等学校のそれを学校演劇、大学でのそれを学生演劇と呼称して区別することも行われている。（『演劇百科大事典』による）

(18) 戸板康二「解説」(『現代日本戯曲選集　第十二巻』(白水社、一九五六年二月)。なお戸板は昭和二十六年に舟橋聖一の「源氏物語」が上演されたことにふれながら、「榊原政常の作品が、舟橋聖一の作品より早いことだけは、ことわっておいた方がよさそうである」と述べている。

(19) 榊原政常は昭和十五年に東京市立忍ケ丘高等女学校に奉職し、戦時中応召したが戦後復職して演劇部のための戯曲を次々に発表し、当時高校演劇作家の第一人者であった。(『日本近代文学大事典』による)。なお『日本戯曲大事典』の「榊原政常」の項(中村義弘)では、昭和二十四年に「『しんしゃく源氏物語』『外向一六八』をいずれも自らの演出で忍岡高女により上演」とされている。

(20) 講談社、昭和四十九年十一月。この戯曲集には表題作と「戯曲源氏物語　上(七幕十九場)」「戯曲　源氏物語　下(六幕十一場)」が収められている。「戯曲　源氏物語」については、「源氏物語の上演は、第一部、第二部、第三部となっていましたが、本書上梓に当たり、取捨総合して上下にわけ、全編にわたり改作を施しました。」という付記がある。雑誌発表の戯曲は未見であるが、こちらを定稿と見なして扱う。なお、舟橋は文末の句点を使わない独特な表記法を採っている。

(21) 劇評は『北條秀司演劇史』(日本放送出版協会、昭和四十九年十二月)の記事によった。

(22) 「浮舟」『戦後新作戯曲事典』(青蛙房、昭和三十五年十月)。

(23) 『演劇雑記帳』(読売新聞社、昭和五十年十一月十日)。

(24) 「明石の君」『霧の音　北條秀司戯曲選集Ⅲ』(青蛙房、昭和三十七年九月)。

(25) 引用は『三島由紀夫戯曲全集上』(新潮社、平成二年九月)より。

執筆者紹介（掲載順）

土居　奈生子（どい　なおこ）
成蹊大学全学教育講師。日本古典文学、国語教育。
論文「〈大宮〉考　―古記録・史料に見る昌子内親王―」『名古屋大学国語国文学』110、2017。「〈大宮〉考　―仮名文学作品に見る昌子内親王―」『名古屋大学国語国文学』111、2018。「永平親王の語りをめぐって　「十二ばかりに」に着目して」高橋亨・辻和良編『栄花物語　歴史からの奪還』森話社、2018。

吉野　瑞恵（よしの　みずえ）
駿河台大学名誉教授、成蹊大学非常勤講師。平安文学。
著書『王朝文学の生成―『源氏物語』の発想・「日記文学」の形態』笠間書院、2011。共著『三十六歌仙集（二）』（和歌文学大系52巻）明治書院、2012。論文「『狭衣物語』異本系本文の論理―道成の造型を中心として―」『中央大学文学部紀要』第123号、2019。

木谷　眞理子（きたに　まりこ）＊責任編集
成蹊大学文学部教授。平安文学。
『成蹊大学人文叢書11　データで読む日本文化―高校生からの文学・社会学・メディア研究入門―』（分担執筆、風間書房、2015）。「伴大納言絵巻の詞と絵」（『成蹊國文』49号、2016）。『源氏物語　煌めくことばの世界Ⅱ』（分担執筆、翰林書房、2018）。

吉田　幹生（よしだ　みきお）＊責任編集
成蹊大学文学部教授。日本古代文学。
著書『日本古代恋愛文学史』笠間書院、2015。共著『はじめて読む源氏物語』花鳥社、2020。論文「高麗の相人の言葉をめぐって―光源氏論のために―」『国語国文』85巻12号、2016。論文「『雨夜の品定め』の射程」『成蹊国文』51号、2018。

松野　彩（まつの　あや）
国士舘大学准教授、成蹊大学非常勤講師。平安文学。
著書『うつほ物語と平安貴族生活』新典社、2015。共著『はじめての源氏物語』花鳥社、2020。論文「『篁物語』「比叡の三昧堂」についての考察」『国士舘人文学』（10）、2020。

森　雄一（もり　ゆういち）
成蹊大学文学部教授。日本語学。
著書『学びのエクササイズ　レトリック』ひつじ書房、2012。共編著『認知言語学を拓く』くろしお出版、2019。共編著『認知言語学を紡ぐ』くろしお出版、2019。共編著『認知言語学　基礎から最前線へ』くろしお出版、2013。共編著『ことばのダイナミズム』くろしお出版、2008。

桜井　宏徳（さくらい　ひろのり）
大妻女子大学准教授、成蹊大学非常勤講師。平安文学・歴史物語。
著書『物語文学としての大鏡』新典社、2009。共編『藤原彰子の文化圏と文学世界』武蔵野書院、2018。共編『ひらかれる源氏物語』勉誠出版、2017。論文「歴史叙述と仮名表記―『愚管抄』から『栄花物語』を考えるための序章―」『大妻国文』第51号、2020。

牧　藍子（まき　あいこ）
成蹊大学文学部准教授。日本近世文学。
著書『元禄江戸俳壇の研究―蕉風と元禄諸派の俳諧』ぺりかん社、2015。論文「一茶の雪」『天空の文学史　雲・雪・風・雨』三弥井書店、2014。『〈奇〉と〈妙〉の江戸文学事典』（分担執筆、文学通信、2019）。『芸術教養シリーズ10　日本の芸術史　文学上演篇Ⅱ　近世から開化期の芸能と文学』（分担執筆、幻冬舎、2014）。

平野　多恵（ひらの　たえ）
成蹊大学文学部教授。日本中世文学。
著書『明恵　和歌と仏教の相克』笠間書院、2011。『歌占カード　猫づくし』夜間飛行、2016。『おみくじのヒミツ』河出書房新社、2017。『おみくじの歌』笠間書院、2019。

林　廣親（はやし　ひろちか）
成蹊大学特別任用教授。日本近代文学・演劇。
著書『戯曲を読む術：戯曲・演劇史論』笠間書院、2016。共著『木下杢太郎『食後の唄』注釈・作品論』笠間書院、2020。

成蹊大学人文叢書18

『源氏物語』と日本文学史

二〇二一年三月三一日　初版第一刷発行

編　者　成蹊大学文学部学会

責任編集　木谷眞理子
　　　　　吉田幹生

発行者　風間敬子

発行所　株式会社　風間書房

101-0051　東京都千代田区神田神保町一―三四
電話　〇三―三二九一―五七二九
FAX　〇三―三二九一―五七五七
振替　〇〇一一〇―五―一八五三

印刷・製本　太平印刷社

NDC 分類：913.36

ISBN 978-4-7599-2371-1　Printed in Japan